KB166657

Re:제로
Re: Life in a different world from zero
부터 시작하는 이세계 생활

——엘자 그란힐테는,
터무니없는 여자였다.
「데려오라는 말을 들었거든.
그러니 같이 가 줘야겠어.」
첫 만남은 최악이었다.

소녀처럼 생긴 악의가, 비웃으며 말했다.
「——우리는 마녀교 대죄주교,
『폭식』 담당, 루이 아르네브」
「——」
「어차피 또 짧은 시간이겠지만, 잘 부탁해, 오빠」

「여기는 외롭고 하얀, 영혼의 종착지점.
오드 라그나의 요람. ——기억의 회랑.」
「기억의, 회랑……?」
「그래그래, 기억의 회랑. 그리고——.」

「NG예요. 싫어요. 얘기 안 할래. 다섯 번째 규칙?
그딴 거, 아무래도 좋잖아요.
저랑 스승님의 밀월하고는 아무 관계도……」

「샤울라, 다시 묻겠어. 탑의, 다섯 번째 규칙은 뭐지?」
「——NG예요.」
샤울라가 고개를 가로젓고 풍만한
가슴 앞에 팔을 교차해 X자를 만들었다.

Re: Life in a different world from zero

The only ability I got in a different world "Returns by Death"
I die again and again to save her.

CONTENTS

Re:제로

Re: Life in a different world from zero

부터 시작하는 이세계 생활

24

나가츠키 탓페이 지음
오츠카 신이치로 일러스트

표지 · 본문 일러스트

오츠카 신이치로

제1장 『눈이 녹기를 기다리는 당신』

1

——검고, 어둡고, 멀고, 깊고, 길고, 무겁고, 씁쓸한 어둠이 있다.

"————."

대략적으로 말해 이 세상의 나쁜 것을 전부 한데 모아 섞은 듯한, 무겁고 갑갑한 어둠이 온몸에 찰싹 들러붙은 감각이 있었다.

얼굴이, 몸이, 팔다리가, 살갗 전부가 모조리 그 어둠에 오염되었다. 슬금슬금 피가 배이고, 갈증의 호소 같은 불쾌감이 마냥 따라붙어 '자기 자신' 이 어떻게 생겼는지 알 수 없어졌다.

——아니, 정말로 알 수 없어진 것은 겉으로 보이는 형상만이 아니다.

"————."

더 깊은, 본질이라고 바꾸어 말해야 할까.

어쩌면 이것을 '영혼' 이라 표현해야 할지도 모른다.

자신의 '영혼' 이 가진 형상을, 본질을 놓쳐서 한없이 정처 없는 방황을 반복한 끝에 가까스로 그 일부에 손끝이 닿은 듯한 감각.

몹시 애매한 손끝의 감촉에 치솟는 불안과 혐오가, 대상을 더듬어 가는 행동을 망설이게 한다.

"————."

이 앞에 정말로 자신이 바라는 '나 자신' 이 있을까.

더듬어간 곳에 당도했을 때, 전혀 다른 자신이 시작되지 않을까.

기묘한 상상이기는 하지만 아주 있을 수 없는 이야기가 아니다. 실제로 자신의 신변에 일어난 사건은 그에 가깝게 갑작스럽고 비현실적인 상황을 만들었다.

그것을 자기 일로 받아들여 자기 자신에게 찾아든 시련으로 수용하고, 그것을 극복한 뒤에 맞이할 광경을 바란다. ——고작 그거 하나에 얼마나 시간을 허비했단 말인가.

그렇기에 강한 불안이 있다.

정말로 이 앞이라도 되는 것인가. 받아들여 수용하고, 바란 장소가 저곳에 있다는 말인가.

맡기고, 믿고, 용서하고, 소망하고, 있으려고 하던 '자기 자신' 이, 저곳에.

「——사랑해.」

——그런, 비유할 길 없는 불안이 인도하는 목소리에 녹아들며 흐려진다.

——하얗고, 밝고, 높고, 존귀하고, 아름답고, 달콤한 빛을 향해서.

그 영혼은, 나츠키 스바루는——.

2

그 순간, 깊은 잠의 구렁에서 의식이 느릿하게 끌려 올라가고 나츠키 스바루는 각성했다.

"——아."

최초의 호흡이 허약하게 입술에서 흘러나왔다.

몹시 갈라지고 생기가 희박했지만 틀림없이 자신의 음성이다. 덕분에 자신이 목소리도 낼 수 없는 단세포 생물로 환생하지는 않았음을 알 수 있었다.

이로써 한 걸음 전진했다. 이제는, 자신이 전혀 새로운 가치관의 존재가 아닌 것만 신속히 확인할 수 있으면——.

"——스바루, 깼어?"

"————."

지척에서 은방울 같은 목소리가 스바루의 고막을 흔들었다.

경쾌하고 다정한, 따스하고 심지가 굳은, 화사한 동시에 사랑스러운 목소리였다.

직전까지 정말로 끔찍한 상황에서 듣던 목소리.

그 소리를 듣자 심장이 뛰었다. 스바루는 가슴이 아플 만큼 뛰는 심장 박동을 참아 내며 천천히 옆을 돌아보았다.

"————."

——자상한 우려로 가득한 남보라색 눈이 기다리고 있었다.

"……에밀, 리아?"

"응, 맞아. 스바루, 괜찮니? 일어날 수 있어? 제대로 말할 수 있겠어?"

"저기, 어……."

더듬더듬 이름을 부르자 남보라색 눈의 주인—— 에밀리아가 미소를 머금고 갸우뚱했다. 길고 아름다운 은발이 하얗고 완만한 어깨 위에 흘러 떨어졌다. 그 자태는 마치 달의 광채가 빛 속을 우아하게 헤엄치는 것처럼 보이기까지 해서, 장렬한 아름다움이 스바루의 마음을 태웠다.

——짧게 말하면, 이 세상 존재 같지 않은 미소녀가 거기 있었다.

"으, 아……."

그 사실을 의식하자마자 스바루의 볼에 어마어마한 기세로 피가 차올랐다.

얼굴이 뜨거워지고 얼굴이 붉어진다. 눈이 흔들리며 목소리가 나오지 않는다. 귀가 아플 만큼 충혈되어 "아으으, 아으으……." 하고 소리가 새어 나왔다.

"아으으……?"

격하게 당황하는 모습에 에밀리아가 고운 눈썹을 찡그렸다. 아주 작은 그 동작마저도 희대의 예술가가 그린 두 폭의 명화처럼 다른 종류의 감동이 있다.

그 모습을 숨결이 닿을 만큼 가까운 거리에서 목격하는 바람에 고통과 구분하지 못하던 심장 박동이 더욱 높고 세게 두방망이질하며 스바루를 괴롭혔다.

"————."

이게 뭐냐. 이게 대체 뭐냔 말이다.

이건 현실인가. 질량을 가진 환상 같은 것이 아닌가. 사막에서 보는 신기루라면 오아시스—— 즉, 이 순간에 가장 원하는 것을 보는 것이 정석이다.

그 규칙에 따라 생각하면 이것은 신기루가 아닌가. 이렇게 사치스러운 환상이라니——.

"괘, 괜찮아? 스바루. 역시 어디 상태가 안 좋나 봐. 쓰러져 있었는걸."

"햐윽!"

"봐, 방금, 햐윽이라고!"

혼란의 극치에 달해 있던 스바루였지만 매끈한 손바닥이 이마에 닿자 어깨를 들썩거렸다.

그 모습에 에밀리아는 스바루의 이상을 확신하고 눈을 끔뻑이지만, 스바루 쪽도 '에밀리아 신기루설' 이 부정되어 천동설이 뒤집힌 학자 같은 심경을 맛보고 있었다.

그러나 접촉한 감각은 분명히 있었다. 그녀의 존재는 현실이 긍정하고 있다.

그리고 실존하는 에밀리아가 불러준 이상, 자신이 나츠키 스바루라는 사실 또한 긍정된다.

더욱이 무엇보다——.

"——아까부터 베티를 없는 것처럼 치부하며 대화하지 마. 참 내, 걱정하던 건 에밀리아뿐만이 아닌 것이야."

에밀리아의 반대쪽에서 불만을 호소하는 어린 목소리가 들려서 돌아보았다.

돌아본 시야에 비쳐든 것은 깜찍하게 볼을 부풀린 어린 소녀였다.

"베아트리스……."

"또 꽤나 모질이 같은 목소리를 내기는……. 마치 귀여운 베티가 여기에 있는 게 믿을 수 없다는 표정이잖아."

힘없이 부르는 목소리에 베아트리스가 염려하듯이 눈썹 끝을 올렸다. 말 내용은 구박 같지만 어감에는 걱정과 안도의 기색이 진하다.

스바루가 깨어났다는 안도와 애초에 의식을 잃고 있었다는 사실에 대한 걱정. 그 감정을 연상케 하는 베아트리스의 태도에――아니, 그 존재에 스바루의 마음이 움직였다.

다시 말해――.

"――냐앗?!"

스바루는 뚱하니 새치름한 표정이던 베아트리스를 붙잡고 그 가벼운 몸을 단숨에 가슴팍으로 끌어당겼다. 가볍다. 정말로 가벼운 몸이었다.

난데없는 행동에 베아트리스는 아무 저항도 못한 채 눈이 휘둥그레지면서 스바루 품속에 쏙 들어갔다. 넝쿨로 엮인 녹색 침대 위에서 스바루는 힘껏 그 존재를 확인했다.

"베아트리스, 베아트리스, 베아트리스으으으!"

"뭐, 뭐, 뭐, 뭐 하는 것이야?! 왜 그래?! 너무 갑작스러운 것이야!"
"너, 너…… 너는, 정말로 안정감을 주는 얼굴이야! 고향 집에 돌아온 느낌으로 귀엽게 생겼어. 홀딱 반하겠다!"
"그거, 설마 칭찬할 작정은 아니려니 싶은데?!"
베아트리스를 껴안은 스바루가 그 얼굴을 바라보면서 절절하게 말했다. 그 행동과 내용에 얼굴을 붉힌 베아트리스가 조그만 두 손바닥 사이로 스바루의 얼굴을 세차게 끼웠다.
스바루는 소녀의 작은 손가락이 볼과 귀에 걸리는 귀여운 통증을 맛보면서 이곳에 분명히 베아트리스라는 소녀가 실존한다는 사실을 실감했다.
"아유! 스바루, 깨자마자 장난치지 마! 아직 왜 쓰러졌는지 모르겠으니까……."
그렇게 베아트리스를 껴안고 떠드는 스바루의 모습에 약간의 소외감을 맛보던 에밀리아가 참견했다.
스바루의 신상을 걱정한 에밀리아가 살며시 그 어깨를 잡으려다가 멈추었다.
"——스바루?"
화보다 걱정의 기색이 진하던 에밀리아. 그 음색에 섞인 감정에 걱정만이 남았다. 놀라서 크게 뜬 눈이 만지려던 스바루의 어깨를 응시했다.
희미하게 떨며 오열하는 스바루의 어깨를.
"……으, 흑."
"스바루? 스바루, 왜 그러는 것이야. 베티는 여기 있어. 괜찮아, 괜찮은 것이야. 울지 않아도 돼."

목메어 오열하는 스바루의 모습을 눈치챈 베아트리스가 얼굴에서 혼란을 지우고 눈물로 젖은 스바루의 뺨을 살며시 어루만졌다.

가늘게 떨리는 손이 베아트리스의 어리고 작은 몸을 놓지 않으려 했다. 그것이 불안과 공포의 표현임을 알아차린 베아트리스는 스바루의 마음에 자상하게 말을 건넸다.

울지 않아도 된다. 나는 여기에 있다. 스바루는, 괜찮다고.

"울지 마, 스바루. 초조해하지 않아도 되니까. 천천히 심호흡하고 진정해. 베아트리스도 나도 같이 있을게."

에밀리아 또한 베아트리스와 같이 침대 위의 스바루를 달랬다.

조금 전에는 만지기를 망설이던 손으로 이번에는 망설임 없이 스바루의 어깨를 만진다. 에밀리아의 은방울 같은 목소리가 나츠키 스바루의 행동을, 결단을 존중한다.

"────."

두 명의 그 존재도, 자세도 변함이 없다.

모든 것이 다 무너지고 잃어버려 돌이킬 수 없어진 세계에서, 그럼에도 자신보다 타인을, 스바루를 우선해 사지(死地) 속에서도 고결하던 두 명은, 변함없었다.

그것을 확인하고, 그것을 찾아서, 그것을 이번에야말로 이루기 위해서.

나츠키 스바루는, 『나츠키 스바루』로서 모든 것을 되찾기 위해서──.

"돌아, 왔다고……."

오열 섞인, 칠칠치 못한 태도와 목소리로. 더할 나위 없을 만큼 한심한, 볼썽사나운 시추에이션이기는 했지만.

——나츠키 스바루는, 모든 것을 탈환하기 위한 새로운 루프를 개시했다.

3

"그런 이유로, 실은 『타이게타』의 서고에서 기억을 떨어뜨렸나 봐. 대화가 맞물리지 않아서 모두에게 폐를 끼칠지도 모르지만 그 점은 양해해 줘."

아침 식사를 하러 모인 이들 앞에서 스바루는 정중히 고개를 숙였다.

그런 스바루의 폭탄 발언이랄까, 융단 폭격 같은 발언에 대한 반응은 가지각색이었다. 그렇지만 가장 진한 감정은 혼란이었고 당황이나 비탄은 뒤로 밀린 기색이었다.

"다들, 스바루가 엄—청 걱정될 거야. 하지만 우리가 반듯하게 서 있지 않으면 제일 불안한 건 스바루니까……."

고개를 숙인 스바루 옆에서 우려가 섞인 표정의 에밀리아가 지원을 해 주었다.

스바루의 '기억 상실' 이야기를 들은 일행이 동요하면서도 그 말을 믿어 주는 상황은 여태까지와 동일하다—— 사실 『녹색 방』에서 정신을 차렸을 때 벌어진 야단법석 뒤에 한발 앞서 사정을 털어놓은 두 사람에게는 이 자리에서 지원을 부탁했다.

——그 전율의 루프 도중에 리타이어한 나츠키 스바루는 새로운 루프로 돌입했다.

멋지게 표현하자면 또다시 제로부터 이세계 생활을 시작할 각오를 다졌다고 해야 할까. 물론 실상은 그렇게 근사한 것이 아니다.

각오야 좋았어도 최악의 경우 지난번 '죽음' 을 마지막으로 끝났을 가능성도 있었다.

그렇게 되지 않고, 이렇게 『사망귀환』으로 재출발할 기회를 얻은 것에 안도와 감사를 금할 수 없다. ——하지만 스바루는 그 힘에 전적으로 기댈 생각도 없었다.

스바루의 몸에 깃든 『사망귀환』의 힘은, 운명을 뒤틀 수 있는 강대한 힘이다.

그 방아쇠가 『죽음』이라는 점이 사용자인 스바루를 괴롭히지만, 운명을 뒤트는 대가라고 치면 그쯤은 있어야 마땅한 권능일 것이다.

강력한 힘에는 그에 걸맞은 대가가 있다고 추측하는 게 자연스럽다. 당연히 스바루는 자신의 『사망귀환』도 예외가 아닐 거라 예상하고 있다.

횟수 제한이나 무언가 소중한 것을 잃는 대신에 얻는 재도전이라 생각하면, 『사망귀환』을 안이하게 다용하는 행위는 신중하게 고려할 수밖에 없다.

거기까지 생각한 스바루가 떠올린 생각은——.

"설마 내 기억이 사라진 게 『사망귀환』의 대가는 아니겠지……."

"——잠깐, 듣고 있어? 바루스."

험악한 람의 목소리가 사색에 빠져 있던 스바루를 현실로 되돌렸다. 그녀는 붉은 눈을 날카롭게 뜨고 자신의 팔꿈치를 안은 여느 때의 자세로 스바루를 노려보고 있었다.

"에밀리아 님께서는 저리 말씀하시지만 람은 도저히 바루스가 불안한 것처럼 보이지 않아. ……그 이전에, 이건 무슨 촌극이야? 바루스."

"촌극이 아니라고. 엄청 솔직하게 불안과 사실을 털어놓은 거야. 고집부리는 바람에 일어날 대참사가 눈에 선해서 내 마음이 터질 지경이다."

"말솜씨가 유창하셔. 그 가벼운 말투로 뭘 믿으라고——."

"스바루에게 이런 악취미적인 거짓말을 할 이유가 없어. 너도 그건 알 수 있을 것이야."

스바루의 답변에 눈꼬리를 매섭게 세운 람. 하지만 신경질을 내던 람의 기세를 스바루 옆에 예의 바르게 앉은 베아트리스가 꺾었다.

람을 올려다본 베아트리스가 스바루를 손가락으로 가리키며 적극적으로 편을 들었다.

"에밀리아의 말도 꼭 거짓말은 아니야. 기억을 잃어서 제일 불안에 떠는 건 스바루지. 그래서 어린애처럼 엉엉 울기도 했어."

"그 에피소드를 들먹이니 쪽 팔린걸."

스바루는 생각지 못한 폭로에 뺨을 긁고 눈물의 이유를 '그런 셈' 치기로 했다.

실제로는『사망귀환』이 성공한 것, 재회가 이루어진 것, 스스로 재시도할 기회가 주어진 것. 그런 복합적인 요인이 겹친 거지만, 눈물은 눈물이다.

사나이가 흘리는 눈물의 이유는 시시콜콜 따지고 들수록 멋이 떨어지는 법.

어쨌든, 이렇게 두둔해 준 베아트리스에게는 고마움을 금할 수 없었다.

――그만큼 지난번 마지막에 베아트리스가 보여준 덧없는 안도와 '데리고 나와 주었다'는 말이 떠올라 스바루는 가슴속이 사슬로 꽉 조이는 듯한 아픔을 느꼈다.

도대체『나츠키 스바루』는, 베아트리스에게 무엇을 해 주었단 말인가.

그 사정을 모르는 상태로 그 신뢰에 의지하는 상황에 느끼는 죄의식. 이를 당연하다며 기꺼이 받아들이고 싶지는 않다고 자기 자신을 단속했다.

"솔직히 기억이 없어졌다는 섬세한 얘기를 여기서 그런 거짓말을 할 이유가 없다는 논리로 쳐내는 건 난폭하긴 한데 그 부분은 이해해 줘."

"이해하라니……."

"그러고 나서 건설적인 얘기를 하자. 다행히 지금의 나는 적극적이야. 전진하기 위한 얘기라면 대환영이고…… 하고 싶은 말이 있으면 그것도 제대로 들을게."

베아트리스의 의견을 밑바탕에 깔고 스바루는 다시 고개를 숙였다. 이를 지원하고자 에밀리아도 "부탁해. 믿어 줘." 하고 같이 고개를 숙였다.

"─────."

차분한 셋의 태도에 아무리 람이라도 반론하지 못해 진지하게 고백 내용을 곱씹었다.

스바루의 『기억 상실』 발언에 충격을 받은 사람은 람으로 끝이 아니다. 가장 현저한 반응을 보인 것이 람일 뿐이지, 그 밖의 사람들── 에키드나에 율리우스, 샤울라의 반응도 스바루가 세 번 경험한 흐름과 일치했다.

스바루는 놀라는 일행에게 속으로 사과하는 동시에 '재회'를 해냈다는 데에 엉뚱한 감탄도 느끼고 있었다. ──잃었던 전원과 다시 말을 주고받을 수 있다고.

그런 감상 속에 있는 스바루가 이 자리에서 가장 강하게 의식하는 대상이──.

"──그건 그렇고오, 오빠는 참 말썽쟁이구나아."

"──음."

"뭐어야, 그 반응. 마치 죽어 버린 사람이라도 본 듯한 표정이나 짓고, 실례이지 않아?"

스바루의 이야기를 들어도 크게 놀라지 않은 태도로 당당하게 말하는 소녀── 짙은 파란 머리를 땋아 내리고 검은 옷을 두른 어린 살인 청부업자, 메일리다.

메일리 포트루트가 움직이고 말하면서, 분명하게 그 자리에 있었다.

"메일리……."

"어머나아? 내 이름은 기억해 주고 있구나아. ……그보다 나는 오빠가 평소랑 어디가 다른지 모르겠는데, 뭘 잊어먹은 거야아?"

"——아아, 미안하다. 소위 에피소드 기억의 손실이라는 증상인데, 사물의 이름 같은 건 비교적 기억하지만 사람과의 추억 같은 거라면 꽤 헐렁헐렁해."

"……그거, 예를 들면 어제 있었던 일도 그래애?"

"——맞아."

가늘게 눈을 뜬 메일리의 살짝 어조를 낮춘 물음에 스바루는 솔직하게 대답했다.

궁색한 변명으로 발뺌할 수도 있었다. 하지만 그러지 않았다. 그러지 않기로 마음먹었다. ——가능한 한, 스바루는 성실하게 일행을 대하겠다고.

"——어제 있었던 일을, 말인가. 그건, 그건 또, 그렇군."

스바루의 답변을 듣고 어떻게 보면 '기억 상실' 발언 이상의 충격을 받은 사람이, 그렇게 중얼거린 율리우스와 무언가 수상쩍은 밀회가 있었다는 에키드나였다.

다만 다른 이들의 반응을 아랑곳하지 않는 사람도 있었다.

"스승님, 또예요? 진짜 저를 몇 번이나 까먹어야 직성이 풀릴 건데요~."

샤울라가 풍만한 가슴을 밀어붙이며 불만스럽게 입술을 삐죽였다.

지난번에는 그냥 넘겨 버린 샤울라의 헛소리지만, 이렇게까지 나오면 미묘하게 흘려들을 수 없는 분위기의 발언이라는 인상이 강하다.

"네 헛짓을 파고드는 것도 이상한 기분이지만, 네 스승님은 그렇게나 기억이 펑펑 날아가고 그랬냐?"

"——응? 꽤 펑펑 날아갔죠. 아침에 일어나서 제가 인사했더니 '너, 누구더라? 기억이 안 나네. 모르겠네.' 하고 자주 과거의 여자 취급했어요."

"으—음, 그 수준이라면 장난을 치는 건지 아닌지 판단하기 어려운데……."

스바루가 샤울라와 친해졌다고 가정한다면, 하고도 남을 부류의 넉살이었다.

다만 스바루에게는 기억 상실을 일행에게 숨기려던 전과가 있다. 정말로 기억이 없어진 사태를 넉살로 얼버무리던 가능성도 없지는 않다.

스스로 생각해도 미친 듯이 귀찮아 죽을 지경이다. 실제로 네 번 죽었기에 웃을 말이 아니다.

"솔직히 아직 받아들이기는 어렵지만…… 이 탑에 지금의 나츠키 같은 상태를 일으키는 함정, 그런 것이 있을 가능성을 감안하며 행동하는 편이 낫겠어."

"가장 사건 현장일 가능성이 큰 곳은 쓰러진 나를 에밀리아짱과 베아트리스가 찾아낸 『타이게타』의 서고야. 원래부터 사연이 있는 듯한 장소고."

"에밀리아짱……."

"——?"

에키드나가 진지한 표정으로 검토하기 시작하자 스바루도 끄덕이며 의견을 내놓았다. 다만 그 도중에 한 번, 에밀리아가 서운한 듯이 중얼거린 것이 인상적이었다.

지난 회차에서도 그녀는 스바루와 대화하다가 몇 번쯤 이런 표정과 반응을 보였다. 결국 그 원인은 지금도 밝혀지지 않았다.

무언가 치명적으로 간과한 사항이 있는 것일까. ——그것이, 무섭지만.

"——다들, 아무튼 놀래켜서 미안해. 머릿속 정리도 필요할 테니 일단 휴식하자고. 나는 그사이, 람이랑 물이라도 긷고 올 테니까."

스바루는 그렇게 제안하고 빙 둘러앉은 무리 중앙에서 튕기듯이 일어섰다. 그 말에 람이 눈썹을 까딱 세우고, 에밀리아와 베아트리스가 걱정스럽게 스바루를 쳐다보았다.

그러나 스바루는 둘의 시선에 끄덕여 준 뒤, 검은 눈으로 람을 돌아보았다.

"가자, 람. ——마침 나를 물 긷는 데로 부를 것 같은 눈빛이었잖아."

"——엉큼해."

스바루의 권유에 람이 눈을 피하고 중얼거렸다.

4

"그래서, 아까 촌극은 무슨 속셈이었어? 이렇게 람을 데리고 나온 이상, 설명을 할 마음이 있다는 뜻이잖아?"

수원으로 가는 길에 람은 끝내 버티다 못한 눈치로 말을 꺼냈다.

람이 스바루의 '기억 상실' 발언을 일절 진담으로 받아들이지 못하는 상황은 매번 있는 일이다. 이것은 증거 운운이나 고집이 어떻다는 이야기가 아니라, 더 중요한 이유가 있다.

——렘의 존재. 잠자고 있는, 람이 가장 사랑하는 여동생.

자세한 곡절은 모른다. 하지만 스바루와 렘 사이에는 확고한 인연이 있었다. 그것이 람의 언니라는 정체성을 크게 지탱하고 있었다.

그렇기 때문에 람은 스바루의 '기억 상실'을 인정할 수 없는 것이다.

그러므로——.

"에밀리아 님과 베아트리스 님께 너무 큰 역할을 맡기는 건 그만둬. 베아트리스 님은 몰라도 에밀리아 님께는 짐이 과중해. 그러니 람을 끌어들이는 건 잘한 거야. 자세한 사정을……."

"——람, 내 기억이 없는 건 사실이야. 거짓말도, 사기도, 작전도 아니야."

스바루는 가느다란 실에 매달리려던 람을 부정해야만 한다.

"————."

스바루의 대답을 들은 람이 말을 중단하고 눈을 가늘게 떴다.

연홍빛 눈동자 안에 깃든 것은 당혹과 불안── 그리고 강한 분노의 불씨였다.

불씨는 이윽고 화력을 높여 스바루의 영혼을 불사르는 대화재로 번진다. 그러도록 만든 원인은 다름 아닌 나츠키 스바루 자신의 소행. 자기 몸을 태우는, 수많은 불성실이었다.

"기억이 없어. 탑 안에 있는 사람들의 이름과 관계성, 그 정도밖에 기억나지 않아."

"그만해."

"에밀리아짱과 베아트리스에게는 먼저 말하기만 했을 뿐이지, 같은 내용을 전했어. 그보다 더 전할 수 있는 게 없어. 지금, 내 손은 텅 빈 상태야."

"그만해, 바루스. 그 이상……."

"이 탑에 빼앗긴 많은 것들을 되찾으러 왔다는 건 알아. 『시험』 한중간이라는 것도. 하지만, 그게 다야. 나의, 동기는……."

"바루스, 그 이상은."

"──렘에 대해서도, 나는."

"바루스──!"

기억하지 못한다고 스바루는 애끓는 심정으로 람에게 고했다.

고개를 도리도리 저으며 스바루의 말에 귀를 기울이고 싶지 않다고 태도로 표시하던 람은 사죄를 듣자 성난 표정으로 덤벼들었다.

"크윽!"

멱살이 잡혀 벽에 등을 찧었다. 람은 이 여린 팔 어디에 그만한 힘이 있는지 믿기지 않는 완력으로 스바루를 억누르며 지근거리에서 노려보았다.

연홍빛 두 눈 안에서 불씨였던 불이 거세게 타오르며 스바루를, 그리고 람 자신을 불사르려는 것을 알 수 있었다.

이 불길이 스바루를—— 아니, 람을 불사른 순간, 비극은 반복된다.

"무슨 속셈이야? 이런…… 이런, 같잖은 거짓말을!"

"거짓말이, 아니야……. 너는, 내가, 그런 거짓말을……."

"하지 않았다고? 그럼, 어쩌라는 거야? 람더러 믿으라고? 바루스가 렘을, 잊었다…… 그런, 그런 어처구니없는 소리를!"

람이 눈을 더욱 날카롭게 부릅뜨며 스바루를 입술이 맞닿을 거리에서 노려보았다. 이글이글 타오르는 불길, 그것이 분노보다 슬픔에 근거한다는 사실을 스바루는 비로소 깨달았다.

네 번이나 반복하고서야 간신히 스바루는 그녀가 떠안은 갈등 일부에 닿았다. 도대체 얼마나 사려가 깊어져야 동료들처럼 단 한 번만에 깨달을 수 있단 말인가.

동료들이 눈부시다. 하지만 그 빛에 불타고만 있을 수 없기에——.

"——렘은, 반드시 되찾을게."

스바루는 코앞의 연홍빛을 마주 바라보며 목의 힘을 긁어모아 또렷하게 전했다.

그 말을 듣자 람의 눈이 다시 놀라며 크게 뜨였다가, 바로 분노가 그 감정을 덮었다.

"어느 입으로…… 되찾고 자시고, 잊었다며, 바루스는, 렘을!"

"그래도 되찾을 거야. 렘도, 기억도, 이 탑에 온 목적도, 전부, 모조리 달성하고 다 같이 돌아간다. ──그 정도의 보수, 당연히 받아야지."

"──바루스?"

"당연히, 받아야 한다고……. 이 탑에서, 일어난 일을 생각하면."

숨이 막히기도 한다. 하지만 호흡과는 다른 이유 때문에 씁쓰레하게 볼을 일그러뜨리는 스바루. 람은 그런 스바루의 반응에 눈썹을 찡그리다가, 멱살을 잡은 손에서 살짝 힘을 뺐다.

그 손을, 이번에는 스바루가 두 손으로 잡고 떼어냈다. 그리고 몸의 위치를 바꾸었다.

"──엉큼해. 이거 놔."

위치가 바뀌며 벽에 몰리고 지근거리에서 마주 보게 된 람이 스바루에게 내뱉었다.

그러나 힘없는, 패기가 없는 말에 스바루는 기죽지 않는다.

"람. 나는 기억도, 렘도 되찾겠어. 그러기 위해 힘을 보태 줘."

"────."

"전원의 힘이 필요해. 너희가 아는, 어제까지의 『나츠키 스바루』라면 이런 한심한 말을 하지 않았을지도 모르지. 그래도, 지금의 나는."

율리우스가 맡기고, 베아트리스가 믿고, 에키드나가 용서하고, 에밀리아가 소망했다.

그렇게 모두의 기대를 받는 『나츠키 스바루』라면, 어쩌면 혼자라도 이 속수무책인 사태를 바꾸었을지도 모른다.
하지만 지금의 나츠키 스바루는 그럴 수 없다. 그렇다고 불만을 드러내고, 포기한 채 아무것도 할 수 없다고 투정을 부리기에는 이 탑에 있는 사람들을 너무나 사랑한다.
“렘을 잊은 나를 네가 믿지 못하고 용서 못 하는 것도 이해해. 하지만 지금 그 분노는 뒤로 미루어 줘. 그 대신, 약속하마.”
“약속……?”
“반드시 해내겠어. 몇 번이든 매달릴 거야. 만약 이 약속을 어기면, 네 앞에서 내가 포기하면 그때는 죽이든 살리든 맘대로 해.”
부릅뜬 람의 눈을 바라보며 스바루는 숨결이 닿을 지근거리에서 말을 이었다. 마음을 전달하기 위해서라면 물리적인 거리마저도 좁혀야만 한다는 듯이——.
“내가 포기한 순간, 어떡할지는 너에게 맡긴다. 그것이, 내 사정으로 기억을 분실하고 와서 너를 울린 내 속죄야.”
“안 울었어, 까불지 마.”
“악?!”
엄청난 기세로 뺨따귀를 얻어맞은 스바루가 허물어졌다.
스바루는 붉어진 볼에 손을 짚고 믿을 수 없는 존재를 본 것처럼 람을 쳐다보았다.
“너, 너…… 나, 지금, 꽤, 용기 있는 말을…….”
“멋대로 흥이 올라 가지고, 뭐가 용기 있는 말이야? 애초에, 바루스가 약속이라니 웃기고 있네. 이 세상에서 제일 신용할 수 없는 조건을 용케 스스로 꺼내고 앉았어."

"그거, 에밀리아짱에게도 들은 소리인데 어제까지의 나는 얼마나 약속을 어기고 다닌 거야?!"

"약속을 지킨 적이 언제 있는데?"

"그런 수준?!"

싸늘하게 식은 목소리로 타박당한 스바루는 『나츠키 스바루』에 대한 평가를 다시 고쳤다. 좋든 나쁘든 주가 변동이 격렬하지만, 약속을 어겼다는 건 상당한 하락 요소다.

"역시 『나츠키 스바루』는 변변치 못한 녀석이군……."

"그래, 맞아. 착각하던 것 같은데, 어제까지의 바루스도 만사를 혼자 어떻게 할 수 있을 만큼 유능한 남자가 아니야. 오히려 혼자 어떻게 하려던 결과, 결국 피해를 늘리는 게 특기인 팔푼이지. 람에게도 폐만 끼쳤어."

"진짜냐. 왜 그런 녀석을 탑에 데려온 거야……."

"나서지 못해 안달이 났었으니까. 게다가 주둥이만은 나불나불 잘 돌아가는 남자였고. 그럭저럭 잔재주는 좋아서 잡무를 맡기는 데에 적합했지. 에밀리아 님과 베아트리스 님을 달래는 것도 잘했네. 그리고 또……."

바닥에 책상다리로 앉은 스바루는 형편없이 욕을 먹어 참으로 불편한 기분이었다.

자기가 아닌데, 자기가 혼나고 있다. 에밀리아와 베아트리스가 『나츠키 스바루』를 좋게 말하는 것도 꽤 복잡한 고통이지만, 람이 별별 말로 『나츠키 스바루』를 욕하는 것도 속이 복잡했다.

이렇게 된 바에, 들을 수 있는 내용은 다 들어주자고 스바루는 차라리 대놓고 물었다.

"그리고 뭔데? 다리 짧고, 말귀가 어둡고, 편식하고, 깔끔하게 체념할 줄 모른다?"

"다리가 짧고, 말귀 어둡고, 편식하고, 깔끔하게 체념할 줄 몰랐어."

"그렇겠지—."

"——그리고, 렘을 소중히 여겨 줘어."

"————."

별안간 어조가 변하며 람의 얼어붙은 음성에 감정이 묻어난다.

따스한—— 목소리에 색이 있다고 비유한다면, 그것은 부드러운 연홍빛. 감싸 안는 것만 같은 옅은 색깔.

렘을, 여동생을 생각하는 음성에 정이 드러났다. 그리고 여동생 곁에 『나츠키 스바루』가 있었을 때의 기억을 떠올리며 여전히 사라지지 않는, 부드러운 애정이 엿보였다.

연홍빛은, 다정함을 가리키는 색이라고 스바루가 착각할 만큼.

"바루스. ——정말로, 렘을 잊은 거구나?"

"……응."

람의 눈이 스바루를 비추고 떨어지지 않았다. 대단히, 존경한다.

이런 상황에서 듣고 싶지 않은 말을 들을 때, 스바루라면 눈을 피한다. 그런데 람은 한 번도 눈을 피하려고 들지 않는다.

"바루스. ——정말로, 렘을 떠올릴 거지?"

"그래, 떠올릴 거야. 렘만이 아니라, 다른 전부도."

"최악의 경우에는 다른 전부를 빠트려도 신경 쓰지 않아. 렘의 기억만은 떠올려."

"엄한 소리 마라. 전부 되찾게 해 주라고……."

"반복할게. 렘의 기억만은, 죽어도 떠올려."

"그래, 그건 맹세할 수 있어. ——죽어도, 전부 떠올릴게."

말 그대로, 죽었어도 전부 떠올린다.

이 이세계에서 『나츠키 스바루』가 무엇을 보고, 무엇을 듣고, 무엇을 느끼고, 무엇을 쌓고, 여기까지 해 왔는가. ——그것을 전부, 나츠키 스바루가 되찾는다.

"……좋아. 지금은, 넘어가 주겠어."

그 답변을 들은 뒤, 람에게서 나던 위압감이 불현듯 사라졌다.

그 감각을 느낀 스바루는 바닥 위에 책상다리로 앉은 채로 "괜찮겠어?" 하고 물었다.

"내가 부탁한 거지만, 정말 그래도 돼?"

"남자가 왜 이래. 순순히 받아들여. 바루스의 각오는 들었어. 거기에다, 포기한다면 죽이든 살리든 구타하든 화형하든 물에 처넣든 고문하든 맘대로 하라고까지 들었잖아. 이런데 귀도 기울이지 않는다면 람의 성모 같은 마음이 의심받아."

"죽이고 살리고 이후의 공정은 들은 기억이 없는데……."

"뭐라 했어?"

"아무 말도 안 했습니다."

스바루는 느릿느릿 고개를 가로젓고, 존댓말로 람에게 대꾸했다.

성모라니 제법 허세를 부리지만, '부처님 얼굴도 세 번까지' 라는 일본식 관용구를 감안하면 이미 스바루는 부처조차 용서 못할 다섯 번째 도전에 돌입하고 있다.

신에게도 부처에게도 기댈 수 없다면, 재판을 성모에게 맡기는 것도 흥이 나리라.

"일어나, 바루스. 람은 포기하는 것도, 무릎을 꿇는 것도 용서하지 않아."

"땅바닥에 앉는 거랑 그것들을 같이 취급하지 말아 줘……. 엇차."

스바루는 폴짝 일어나서 엉덩이를 털고 람 쪽으로 돌아섰다.

벽에 등을 기댄 채 흐트러진 옷매무새를 고치고 자신의 팔을 안은 람은 이미 평소와 다름없다. ――이것이 람의 '평소' 라고 느껴지는 자세로 스바루를 마주 보았다.

"……에밀리아 님과 베아트리스 님께도, 같은 말을 했어?"

"그 둘은…… 내가 포기한다고는 전혀 생각하지 않는 눈치였거든."

"그도 그렇지. ――나쁜 바루스가 옳은 거야."

"그러니까 그 둘에게는 부탁할 수 없어. 율리우스와 에키드나에게도, 심정적으로 말이야."

그리고 아마, 에밀리아와 베아트리스, 율리우스와 에키드나.

네 명의 답은 지난번에서 그들과 접촉하면서 들었다고 생각한다.

그렇기에 남은 답은 지금부터 확인해 가겠다.

"그나저나 그거네. ……네 말을 들으면 어제까지의 나도 그다지 대단한 녀석이 아니었던 것 같아."

"렘의 기억 유무로 람에게 바루스의 가치는 격변하고 있어. 말조심해."

람이 차갑게 내뱉고 스바루에게 등을 보이며 걷기 시작했다.

두 사람은 물을 길으러 가는 중이었다. 발길을 멈추는 시간이 길었지만 빈손으로 돌아가면 그거야말로 다른 일행에게 괜한 걱정을 끼칠지도 모른다.

스바루는 한 손에 양동이를 들고 람을 쫓아 옆에 붙었다.

그리고——.

"나는…… 『나츠키 스바루』는, 확실히 여기에 있었던 거지?"

스바루가 람의 옆얼굴에 작은 소리로 물었다.

확인이라기보다는 왠지 모를 불안이 담긴, 넋두리에 가까운 목소리였다. 포기할 수 없다고 맹세한 직후에 입에 담기에는 아마 적당치 못했을 것이다.

말마따나 입에 침이 마르기도 전에 무슨 소리냐고 람으로부터 징벌을 받아도 이상하지는 않았다.

"——바보구나."

하지만 람은 그러지 않고, 발도 멈추지 않은 채 다독이듯이 스바루를 구박하며 말을 이었다.

"지금은 그저 잠시 보이지 않게 되었을 뿐이야. 많은 것이 쌓여서 그 밑바닥에 숨어 있으니까 잃어버린 것처럼 느껴질 뿐. 그것은 차가운 눈에 파묻힌 꽃처럼, 눈이 녹을 계절이 찾아들면 모습을 보일 거야. ——분명, 그냥 그뿐인 이야기야."

표정을 보이지 않는 람에게 스바루는 지금의 표정을 보여 줄 수 없었다.

그토록 폼을 잡은 직후에 이런 한심한 표정을 보여 줄 수 없다.

그러니까 아무 말도 하지 않으며 돌아보려고 하지 않는 람의 모습이 이 순간의 스바루에게는 정말로 성모처럼 느껴졌다.

5

상황은 크게 변해 가고 있다——고 생각하고 싶지만, 실은 썩 그렇지만도 않다.

스바루가 기억의 상실을 털어놓은 적은 이번이 처음이 아니며, 혼란을 남기면서도 표면상으로는 다들 그 충격을 받아주는 것도 보았던 광경이다.

그러나 마음을 어디에 두느냐, 어떻게 가지느냐가 바뀌면 각자를 보는 견해 또한 바뀐다.

지난번에 스바루는 에밀리아 일행을 의심해 그 행동과 태도, 발언을 온갖 각도에서 의심했다. 틀림없이 무언가를 꾸미고 있을 거라고 단정하고.

그러나 그런 의혹의 필터를 벗기고 보면 다양한 행동, 태도, 발언 전방위에서 보이는 것들은 스바루에 대한 배려와 기본적으로는 자기 자신에 대한 질타였다.

요컨대 그들은 의식적으로 자제하며 스바루에게 불안을 주지 않도록 처신하고 있었다.

그 행동을 수상쩍게, 부자연스럽게 느낀 건 스바루 쪽의 문제에 불과했다는 뜻이다.

"똑바로, 하자. 똑바로 하라고, 나츠키 스바루……."

스바루는 자기 자신을 타이르며 가만히 손바닥을 보았다.

스바루의 기억이 사라진 원인이 『타이게타』에 있을 가능성은 크다. 『시험』의 돌파도 중요하지만, 기억 상실의 원인 규명도 급선무다.

현재 발생하지 않은 사태이기는 하지만 만약 스바루 외에도 기억 상실 환자가 속출했을 경우, 전원이 다 같이 '처음 뵙겠습니다' 같은 어처구니없는 상황도 일어날 수 있다.

게다가 사실 너무 느긋하게 준비할 여유도 없지 않은가.

"지난번도, 지지난번도, 탑 안은 엉망진창이었어."

전전회차는 탑 안에서 스바루는 에밀리아 일행의—— 아니, 에밀리아와 베아트리스를 제외한, 탑에 있는 동료들의 '시체'를 잇달아 발견했다.

전회차는 그것과는 달리, 이번에는 동료들의 『죽음』을 잇달아 지켜보게 되어 스바루의 마음은 황폐해져 독심을 품었다.

그러나 이 이상 사태는 모두 그리 머지않아 탑 내부에서 발생하는 재앙이다.

스바루는 최악의 비극을 아는 자로서 그렇게 되는 상황을 막아야만 한다.

그러기 위해서 뭐든지 철저하게 한다. ——그러니까, 맨 처음에, 스바루는.

"————."

여봐란듯이 높은 곳의 가장자리에 선 스바루의 등 뒤에 희미한 숨소리가 들렸다.

의식하고 있으면 존재의 말단을 포착할 수 있을 정도로 적당하게 죽인 기척. 그것을 사전 지식으로 반칙처럼 감지하고 직전에 몸을 돌린다.

"——아."

"어이쿠, 위험해라. ——나 대신에 떨어지지 말라고."

내지른 두 손이 허공을 가르고 그 바람에 앞으로 쏠린 상대의 몸을, 스바루가 순간적으로 뻗은 손으로 받친 뒤 떨어지지 않도록 끌어당겼다.

그 몸은 가볍다. 다양한 국면에서 경험한, 불길한 의미로 가벼운 게 아니라 그 소녀의 겉모습에 적절한 가벼움—— 그렇다. 그 소녀에게, 적절한.

"자, 이야기나 해 보자. ——나를 죽인 책임을 져 줘야 하니까."

그렇게 말한 스바루는 팔을 잡은 소녀—— 메일리에게 웃어 주고 과거에 두 번 자신을 떠민 범인에게 클라이맥스 추리를 날렸다.

제2장『앞날의 이야기』

1

"――――――."

하마터면 나선 계단에서 추락할 뻔한 몸을 부축받은 메일리가 눈을 크게 뜨고 있었다.

그 눈을 마주 보며 스바루는 복잡한 감상을 품지 않을 수 없었다.

『사망귀환』을 활용해 결과적으로 비극을 미연에 방지한 것은 바람직하다. 하지만 이 어린 소녀가 과거에 두 번, 다른 루프에서 스바루를 떠민 범행 또한 실증되었다.

나선 계단에서 스바루를 떠밀어 추락시키는 살인범―― 그것은 지난번에 일찍부터『나츠키 스바루』의 손으로 퇴장당한 메일리 포트루트였다.

"……나를 죽인 책임이라니, 또 이상한 말을 하는구나아, 오빠."

한순간 크게 떴던 눈에 당황이 스치고 지나갔지만, 메일리는 곧바로 웃음기를 띠며 자신의 몸에 두른 스바루의 팔을 손가락으로 쓸면서 고혹적으로 미소 지었다.

그리고 서 있는 위치를 바꾸어 나선 계단 앞에서 스바루와 정면으로 마주 보았다.

"혹시 기억을 잃은 바람에 다른 것도 이것저것 빠트렸을지도 몰라아. 아니라면 이런 오해는 하지 않았을 테니까아."

"오해?"

"응, 그렇잖아? 내가 오빠를 죽이려고 하다니, 너무 지독한 오해야아."

메일리가 뒷짐을 지고 천진한 웃음으로 단언했다. 당당하게 시치미 떼는 태도에 아무리 스바루라도 기세가 꺾였다.

설마 범행 현장을 확보당했음에도 발뺌할 줄은 몰랐다. 하지만 그 저항도 『나』라면—— 아니, 메일리라면 수긍이 간다.

메일리는 좋게 말하면 악착같고, 나쁘게 말하면 즉흥적으로 행동한다.

그때그때 자기 딴에 가장 적합한 답을 고른다. 그것이 메일리가 살아가는 이정표다.

대놓고 말하자면 '짐승'의 방식 그 자체다. ——견본으로 삼은 상대의 영향을 약간 지나치게 받아들인 게 원인이다.

"의심받다니 섭섭해애. 왜냐면, 정말로 내가 오빠네 일행을 죽이려고 한다면, 이런 탑 안보다 사구(沙丘) 쪽이 훨씬 간단했을 거어잖아? 아아, 오빠는 기억하지 못하니까 모를지도 모르지이만."

"그렇지. 확실히 이상한 얘기야. 한참 전부터 우리를 죽이려고 했더라면 그럴 기회가 얼마든지 있었어. 하지만 너는 그러지 않았지."

"그치이? 그렇다면……."

"그런데 나를 죽이려는 동기가, 오늘 아침에 갑자기 생긴 거라면 얘기가 달라지지. 오늘 아침이라기보다, 어젯밤부터의 연쇄 반응이라는 편이 정답일까?"

"————."

스바루가 거기까지 읊은 순간 메일리의 표정이 변화했다. 입술을 다문 메일리는 여유로운 미소를 지우고 나서 깊은 한숨을 지었다.

그리고 그녀는 그 겉모습에 어울리지 않는, 심히 염세적인 태도로 어깨를 으쓱였다.

"……혹시, 나 함정에 빠진 거야아?"

"함정에 빠졌다면, 무슨 의미에서?"

"시험해 본 거 아니야아? 기억을 잃었다는 거짓말을 하고, 내가 오빠를 떠밀려고 하는지 아닌지…… 탑에 도착해서 내 이용 가치도 없어졌잖아? 버리기에는 안성맞춤인걸."

손가락을 꼽아 가며 막힘없이 상황을 확인하며 자신의 불리함을 읊는 소녀가 서글프다.

실제로 그만한 악의는 없다 쳐도, 스바루가 메일리의 행동을 시험해 본 것은 사실이다. 그 점을 부정해 봤자 메일리의 확신은 달리 변하지 않을 것이다.

그러나 분명하게 그 의도를 부정할 수 있는 대목도 있다.

"그래서, 대체 어떻게 나를 처리할 거야아? 기왕이니 앙갚음으로 여기서 떠밀어 볼래? 나쁜 동물도 같이 없는 지금이라면 나 따위 오빠 혼자서도 쉽게 처리할 수 있는데에?"

"착각하지 마라, 메일리. 내 기억 상실은 너를 속이려는 거짓말이 아니야. 사실이니까, 그냥 심각해."

"그건 그거대로 역시 문제다아 싶지만…… 결국 오빠는 어쩌고 싶은 거야아? 복수는 직접 해야 실감이 난다는 생각이라도 해애?"

"으……."

소녀는 그렇게 말하면서 자신의 가는 목에 손을 두르고 혀를 내밀었다.

그 순간, 그 행동에 스바루의 가슴속에서 심장이 세게 뛰었다. 하지만 메일리의 행동은 자신의 죽음을 기억한다는 야유가 아니라, 단순히 살인의 비유 표현 삼아 던진 야유였다.

그렇게 여기자니 참 부지런하게도 스바루 마음에 크리티컬한 공격을 해 대는 꼬맹이 암살자다. 그렇기에 스바루도 앙갚음하려는 발상은 아니어도 한 방 먹일 마음은 들었다.

"너무 오래 끄는 방식으로 죽이는 건 추천하지 않을게에. 내가 괴로워하고 싶지 않다는 이유도 있지만, 오빠는 숨기는 재주가 없어 보이니까……."

"――나는 너를 죽일 생각도, 상처 입힐 생각도 없어. 이다음도, 내일부터도, 지금까지 하던 식으로 어울릴 생각이야."

"……뭐?"

스바루의 대답에 메일리의 표정이 다시 변화했다.

하지만 그것은 조금 전의, 즉각 다음번의 적절한 해답을 골라내던 변화와는 근본부터 다르다. 메일리의 표정에는 명확한 당혹스러움이 번지고, 소녀는 이해할 수 없다는 눈으로 스바루를 바라보았다.

그 시선에 스바루는 당당히 끄덕였다.

"다행히 네 범행은 미연에 방지했으니 당사자인 우리만 비밀로 해 두면 아무 일도 없었던 셈 칠 수 있어. 그냥 회피하기만 해서는 네가 다른 수단으로 나를 죽이려 생각할 수도 있다 보니 제대로 범행 현장을 확보할 필요는 있었지만. 그게 악취미라면 부정은 못하겠다. 미안해."

"아…… 무, 무슨 말을……."

"하지만 뭐, 이번 일로 톡톡히 배웠지? 나를 어떻게 해 보려는 건 너에게도 위험 부담이 꽤 커. 그래도 하겠다면, 그 뭐냐. 최소한 이야기나 한번 해 보자. 불만이 있으면 나도 최대한 귀담아 들을 테니까……."

"불만? 불만이라고……."

별안간 메일리가 작은 목소리로, 떨리는 목소리로 중얼거렸다.

이어서 그녀는 입술을 꽉 다물었다가 터트렸다.

"불만이라면 지금 이 상황이 그래애! 못 믿겠어!"

어떻게든 온건한 결말을 원하는 스바루의 최선을 다한 설득. 그 말에 메일리가 믿기지 않는 존재를 보는 눈초리로 스바루를 보며 부르짖었다.

"못 믿겠어, 못 믿겠어, 못 믿겠다고오……."

부르짖으면서, 그 손은 정신없이 머리채를 만지고 있었다.

그 행동은 혼란에 빠진 자의 정신적인 자기 방위—— 같은 머리 모양을 하던 누군가에 대한 의존심의 표현이라고 스바루는 판단했다.

"지금, 내가 무슨 짓을 하려 했었는지 오빠는 이해를 못한 거야아! 그렇지 않으면 이상해애. 그렇지 않으면……."

메일리는 토막토막 끊기는 말로 부자연스럽다고 아득바득 호소했다.

이렇게까지 평정을 잃은 메일리를 본 것은, 스바루도 처음—— 아니, 『사자(死者)의 서』 안에서 한 번 확실하게 목격했었다.

어젯밤의 행동. 『타이게타』에서 스바루와 조우하고 당황한 메일리는, 그 뒤에 『나츠키 스바루』와의 대화를 거쳐 기억을 잃은 나츠키 스바루를 살해하기로 결의했다.

하지만 급조한 살해 계획은 본인에게도 위험했을 터다.

떠밀려 추락사한 스바루 본인은 알 도리가 없지만, 스바루가 죽은 뒤, 메일리는 무슨 수로 살인 용의에서 벗어날 심산이었던 것일까.

물론 스바루의 추락사가 단순한 사고로 치부될 가능성도 없지는 않지만, 그것도 꽤 위험한 시도라고 생각한다.

에밀리아와 베아트리스, 람에 대해 안 지금, 그들이 스바루 사망의 진상을 어영부영 넘길 일은 없을 거라 확신할 수 있다.

그 경우, 메일리의 범행이 폭로되는 사태는 피할 수 없다.

람과 율리우스, 에키드나라면 스바루보다 훨씬 스마트하게, 한 번도 죽지 않고 진상을 밝힐 것이다. 그 사실을 베일리가 고려하지 못했다고는 생각할 수 없다.

그러니까, 이것은——.

"너의 돌발적인 범행이다. 충동적인 행동이야."

발뺌을 할 속셈도, 증거를 숨기려는 노력도 없다.

메일리에게는 다른 선택지가 없었을 뿐이다. ——살인은, 습관이 되기에.

그 외의 선택지가 떠오르지 않을 만큼 메일리의 삶이 가혹했었기에.

"너는 살인이 습관이 되었을 뿐이야. 매사를 해결하기 위한 선택지에 다른 방법이 떠오르지 않을 뿐이야. 그건, 네 탓이 아니야."

"——익! 안다는 투로, 말하지 마아! 오빠가…… 네가! 나의 뭘 안다는 거야?!"

"——알아."

"————."

격분하며 대들던 메일리가 찬물을 뒤집어쓴 것처럼 굳었다.

스바루는 메일리를 곧게 바라보며 강하게, 또렷하게 단언했다.

"메일리. 나는 너에 대해 알 수 있어. 징그러울지도 모르지만 어쩌면 나보다 너를 이해하는 녀석은 이 세상에 둘도 없을걸?"

어깨를 으쓱이는 스바루의 말에 메일리가 몹시 겁먹은 표정을 지었다.

그 반응을 당연하다 여기면서도 동시에 스바루는 고심하고 있었다. 이 속내, 메일리에게 느끼는 일그러진 '자기애'를 어떻게 전할지를.

"──────."

떠오르는 것은 여러 번에 걸쳐 반복되던 『나』의 유혹.

나츠키 스바루의 행동마다 속삭이는 목소리로서 나타나 여러 번 스바루를 살인이라는 이름의 문제 해결로, 가장 뒤탈 없는 최악의 행동으로 이끌려던 살인의 유혹.

『사자의 서』를 읽음으로써, 스바루 안에서 동일화한, 죽은 메일리 포트루트의 망령이 던지는 유혹──.

"──아니야, 그렇지 않아."

스바루는 고개를 가로저어 죽인 소녀에 대한 책임 전가를 비난했다.

지난번, 음울한 의심의 소용돌이에 빠져드는 스바루를 홀리듯이 때때로 속삭이던 목소리. 그 목소리를 이번에는 한 번도 듣지 못했다. ──아니, 이제 두 번 다시 들릴 리 없을 것이다.

이 마당에 이르러서 무슨 생각이냐. 눈앞의 소녀가 보이는 곤혹과 초조함을 보아라. 무엇보다 스바루 자신이 봤던 메일리의 『사자의 서』를 돌이켜 보아라.

메일리가 떠안은 고뇌를 생각하면 형편 좋게 살인을 교사하는 인격을 갖출 여지도 없다.

그것은 『사자의 서』로 동일화한 메일리 같은 게 아니었다.

그것은 스바루의 약한 마음이 보인 허깨비다.

——그 증거로, 그 목소리의 소녀는 단 한 번도 스바루 앞에 모습을 드러내지 않았다.

"————."

스바루는 몹시 일방적으로 『사자의 서』를 경유해 메일리의 인생을 추체험했다.

그것은 메일리의, 철이 든 뒤의 나날——자아를 확립하고 존재를 규정한 뒤, 결코 길다고는 할 수 없을 생애가 부조리하게 닫힐 때까지를 지켜본 것이다.

그 나날 중에는 다른 이가 헤아릴 수 없는 허무가 있으며, 그 크나큰 공동에 필적할 만한 '공포'를 느낀 경험과, 유일하게 빛나는 감정이 있었다.

그 감정의 이름이야말로——.

"——엘자 그란힐테."

"——아."

"그것이, 네가 나를 죽이려던 이유지?"

그 이름을 꺼낸 순간, 메일리의 반응은 극적인 것이었다.

소녀의 사랑스럽고도 고운 표정이 마음의 고통으로 일그러지며 황록색 눈을 극한까지 부릅떴다.

그 반응은 건드려서는 안 될 곳을——아닌, 타인이 흙발로 들어서는 짓을 결코 용납지 않는 영역에 들이고 만 상황에 대한 분노였다.

그리고 그 이상 짓밟히는 사태를 거부하듯 메일리는 행동했다.

멈출 겨를도 없었다.

"아무도, 나를——!"

외치는 소녀의 눈꼬리로부터 눈물이 뺨에 흐르고, 몸을 돌려 바로 옆으로 투신했다.

그건 한 번 모면했을 터인 추락, 모든 것을 망치려는 한 수—— 속마음을 숨기고자 소녀는 스스로 나선의 공동에 빨려들 듯이 뛰어들었다.

2

——엘자 그란힐테는, 터무니없는 여자였다.

"——데려오라는 말을 들었거든. 그러니 같이 가 줘야겠어."

첫 만남은 최악이었다.

자신은 좋다거나 싫다거나 하는 호오의 대상을 가릴 수 없었지만, 그래도 만남은 최악이었다. 무엇 하나 좋아할 요소가 없었다.

아무 것도 없었던 자신을 가까스로 보호해 주던 사악한 짐승들—— 그것들을 몰살하고서 엘자는 억지로 숲에서 소녀를 데리고 나왔다.

무감각한 거동으로, 명령이니까 어쩔 수 없다며 옆에 있던 짐승들을 죽였음에도, 아무렇지도 않게. 그런 엘자를 죽이려 마음먹었다.

몇 번이나, 몇 번이나 몇 번이나, 죽일 기회를 엿보며 그 목에 이빨을 박았는데——.

"——? 왜애? 간지러우니까 그만두렴."

엘자는 목을 깨무는 소녀를 내려다보며 아무 감각도 느끼지 못하는 투로 말했다.

빼빼 말라서 영양 상태가 좋지 않은 소녀. 숲에서 끌려 나와 싫어하는 몸을 뜨거운 물로 씻기고 치렁치렁한 옷을 입힌다. 그 대우를 거부하며 살의를 실행한다.

소녀의 복수를, 엘자는 따분하다는 표정으로 쳐내고 거들떠보지도 않았다.

그때마다 소녀는 말로 표현할 수 없는 감정에 떨며 복수심을 불태웠다. 말로 표현할 수 없다는 것이 아니라, 말을 모른다는 것이 적절했다.

소녀는 주어진 옷을 벗어 던지고 알몸을 드러내면서 여전히 엘자를 노렸다. 짐승에게 옷을 입는 습관은 없다. 필요한 것은 날 때부터 지닌 힘뿐이다.

"그래서 그런 지저분한 넝마를 되찾으려 한 거니? 나도 별로 복장에 집착하지 않는 편이지만 너도 참 별나구나."

"아으, 아오오오우, 아우우우……."

"혈기왕성하기도 해라. ——저기, 메일리."

—— '메일리' 라고.

빼앗긴 것을 되찾겠다고, 살해당한 동포의 원수를 갚겠다고 수없이 도전하는 소녀를, 어느덧 엘자는 그렇게 부르기 시작했다.

"그게 네 이름인가 봐. 알아보기 어려웠지만, 이 넝마에 제대로 수를 놓았으니……. 남의 이름일지도 모르지만 호칭이 없으면 불편하잖아."

"그러니까." 하고 엘자는 고혹적인 미소와 함께 말을 이었다.

"——너는, 메일리. 나는 그렇게 부르기로 할게."

——엘자 그란힐테는 밉살맞은 여자였다.

"그 사람 말에 놀아나는 건 그만둬. 내가 아니라면 틀림없이 목숨이 몇 개 있어도 부족해질 테니까."

『어머니』와의 첫 대면이 있었고, 첫 『교육』을 받았다.

『어머니』의 손이 닿자마자 소녀—— 메일리는 자신이 자신 아닌 다른 존재로 변화하는 과정을 체감했다.

짐승이 되었다. 새가 되었다. 물고기가 되었다. 벌레가 되었다. 형용하기 어려운 존재로 바뀌고, 단순한 살덩어리로 바뀌는 것도 체감했다.

하지만 정점은 자신의 존재가 무수하게 분열하는 체험이었다.

메일리라는 소녀가 백은 거뜬한 수의 개구리로 재구축되어 각각이 의지를 가진 것처럼 저마다 뛰어다니고—— 자신이 사라져서 다시는 되찾지 못할 거라는 공포가 영혼에 새겨졌다.

『어머니』에 거역하자는 생각은 다시는 못하게 되었다.

다시는 그 『교육』을 맛보고 싶지 않다는 절대적인 복종심이 마음을 지배했다.

그런, 메일리에게로——.

"떨고 있니? 추운가 봐."

갸우뚱하며 전혀 심정을 이해하려고 들지 않는 흑발 소녀가 진심으로 밉살맞았다.

엘자는 사라지지 않는 공포에 온몸이 지배당해 덜덜 떠는 메일리 옆에 붙어 그 어깨를 안고 딱히 별말 없이 곁에 있었다.

추워서 떨고 있는 게 아니라고 말하지도 못한 채, 그저 분하기만 했다.

그렇기에——.

"——? 간지러우니까, 그만해 줄래?"

그러니까 메일리는 다가붙은 엘자의 목에 이빨을 박았다.

——엘자 그란힐테는 끔찍한 여자였다.

"메일리, 귀찮으니까 머리를 땋아 줄래?"

소녀였던 엘자는 어느덧 여자가 되었으며 짐승이었던 메일리가 어느덧 소녀가 되었다. 그런 세월이 어느새 지나갔는데도 엘자는 함께 있었다.

말할 수 있게 되었다. ——말하는 법은 엘자를 참고했다.

옷도 제대로 입고 있다. ——옷의 센스는 엘자를 참고했다.

일도 잘 수행하고 있었다. ——방식은 엘자를 참고했다.

——그리고 그 전부를 엘자에게는 비밀로 했다.

"메일리? 듣고 있니? 머리를 부탁했는데."

"——응, 듣고 있어. 엘자도 차암 칠칠맞지 않아아."

푹신한 소파에 나란히 앉아서 어깨에 머리를 맡겨오는 엘자에게 콧방귀를 뀌었다. 긴 흑발을 푼 엘자는 평소 이상으로 태평한 성격처럼 보였다.

방심을 훤히 드러낸 그 태도가 참으로 거슬리는 느낌이 들었다.

"아그으."

"——? 간지러운데."

수도 없이 그랬던 것처럼 엘자의 목덜미에 이빨을 박았다.

더 세게, 살을 찢고 아프도록 깨물 수도 있다. 만났을 적의 나약한 메일리와는 다르니까.

밥을 먹고, 말도 할 수 있고, 이름도 있고, 엘자를 알고 있으니까, 그러니까.

"아그으."

"……이상한 아이야."

엘자는 목덜미를 깨무는 메일리를 흘겨보며 미소를 띠고 복수당하는 대로 놔두었다.

엘자는 터무니없는 여자였다. 밉살맞은 여자였다. 끔찍한 여자이기도 했다.

이렇게나 자란 뒤에 사라지지 않기를 바랐다.

터무니없이, 밉살맞을 만큼, 끔찍스러울 만큼, 엘자는 자기 인생의 일부라서.

일부라기에는 너무나 크나클 정도의 존재라서.

그렇기에 그것을 폭로당할 바에는, 짓밟힐 바에는, 엘자 그란힐테가 살해당할 바에는, 메일리 포트루트는——.

3

"……얌전히, 끝내 주는 편이 훨씬 나았어."

"——응, 미안하다. 하지만 남의 집에 들어갈 때는 신발을 벗지만 남의 마음에 쳐들어갈 때는 성큼성큼 들어가는 게 나츠키 가문의 가풍이거든."

거리낌 없이 당당하며 주눅 한 점 없는 나츠키 켄이치. 궁극의 마이페이스로 생뚱맞은 발언을 연발하지만, 그래도 핵심만은 놓치지 않는 나츠키 나호코.

그런 나츠키 일가의 일원으로서 나츠키 스바루는 어린 암살자의 마음에 흙 묻은 발로 쳐들어간다.

"————."

팔다리의 힘을 빼고 축 처진 메일리. 그 허리에 팔을 둘러 지탱하고 있는 스바루는 이를 악물고 계단 턱에 걸었던 왼손의 채찍을 고쳐 잡았다.

스바루와 대화하는 중에 엘자의 이름이 나오자마자 몸을 돌려 스스로 죽음에 뛰어들려던 메일리—— 그 움직임은 기민해서 막을 새도 없었다.

그렇기에 스바루는 미리 준비한, 메일리의 투신에 대한 방책을 이용했다.

"말했잖아. 너에 관해서는 세상에서 내가 제일 이해한다고."

"……징그러워어."

"그렇게 말하지 마라. 스스로도 영 께름칙한 작업 멘트니까."

쓴웃음 짓는다. 하지만 싫어하든 거부하든, 사실은 사실이니까 어쩔 수 없다. 스바루는 그 마음을 쓰라리도록 알고 만다.

메일리의 마음속 깊이 뿌리 내린, 충동적인 흉행으로 빠지는 요인——. 나츠키 스바루가 모르는, 그러나 터무니없이 가깝게 느껴지는 검은 살육자.

"————."

그 여자를 생각하면 마음에 치솟는 것은 안도와 동경, 비탄과 격노, 그리고 공백——. 메일리가 그 여자에게 품던 감정은 복잡한 것 같으면서도 단순하기 그지없었다.

——메일리는 엘자를 따랐었고, 사랑했었으며, 동경하기도 했었다.

그렇기에 그것을 빼앗기자 슬퍼하며, 괴로워하고, 증오해서 실의에 근거한 살의를 품었다.

그 감정을 내색도 않고 스바루 일행의 여행에 동행한 것은, 전부 복수를 위한 연기였다고—— 그렇게 말할 수 있을 만큼 요령이 좋지는 않았다.

오히려 메일리는 요령이 진짜 꽝이었다고 해도 좋다.

증오해야 할 원수라고도 할 수 있는 스바루와 동료들에게 연기할 필요도 없을 만큼 적절한 감정을 품지 못하고 있던 메일리. 메일리 본인은 진심으로 알지 못했던 것이다.

자신이 잃어버린 것이, 자신에게 얼마나 중요한 존재였는지.
자기 마음이 입은 상처의 깊이도 모를 만큼 감정에 무지하던 슬픈 소녀. ——환경이 만들어 낸, 양식된 살인 청부업자. 그것이 메일리 포트루트다.
"복수, 하고 싶었냐?"
"……모르겠어."
"만약 그랬다 쳐도, 엘자는……."
"그런 짓 바라지 않지이. 그건 알아."
스바루의 물음에 메일리는 두 번 연속으로 고개를 가로저었다.
스바루는 메일리의 마음을 이해한다. 그리고 스바루의 말이 정곡을 찌르고 있음을, 메일리도 이해하고 있었다.
이 상황에서 메일리와 스바루는 대등했다.
"……어째서, 오빠는 나를 구하려고 그래애?"
"————."
"나는, 오빠를……. 그건 뛰어내리기 전부터 알던 사실이잖아? 그런데 이상해. 오빠는, 이상하다고오……."
"그렇지, 나도 동감이야. 하지만…… 네가 없어지면, 거의 아무것도 기억하지 못하는 내 세계가 또 하나 쓸쓸해져. 그렇기 때문일까."
몸의 힘을 쭉 빼고 죽음마저 받아들이려던 소녀가 입술을 깨물었다.
스바루의 답변은 메일리가 바라던 것이 아니다. 그렇다고 스바루는 원하는 답을 줄 수가 없다. 그것은, 스바루가 모르는 동기와 이야기.

메일리가 진정 원하는 것은 더 이상 만날 수 없는 소중한 존재의 말이다.

"하지만 이미 그 목소리를 들을 기회는 없어."

"________."

"만약 『사자의 서』에서 그 이름을 찾아내도, 그건 미래를 이야기해 주지 않으니까."

그렇기에 자기 감정을 주체하지 못해 정답을 모른 채로 막다른 곳에 몰렸지만, 그런 마음속 방황을 풀 방법이 '살인' 밖에 없는 메일리가 서글프다.

동시에 메일리에게 그런 선택지밖에 주지 못한 세계를 증오한다.

메일리가 사랑하는 엘자의 모습조차 그 사실은 뒤집을 수 없다.

엘자는 메일리에게 빛이었을지도 모르지만, 그 빛이 비춘 길을 걷는 건 평범한 인간에게는 너무나 가혹하다.

"네가, 자기 감정을 주체하지 못하고 있는 건 알아. 하지만 그 답은 아마 여기서 바로 낼 수 있을 게 아니야. 그러니까."

"________."

"이 자리는 나한테 맡겨라. 나쁘게 대하지는 않을 거야. 적어도 나쁘게 되지 않도록 나는 노력할게. 너도, 그러고 싶다고 생각해 준다면."

"……믿을, 수 없어. 오빠를. 말로는 무슨 소리든 다 할 수 있는걸."

스바루가 설득해도 고개를 숙인 메일리는 쉽게 수긍하지 않는다.

당연하다. 그 말은 메일리가 평생 만들어 온 삶의 방식에서, 그 사전 속에 존재하지 않는 삶의 자세를 발견하라는 요구이기에.

덤으로 제안한 당사자가, 어찌 된 영문인지 모르겠지만 유난히 아는 척 잔소리를 하는 나츠키 스바루.

하물며 자신이 떠밀릴 각오와 함께 이런 장소로 꾀어내는 작자라면, 스바루 본인도 수상쩍어서 기겁할 지경이다.

그러므로 그렇게 말할 줄 알고 차선책은 준비해 두었다.

"내 말을 믿을 수 없다면 어느 정도 반성하마. 아무래도 어제까지의 나는 약속 어기는 상습범이었다니 말이지. 그러니까."

"그러니까?"

"나랑 너의 약속이 아니라, 우리와 너의 약속으로 하자."

"————."

스바루가 던진 말에, 의도를 이해하지 못한 메일리가 눈썹을 씨푸렸다.

그러나 메일리가 느낀 의문의 답은 바로 밝혀졌다.

그것은 바로——.

"——응, 괜찮아. 나도 제대로 듣고 있었으니까, 약속의 증인이야."

"——아."

목소리가 들려 어깨를 들썩인 메일리가 뻣뻣하게 고개를 들었다. 시선이 바라보는 곳에서 나타난 이는 나선 계단에 걸린 채찍을 잡고 있는 미소녀—— 에밀리아였다.

에밀리아는 가냘픈 팔에 힘을 주고는 놀랍도록 가뿐히 두 사람을 끌어올렸다. 목숨이 간당간당하게 매달린 허공에서 생환한 스바루가 에밀리아에게 손을 들었다.

"살았어, 에밀리아짱. ……솔직히 산 것 같지가 않더라."

"산 것 같지가 않더라는 말은 내가 할 말이야! 아유, 설마 같이 뛰어내릴 줄은 몰랐으니까 심장이 튀어나오나 싶었어."

에밀리아가 고개를 팩 돌리고 스바루의 무모한 행동을 타박했다. 그 서슬에 변명이 나오지 않아 스바루는 처량한 표정으로 머리를 긁었다.

그런 두 사람의 대화 옆에서 계단에 무릎을 꿇은 메일리가 눈을 요동치며 물었다.

"언니…… 듣고, 있었어……?"

"응. 스바루에게, 입회해 달라고 부탁받았거든. ……메일리가 위험해지면 구해 달라고 그래서. 정말로 그렇게 됐지 뭐야."

에밀리아가 '아유' 하고 입술을 삐죽인 채 무모한 짓을 한 스바루를 나무라듯이 쳐다보았다. 그 눈빛과 말에 메일리는 놀란 기분을 남긴 채로 자신을 손가락으로 가리켰다.

"내가, 위험해지면……? 오빠가, 아니라……?"

"응, 메일리가 위험해지면. 그러면 되었던 거지? 스바루."

"그래, 맞아. 그것만이 좀 진지하게 불안 요소였거든."

떠밀러 올 걸 안다면 스바루도 메일리의 범행을 막을 자신은 있었다. 추궁당하면 메일리가 투신할 거라는 예측도.

실제로 그 양쪽 다 미연에 방지하는 행동은 성공했지만——스바루에게 가장 큰 귀문이었던 것이 『나츠키 스바루』의 동향이다.

——『나츠키 스바루 등장』이라고, 무수한 자기주장을 남긴 흉악한 존재.

『나츠키 스바루』가 메일리에게 무슨 짓을 저지르지 않을지, 그 확증만이 없었다.

메일리가 살해당한 지난번 루프에서 『나츠키 스바루』의 범행이 자신을 죽이려는 메일리에 대한 정당방위였다고 가정한다면, 그 범행 현장을 확보한 직후에 『나츠키 스바루』가 스바루의 뜻에 반하는 행동을 취하지 않는다고 단정할 수도 없었다.

따라서 스바루는 그 문제를 자신보다 명확하게 강한 상대에게 맡기기로 했다.

자신의 의식이 없어지고 대신 『나츠키 스바루』가 겉으로 드러난다고 해도, 에밀리아라면 반드시——아니, 동료들이라면 어떻게 해 줄 거라고 믿으며.

"들어줘, 메일리. 스바루가 한 말, 나는 믿어. 메일리가 믿을 수 없다면 같이 스바루를 빤히 보고 있으면 돼. 그러다가 만약 약속을 어길 것 같으면 내가 같이 화내 줄게."

"오빠를, 감시해……? 그런 건, 이상해애. 이상하잖아. 오빠랑 언니가 감시할 건, 나여야 하는데……."

"만약 메일리가 나쁜 짓을 하려고 든다면, 그건 스바루가 메일리와의 약속을 어겼을 때. 그렇다면 감시할 것은 스바루가 약속을 지키는지 어기는지야. 순서대로, 맞지?"

"————."

토 달 곳 없는 논리처럼 주장해서 메일리가 심히 곤혹스러워한다. 소녀가 혼란을 다독이지 못하는 와중에 스바루는 "다시 말해서." 하고 운을 뗐었다.

"너는 잘못된 짓을 할 뻔했지만, 나랑 에밀리아의 나이스 세이브로 어찌어찌 미연에 막은 거지. 그러니까 어떡하면 좋았는지를 배울 기회가 있어. 그 기회로 어떻게든 나를 죽이는 것 말고 다른 길을 찾아낼 수 있을지…… 겨뤄 봐야겠네."

"겨뤄 봐……?"

"네 마음속의 복잡한 감정을 제대로 정리했을 때, 그때도 나를 죽여야 한다고 생각할지, 아니면 그렇지 않다고 생각할 수 있을지…… 나도 열심히 윤리 수업을 해 볼게."

스바루는 자신감 없이 웃고 메일리의 곤혹감에 그런 길을 제시했다.

솔직히 쓸데없는 오지랖이기는 할 것이다. 메일리에게는 여태까지 형성해 온 삶의 방식이 있으며, 스바루는 거기에 멋대로 새로운 가능성을 덧붙이려는 중이다.

하지만 그것을 거부하면 이 모래탑에서 메일리의 길이 닫힌다. 여태까지의 메일리가 길러 온 자세로는 이 모래탑을 함께 극복할 수 없다.

그리고——.

"나는 네 중도 하차를 용납하지 않아. 네가 몇 살인지 자세한 건 모르지만…… 내가 너만 할 때 나는 주위의 어른에게 실컷 도움받았다고."

"————."

"그러니까 나는 네가 싫어해도 너를 도와줄 거야. 어떡하면 될지 모르겠다며 주위의 손길을 거부하기에 너는 아직 러블리하기 짝이 없어."

그렇게 말한 스바루가 메일리의 겨드랑이 밑에 손을 넣어 그 가벼운 몸을 일으켜 세웠다.

들렸다가 바닥에 발을 디딘 메일리의 몸이 움찔 떨었다. 불안한 눈으로 바라보는 메일리. 스바루는 그 머리를 최대한 자상하게 쓰다듬었다.

그 가녀린 목을 조르지는 않는다. 다른 해법을 『나츠키 스바루』에게 제시한다.

메일리는 죽을 필요가 없는 아이다. 그리고——.

"부탁이니까, 스바루를…… 우리를 믿어 줘, 메일리."

"——아."

머리를 쓰다듬는 손길에 몸을 움직이지 못하던 메일리를 에밀리아가 뒤에서 껴안았다. 그 몸에 다정하게 감싸인 메일리가 살며시 입술을 깨물고, 에밀리아는 볼을 가까이 대며 말했다.

"이 모래탑은 네가 커다란 무언가를 결정하기에 너무 좁은 장소인걸."

"————."

"여기서 나가서, 더 넓은 장소에서 탑을 찾아 줘. 우리도 엄—청 애쓸게."

갈 곳이 없는 감정을 이런 폐쇄적인 공간에서 주체 못하는 것은 교육상 좋지 않다.

스바루가 말을 골라본들 그런 표현밖에 떠오르지 않았는데, 에밀리아가 다정한 말에 진지한 마음을 담아서 메일리에게 이야기했다.

그 말에 메일리는 연거푸 생각에 잠기듯 시선을 이리저리 돌리다가 대답했다.

"엘자는…… 잊고 싶지, 않아."

"그래, 그렇게 해. 좋아하는 사람을 잊을 필요는 없지. 단지, 뭐……."

거기서 스바루는 말을 끊고 『사자의 서』에서 본, 검은 옷을 입은 미녀를 생각했다.

참으로 신기한 인상. 접점은 없는데, 가깝게 알고 지낸 느낌이 드는 여자. 그런 상대를 회상하던 스바루는 왠지 무의식중에 자신의 배를 어루만지면서 입을 열었다.

"——좋아하는 사람이라도, 방식만은 흉내 내지 말았으면 좋겠네."

그리고 힘없이 신신당부했다.

——메일리가 힘없이, 망설임을 남기면서도 고개를 끄덕인 것은, 족히 몇십 초나 되는 침묵을 거친 뒤였다.

4

"솔직히 조마조마했어. 하지만 스바루의 부탁이니까 꾹 참은 것이야."

"스승님은 불사신인걸요. 저는 걱정 안 했습다. 오히려 스승님의 등 뒤에 선 순간, 꼬맹이 2호가 산산조각 날 가능성을 의심했죠."

"아, 으……."

입씨름하면서 천천히 나선 계단을 올라오는 얼굴을 보자 메일리가 하얀 뺨을 붉히고 입을 뻐끔거리면서 말문이 막혔다.

스바루는 메일리의 변화를 흘깃 쳐다보다가 "여어." 하고 계단의 인영에 손을 들었다.

"보험 맡아 줘서 고맙다. 어떻게 떨어지는 건 모면해서 안심했지 뭐냐."

"……아무리 스바루의 당부라도 정말로 떨어질 것 같았으면 용서했을지 여부는 미심쩍어. 그러니까 그 점에서도 운이 좋았던 것이야."

드레스 옷자락을 손끝으로 잡고 콧방귀를 뀌는 베아트리스. 그 뒤로는 머리 뒤로 깍지를 낀 샤울라가 따라온다. 사이좋게 아래층에서 대기해 주던 두 명이다.

"뭐, 뭐, 뭣…… 오, 오빠? 저 두 사람, 어떻게 된 거야아……?"

베아트리스와 샤울라의 모습에 메일리가 대경실색해서 스바루를 돌아보았다. 아닌 밤중에 홍두깨라는 듯한 소녀의 동요에 스바루는 팔짱을 끼었다.

"아니, 이렇게 말하면 뭐한데, 같이 뛰어내리는 작전이라면 멋있지만 한 발짝 삐끗하면 둘 다 죽잖아? 그건 좀 위험하니까."

"그, 그래도 언니가 우리를 지켜보고 있었잖아……?"

"그야 나도 에밀리아짱이 겁나게 귀여운 외모답지 않게 파워풀한 건 알지만, 만에 하나를 고려해야지. 만약 깜빡해서 에밀리아짱까지 같이 떨어지기라도 했다간 감당이 안 돼."

실제로 지난번 막판에 스바루는 에밀리아와 함께 추락하면서 죽음을 맞이했다. 끌어안았음에도 구하지 못했다. ——그 사실은 마음에 깊이 박혔다.

"그러니, 그런 만일의 사태도 발생하지 않도록 손을 쓴 거지. 밑에 두 명…… 베아트리스와 샤울라가 보고 있으면, 일단 괜찮겠거니 전망했거든."

"그렇게까지 해서……. 더 간단하고 영리한 길도 있었을 거잖아."

스바루의 설명을 들은 메일리가 눈을 내리깔면서 중얼거렸다. 부끄러운 장면을 들켰다는 치욕은 옅어졌지만, 대신에 겸연쩍은 감각이 생겼을까.

그녀의 말에 스바루는 "하긴." 하고 볼을 손가락으로 긁었다.

"네 말마따나 더 영리하고 간단한 길은 있었을 거라고 생각해. 생각은 하는데……."

"생각은 하는데에?"

"내 머리로 떠오르는 수준이라면, 간단은 타협과 표리관계고, 영리는 치사함의 이웃사촌이거든. 나는…… 응, 나는 타협하고 치사하게 굴고 싶지 않았어."

그 말을 듣자 메일리의 눈동자에서 동공이 가늘어지고, 살며시 입술을 깨물었다.

스바루는 그 모습을 쓴웃음과 함께 바라보고 주먹을 꽉 쥐었다.

전부, 어떻게든 하자고 마음먹었다. 전부, 어떻게든 하고 싶다고 소원했다.

그렇다면 전부 어떻게든 하기 위해서 자기가 할 수 있는 일은 전부 하고 싶다.

"그러니까 에밀리아짱에게 부탁하는 것도, 베아트리스랑 샤울라에게 부탁하는 것도 주저하지 않아."

"응, 그런 거야. 나도 처음 스바루에게 이 얘기를 들었을 때는 놀랐어."

메일리를 뒤에서 안은 채로 있던 에밀리아가 맞장구쳤다. 메일리의 가녀린 어깨에 턱을 싣고 물끄러미 스바루를 올려다보고 말을 잇는다.

"그래도 스바루가 엄—청 진지한 건 한눈에 알 수 있었거든. 게다가……."

"게다가?"

"——스바루가 상담해 줘서 기뻤어. 스바루는 만날 내가 알아차렸을 때는 전부 끝내 버릴 준비를 하고 있을 때가 많아서."

남보라색 눈의 소녀가 쳐다보는 눈에 미소가 더해지자 스바루는 숨을 죽였다.

스바루의 얼굴이 굳으니 에밀리아는 도리어 볼과 입술에 힘을 빼면서 끄덕였다.

“그렇다 보니 이번에는 어떻게 하냐고 상담해 줘서, 처음부터 같이 생각할 기회를 줘서 기쁘더라. 후훗, 왠지 이상하네.”

“……말해 봤자 별수 없는 일이지만, 어제까지의 내가 정말로 열 받네. 아니, 하지만 이 얼굴을 볼 수 있고, 이 목소리를 들을 수 있다는 건 내 특권이니까 오히려 어제까지의 나에게 쌤통이라는 쪽이 상황적으로 맞나……? 에밀리아짱, 어떻게 생각해?”

“미안. 무슨 말을 하는지 좀 모르겠어.”

미소 지은 채로 선뜻 헛소리를 흘려 넘기자 스바루는 어깨를 축 늘어뜨렸다.

그런 세 사람에게로 겨우 계단을 다 올라온 두 명이 합류했다.

“아무 일도 없어서 새삼 안심한 것이야.”

“아무 일도 없었다는 말에는 좀 어폐가 있지만. 메일리의 안에서 여러 가지 의식 개혁이 있었음을 고려해서…… 아무것도 없지만 있다고 하자.”

“오— 스승님 역시 대단해요! 진짜로 무슨 말을 하는지 당최 모르겠지만, 분위기만 멋있는 말 하는 데는 나설 자가 없습죠!”

“너, 나에 대한 경의가 진짜로 있긴 하냐?”

샤울라는 무슨 말을 들어도 조건반사적으로 감격하는 구석이 있는데, 스바루가 메일리를 구하고 싶은 취지를 상담했을 때 맨 처음 찬동해 주기도 했다.

물론 깊은 생각 없이 머릿속에 스바루가 하고 싶은 일을 밀어 주려는 의도밖에 없다는 느낌이기도 하지만, 그런 그녀의 존재 덕을 보는 것도 확실하다.

"얘, 베아트리스…… 나한테, 화나지 않았어?"

"당연히 화났지. 하지만 너는 베티가 빠직 터지기 직전에 가까스로 멈춰 섰어. 사구에서 있던 일도 있으니 지금 것으로 청산해 줄 것이야."

"————."

"단! 지금 걸로 청산해 주는 것은 이 여행의 사건뿐이라고. 너에게는 아직 이전 저택을 베티의 금서고째로 태워 먹은 죄가 있는 것이야. 그게 있는 한, 베티가 너를 용서할 일은 당분간 없어."

짧은 팔로 팔짱 낀 베아트리스가 메일리의 물음에 엄한 눈빛으로 대답했다. 그 말에 메일리가 숨을 죽였지만, 바로 에밀리아가 "후훗." 하고 웃으며 첨언했다.

"알아듣기 어렵지만 방금 베아트리스는 '당분간' 이라고 했으니까. 메일리가 착하게 있으면 잘 용서해 줄 거라는 소리야. 엄—청 착하지?"

"에밀리아! 쓸데없는 말은 하지 마!"

"……되도록, 조심하기로 할게에."

엄한 의견의 뒷면이 폭로당한 베아트리스가 얼굴을 붉히자 에밀리아가 미소를 지어 보였다. 그 모습에 메일리가 작은 소리로 대답했다.

그 광경을 바라보면서 스바루는 몇 번 만족스럽게 끄덕였다.

이걸로 겨우 눈에 보이는 전진이 있었다고 말할 수 있는 게 아닐까.

적어도 스바루를 죽이려 드는, 그렇게 내몰리는 소녀의 행동은 저지했다. 그래도 아직 이 탑에서 일어나는 참극 중 하나에 불과하지만——.

"——그래서, 스승님, 정말로 괜찮은 거예요?"

"응?"

골똘히 생각에 잠겼을 때, 스바루 바로 옆에 선 샤울라가 덤덤하게 말을 건넸다.

샤울라는 스바루 옆에서 눈을 가늘게 뜨고서, 에밀리아를 가운데에 두고 대화를 나누는 베아트리스와 메일리를 바라보고 있었다.

"스승님을 죽이려던 애라구요. 정말로, 책임을 묻지 않아도 괜찮겠어요?"

"뒤숭숭한 소리를 다 하네, 너. ……괜찮아. 책임이라면 메일리는 먼저 져 둔 게 있어. 하지만 무슨 책임을 졌느냐는 부분을 아무도 잘 가르쳐 주지 않았으니까 저 모양인 거지. 그걸, 지금부터 가르칠 거다."

"스승님도 했던 말이지만, 그런데도 또 스승님을 죽이려 든다면요?"

"그건 내가 어지간히 가르치는 재주가 없다는 거지. 하지만 나 혼자 하는 것도 아니잖아."

샤울라의 추궁에 스바루는 그렇게 답변했다.

스바루 혼자서 어릴 적부터 배양된 암살자로서의 윤리관을 바꾸라고 한다면 그건 도저히 어려울 것이고, 솔직히 짊어질 수 있을 만한 무게의 책임도 아니다.

그러나 스바루는 혼자서 뭐든지 다 짊어지겠다는 생각이 없다.

메일리의 흉행을 막을 때도 다른 사람을 의지했다. 그다음 일에도 에밀리아와 베아트리스가 같이 해 줘야겠다.

"당연히 너도 거들어야 한다, 샤울라. 사람 한 명의 가치관을 뜯어고치다니, 이건 장기전이 될 테니까."

"……저도, 말예요?"

"그야 그렇지. 너는…… 뭐, 너라면 왠지 좀 반면교사 같은 느낌이 있지만 따돌리거나 하지 않는다고. 몸매는 모성으로 넘치고 있으니 그걸로 메일리의 고집스러운 마음을 브레이크하는 데 잘 공헌해 줘."

놀라서 손가락으로 자기 자신을 가리키는 샤울라의 되물음에 스바루는 스스럼없이 어깨를 으쓱였다.

뭘 그렇게 놀랄 게 있는지 의문이지만, 여러 가지로 오버 리액션이 많은 만큼 그런 일도 있겠거니 하고 스바루는 깊이 추궁하지 않았다.

그런 스바루 앞에서 샤울라는 자신의 얼굴을 양손 사이에 끼우고는 중얼거렸다.

"저도 같이, 말인가요. 스승님이랑, 저도…… 에헤, 에헤헤, 에헤헤헤……."

"어어…… 왜 그래, 너……."

“아무것도 아님다! 저, 결심했어요! 스승님의 분부대로, 저 꼬맹이 2호를 말짱하게 참인간으로 키워내겠습니다~!”

샤울라가 얼굴을 활짝 피고 쌩하니 다른 세 명 쪽으로 달려갔다. 그리고 메일리의 조그만 몸을 가볍게 들어 올려 풍만한 가슴에 껴안았다.

“꺄아?! 대, 대체 뭐야아, 반라 언니. 갑자기 놀라잖아!”

“괜찮아, 괜찮아. 실컷 저한테 어리광부려도 돼요, 꼬맹이 2호. 제 가슴은 스승님 거지만 지금만은 꼬맹이 2호에게도 나눠주죠!”

“잠깐 오빠?! 반라 언니에게 또 이상한 소리 했지이!”

샤울라 마음대로 휘둘리는 메일리가 스바루의 소행이라고 판단해 언성을 높였다.

“자자, 그것도 모두를 걱정하게 만든 대가라고 여기고 귀여움받아 줘.”

“……참 내. 어쩔 수 없는 사람들이야아. 좋아, 용서해 줄게에. 하지만 여기서 있던 일은 다른 사람들에게는 비밀이야아.”

그렇게 말한 메일리가 볼을 부풀리고 샤울라의 가슴골에 끼었다. 하지만 그 말에 스바루는 “아—.” 하고 머리를 긁었다.

그 반응에 메일리가 눈썹을 찌푸리자, 스바루를 대신해 에밀리아가 대답했다.

“저기 있지, 메일리, 엄—청 말하기 어렵지만…….”

“……싫은 예감이 들어.”

메일리의, 그 싫은 예감이 적중했는지 틀렸는지.

그 답은 에밀리아의 뒤이은 말에 대한 반응으로 금세 알 수 있었다.

그것은 바로——.

"——여기에 없는 람이랑 다른 사람도, 스바루의 상담은 다 듣고 있었어."

메일리는 대차게 우거지상을 지었다.

5

"그래, 무사히 정리했구나. 일을 썩 잘하네. 칭찬해 줄게."

식사 및 대화에 쓰이는 방, 임시로 '큰방' 이라고 불러 두겠지만, 그 큰방에 돌아온 스바루 일행을 처음에 마중한 것은 허리에 손을 짚고서 당당히 선 람이었다.

첫마디는 아마도 람 딴에 건넨 절찬일 것이다. 스바루도 메일리 때문에 큰소리를 친 입장이기에 허풍으로 끝나지 않아서 안심하고 있다.

"말할 필요는 없을지도 모르겠지만, 이 아가씨는 줄곧 그렇게 너희가 돌아오기를 기다리고 있었어."

"……정말로 말할 필요가 없는 이야기야. 자중해, 에키드나."

"지금 이 몸을 조종하고 있는 게 나라고 알자마자 태도가 이렇고. 바람직한걸."

어깨를 으쓱인 에키드나의 말에 람의 눈매가 매서워졌다. 에키드나는 람의 태도를 미소로 받아낸 뒤, 스바루의 등 뒤에 눈길을 던졌다.

"그래서, 그 소녀는 왜 그렇게 뚱한 거지?"

에키드나가 지적한 대상은 샤울라의 등에 업혀 "우~." 하고 앓는 소리를 내는 메일리였다. 지적에 고개를 돌리고 뚱해진 그녀는 영락없이 삐진 아이 모드였다.

"설마 살해 계획이 실패한 걸 수긍하지 못한 건 아니겠지."

"아니 아니, 안 그래, 안 그래. 그냥 자기 생각이 간파당하고, 그걸 전원이 알아서 머쓱해졌을 뿐이야. 어린아이다워서 귀엽잖아."

"하려던 행위를 생각하면 그 표현이 적절할지는 의심스럽지만…… 기억을 잃어도 본질은 변함이 없나. 너에게는 놀라겠어, 나츠키."

"즐겨 주셨다면 영광이로소이다."

에키드나에게 윙크를 보내자 람이 "핫." 하고 코웃음 쳤다. 그리고 스바루는 큰방을 빙 둘러보다가 갸우뚱했다.

"어라? 율리우스가 없는데. 어디 갔어? 화장실이라거나……."

"——네가 중대사에 매달려 있을 때에 작은 볼일이라니, 그처럼 여기는 건 섭섭하군."

"작은 볼일이라고는 한정하지 않았잖아. 큰 쪽의 용무일지 누가 알아."

등 뒤에서 날아온 목소리에 스바루는 볼을 일그러뜨리고 응답했다. 그 사악한 웃음에 마중받은 상대는 큰방 밖에서 돌아온 율리우스였다.

"율리우스, 배가 아팠니?"

"에밀리아 님, 저 친구의 언동을 너무 진담으로 듣지 마시기를. 확실히 저 친구는 당신의 첫째 기사, 누구보다 신뢰할 입장임은 틀림없습니다만 때때로 묵과할 수 없는 언동도……."

"야야, 에밀리아짱에게 쓸데없는 소리 하지 마. 애초에 네가 자리에 없었으니까. 잠깐 화장실이라고 한 정도로 뭔 소리를 다 하냐."

"——후."

율리우스가 대드는 스바루를 노란색 눈으로 바라보다가, 잠시 후 입가에 미소를 띠었다.

숨이 꺼지는 듯한 웃음은 실로 느끼해서 그에게 어울렸지만, 스바루에게는 그것이 도무지 느낌이 와닿지 않는 웃음으로도 보였다.

"변명을 해 보자면, 나는 바깥을 경계하러 나갔을 뿐이야. 메일리 양의 능력을 위험시한다면 최대의 적은 탑 밖의 마수들이지. ……하기는."

거기서 말을 끊은 율리우스가 메일리를 보았다. 그 눈길을 알아챈 메일리는 불편한 듯 입술을 삐죽였다. 그 모습에 율리우스가 쓴웃음 지었다.

"메일리 양은 문제없다. 그렇게 받아들여도 되는 거로군?"

"맞아, 그래도 돼. 이제 웬만해서는 나를 죽이려고 하지 않을 거야. 단, 앞으로도 그럴지는 우리의 뒷모습을 보고 자란 메일리 하기 나름. 꼴사나운 뒷모습은 보여줄 수 없다고?"

"그렇군. 겉치레의 문제라는 뜻인가. 그거라면 맡겨 다오."

율리우스가 메일리와 나눈 대화의 결론을 신속하게 알아차리고, 차분하게 끄덕였다.

겉치레라고 들으면 약간 듣기 안 좋은 느낌도 있지만, 타인에게 자신의 뒷모습을 보인다―― 그런 의미의 겉치레라면 확실히 율리우스가 적임으로 느껴진다.

지금의 스바루는 율리우스를 깊이 안다고 할 수 없지만, 그래도 율리우스의 세련된 몸짓들이 출신이나 타고난 기질만이 아니라 노력해서 체득한 것임은 알 수 있다.

"기대한다, 기사님. 보여줄 아버지 뒷모습이 현재 나랑 네 몫밖에 없어."

"――후. 그렇다면 한껏 노력할 수밖에 없겠어."

스바루는 넉살을 교환하며 그 거리감의 옳고 그름을 신중하게 관찰했다.

――이번이 기억을 잃기 시작한 뒤로 다섯 번째가 되는 만남이다.

그동안 평온하게 보낸 시간은 그다지 많지 않지만 본래 『나츠키 스바루』가 에밀리아 일행과 함께하던 시간 대다수는 평온하고 행복한 것이었을 터.

거기서 크게 차이가 나지 않도록, 에밀리아 일행을 슬프게 하지 않도록, 스바루는 가능한 한 꼼꼼하게 『나츠키 스바루』의 발자국을 좇고 싶다.

――나츠키 스바루가 아니라, 『나츠키 스바루』를 그들에게

돌려주기 위해서.

"——스바루, 괜찮아? 대화, 할 수 있겠어?"

"우와아?!"

숨을 죽이던 스바루의 얼굴을 별안간 에밀리아가 걱정스럽게 들여다보고 있었다. 그 거리감에 깜짝 놀라 스바루가 물러서자 에밀리아가 "아……." 하고 작게 목소리를 흘렸다.

"어쩐지 눈을 뜬 뒤로…… 아니, 기억을 잃었다고 한 뒤로, 스바루는 나한테 놀라고만 있지 않아? 나, 그렇게 이상해? 뭐가 묻었어?"

"아니, 그게, 전혀. 그냥, 귀여운 눈과 귀여운 코와 귀여운 입술과 귀여운 귀가 붙어 있네."

"귀엽다……. 후훗, 고마워. 하지만, 그럼 어째서?"

"에밀리아짱의 귀여움은 부품마다 덧셈이 아니라 곱셈으로 급증하는 느낌이 들어서 그럴까. 그리고 목소리도 귀여워. 머리카락도 귀여워. 안 되겠다, 이거. 천사야."

눈부셔서 쳐다볼 수 없다고 스바루는 얼굴을 가리고 손가락 틈으로 에밀리아를 보았다. 그런 스바루의 발언에 베아트리스가 별안간 반응했다.

"——아! 그걸, 더 스바루답게 말하면 어떻게 되는 것이야?!"

"뭐?! 엉, 뭐가?!"

"그러니까, 에밀리아가 천사로 보인다는 말을 스바루답게 말해 봐."

"웬 능욕?! 싫어! 부끄러워! 베아트리스, 너도 천사처럼 귀여워! 삐지지 마!"

"베티가 천사처럼 귀여운 건 사실이지만 그런 의도가 아닌 것이야……."

베아트리스가 어깨를 축 늘어뜨리고 낙담했다. 스바루는 베아트리스의 머리를 쓰다듬어 주면서 일동과 빙 둘러앉아 대화를 나눌 자리를 만들었다.

이렇게 큰방에서 나누는 대화도 몇 번째가 되는지 모르겠지만, 그때마다 두드러진 진전이 없는 것도 곤란한 처지다. 슬슬 대담하게 이야기를 진행하고 싶었다.

"그렇게 됐으니, 다시 우리 팀에 메일리가 들어왔어. 본격 참가한 메일리의 사회 공부를 위해서도 이런 텁텁한 탑에서 빨리 나가고 싶다. 의견은?"

"정말로 기억이 없는지 의심스러워지는 말투구나. ……바루스의 기억이 없는 건 심각한 문제 중에서는 가벼운 편이지만, 그래도 문제는 있어."

"응, 그렇지. 갑자기 펑 없어질 리 없으니까, 어떻게든 스바루의 기억을 되찾아 주어야……."

"아, 그거 말인데, 일단 치워 두지 않겠어?"

거수하고 의견을 요청한 스바루가 람과 에밀리아의 대화에 제동을 걸었다. 스바루의 말에 예의 둘만이 아니라 대화에 참가한 전원이 "어?" 하고 놀랐다.

"이 상황에 내 머리로부터 기억이 쑥 빠진 건 미안하다 싶고, 다들 되찾자고 생각해 주는 건 엄청 기뻐. 단지 이 기억이 빠진 거랑 이 탑의 구조가 무관하다고 생각하는 녀석은, 없지?"

"스승님, 전에 화장실 변기에 머리 부딪혀서 기억 잃어버렸다구요. 근거가 없어요."

"외부인은 좀 입 다물어! 그것도 못 들어 넘길 얘기지만 지금은 됐다고!"

스바루는 외부인의 헤살에 성을 내다가 "아무튼!" 하고 다시 이야기하기 시작했다.

"내가 하고 싶은 말은, 탑과 내가 잃어버린 기억에는 관련성이 있다는 것. 즉……."

"――즉, 탑을 공략하기 위한 조건을 채우다 보면, 저절로 나츠키의 기억이 없어진 원인, 혹은 그 열쇠가 손에 들어온다. 그런 소리인가?"

"그래그래, 바로 그거야!"

스바루의 뜻을 파악한 에키드나가 그렇게 말해 주자 스바루는 연거푸 긍정했다. 에키드나의 의견에 율리우스가 "그렇군." 하고 턱에 손을 짚었다.

"탑의 구조가 스바루의 기억을 잇아갔다면, 탑을 공략함으로써 탑에 다가가겠다. 어쩌면 스바루가 기억을 잃은 계기도 탑에 지나치게 다가간 탓일지도 모르겠어."

"충분히 있을 법한 얘기잖아. 『타이게타』의 공략도 있어. 나츠키밖에 알지 못하는 지식으로 우리보다 지나치게 앞서간 결과, 기억을 잃었을지도 모르지."

"잠깐 잠깐 잠깐 잠깐, 아무리 그래도 그건 너무 나갔지. 그냥 방구석 폐인이라고? 특기는 침대 시트를 곱게 까는 거 아니면 재봉 정도인데?"

"아, 이거 봐, 스바루. 이 옷의 자수, 스바루가 해 준 거야. 보니까 무언가 떠오르지 않아? 귀엽지? 팩이야."

"음, 귀여운 고양이의 자수. 그런데 좀 짚이는 게 없는데."

사고력에 꽤 수준 차가 나는 대화를 주고받은 후, 스바루의 부정을 들은 에밀리아가 시무룩하니 옷에 자수된 고양이 그림을 어루만졌다. 그녀가 기르는 고양이일까. 이 탑까지 데려오지는 않은 것 같으니, 빨리 무사히 돌려보내서 애완 고양이와도 재회시켜 주고 싶다.

어쨌든——.

"바루스가 쓸데없는 사실을 깨달은 결과, 만용을 부리다 기억을 빼앗겼다……. 수긍이 가는 이야기야."

"람의 표현에는 가시가 있지만, 베티도 대략적으로 찬성해. 게다가 탑의 공략을 우선하면 어떻게 될 거라는 스바루의 생각에도…… 싫기는 해도, 일리가 있는 것이야."

"베아트리스……."

베아트리스의 불만은 역시 스바루의 기억을 최우선시할 수 없다는 점에 있는 모양이다. 그 마음 자체는 기쁘지만 스바루에게도 자신을 최우선시할 수 없는 큰 이유가 있다.

느긋하게 기억이나 찾다가는 탑의 참극을 미처 막을 수 없다. 스바루는—— 아니, 스바루 일행은 하나로 뭉쳐서 그 재앙에 대비해야만 하는 것이다.

"물론, 나도 이대로 상관없다는 생각은 없어. 하지만 결과적으로 탑의 공략을 서두르는 게 모든 것을 해결할 거라고 짐작해. 해야 할 일을, 달성하고 싶은 거야."

그리하여 스바루는 진지하게 모두에게 호소했다.

되도록 『나츠키 스바루』가 이 자리에 없다는 디메리트를 보이지 않도록 노력한다. 그 대신에 모두의 힘을 빌려 달라고.

그런 스바루의 부탁에 모두는 한동안 말을 잃었지만——.

"——정말로, 바보구나."

한숨을 쉰 람이 고개를 가로저은 뒤, 연홍빛 눈으로 전원을 바라보고는 말을 이었다.

"기억을 잃어버려도, 딱한 지능은 변함이 없나 봐. 즉, 기억이 돌아와 봤자 지금의 바루스와 공헌도로 따지면 큰 차이 없다는 뜻……. 그럼 바루스의 기억을 우선해도 손해만 볼 뿐이지. 탑을 공략하는 김에 돌아오기를 기대하자."

"하는 김이라니, 다른 표현 방식은 없냐."

"없어. 탑을 공략하는 김에 기억을 떨어뜨린 거잖아? 그렇다면 줍는 것도 공략하는 김에 해. 람을 번거롭게 하지 마."

——반드시 떠올리겠다고, 되찾겠다고 약속을 했다. 람과.

그렇기에 스바루가 기억을 뒤로 미룬다고 말한 순간, 람의 마음이 받은 충격은 헤아릴 수 없다. 그러나 그 약속이 있었기에 람은 처음으로 이렇게 말해 주었다.

스바루는 약속을 어기는 상습범이라고 하는데도, 약속해 준 그녀이기에.

“적극적으로 기억을 되찾을 방법이 있는 건 아니야. 나츠키랑 람의 주장에 나도 찬성하지. 낙관적인 말을 하자면 시간이 기억을 부를 가능성도 있어.”

“나는 소극적인 찬성이라고 해야겠군. 최우선하지는 않아. 탑의 공략을 우선한다. 하지만 너의 기억을 되돌릴 수 있는 가능성을 찾아내면 그쪽을 우선하지. ——에밀리아 님과 베아트리스 님께 이토록 슬픈 표정을 짓게 두어서는 안 돼.”

에키드나와 율리우스의 말에 스바루는 깊이 끄덕였다.

그 뒤로 에밀리아와 베아트리스 둘에게도 눈길을 돌렸다. 둘은 스바루의 시선에 역시 잠시 망설였지만——.

“——이번에는 괴로워도 참을래. 하지만.”

“하지만?”

“가끔 우리에게도, 스바루를 제일 걱정하는 것쯤은 허락해 줘.”

“으…… 미안.”

자기 걱정을 뒤로 미루어 달라고 말한 거나 다름없다는 사실을 깨달은 스바루가 에밀리아의 요청에 머리를 숙였다.

그런 두 사람을 보던 베아트리스가 한숨을 쉬었다.

“베티가 하고 싶은 말은 에밀리아가 한 것이야. 그게 가장 효과적이었을 테니까, 똑바로 반성해.”

“——그래, 알았어.”

그리하여 전원의 허가를 받고, 다시금 탑의 공략을 우선하기로 방침이 굳어졌다.

그러고 나서, 스바루는 가장 먼저 제안하고 싶던 말을 꺼냈다.

그것은 바로——.

"——『타이게타』의 서고에 레이드의 책이 없는지 다 같이 찾아보지 않겠어?"

6

——『타이게타』의 서고에 레이드의 책이 없는지 찾아보자.

그것이 이 탑의 눈앞에 닥친 난관, 2층 공략을 위해서 스바루가 제안하고 싶은 사항이었다.

"책을? ……진담이니?"

"오, 에밀리아짱, 농담 같은 녀석의 책을 진담이냐 물으니 대답하기 참 난처하네."

"아이참, 스바루!"

스바루의 반응에 눈썹을 세운 에밀리아가 귀여운 볼을 붉히고 화냈다. 그 사랑스러운 모습에 행복감을 느끼면서 스바루는 "알겠어?" 하고 모두의 얼굴을 둘러보았다.

"레이드의 『사자의 서』, 이게 2층 공략을 위한 가장 빠른 입문서라고 생각하거든. 어때?"

"아까도 들었지만, 어째서? 책을 찾는 데 반대하겠다는 건 아니야. 단지 어째서 레이드의 책을 찾는지를 알 수 없어서. 게다가……."

"——애초에 레이드 아스트레아의 책은 정말로 그 서고에 있는 것일까.”

스바루의 제안에 에밀리아가 갸웃하자 말의 뒷부분을 율리우스가 받았다.

그대로 모두의 시선을 모은 율리우스가 긴 속눈썹으로 꾸며진 눈으로 머리 위를 쳐다보았다. 천장 너머에 있을 2층을 엿보듯이.

“믿기 어려운 일이지만 역사에 이름을 남긴 영걸, 레이드 아스트레아는 2층에서 『시험』이라 칭하고 우리의 도전을 기다리고 있다. 그 남자가 400년 전에 실존한 인물과 동일 인물이라는 사실 또한 의심할 도리가 없지만…… 그 죽음은 지금, 내 안에서 의문의 여지가 있어.”

“저렇게 팔팔한 모습을 보니까, 사실은 죽지 않았던 게 아니냐고? 그다지 생각해 보지 않은 설이지만 그 가능성도 없지는 않나…….”

실제로 스바루가 그를 망자라고 인식하는 근거도, 다른 일행의 말이 있었기 때문이다.

그런 사정을 모른다면 레이드가 망자라고는 도저히 믿지 못했으리라. 애당초 생기가 넘쳐도 너무 넘쳐난다. 정력적이기 짝이 없는 망자였다.

“하지만 그 가능성은 거의 고려하지 않아도 될 수준일걸. 몇백 년이나 장수할 수 있다고도 생각할 수 없으니, 당연히 죽었을 테지. 안 그래? 베아트리스.”

“꼭 그렇다고 단언할 수 없는 것이야. 베티는 이래 봬도 400년 살았어.”

"나도 100년 정도일까?"

"나도 생년을 따지자면 400년 정도가 될까. 깨어 있던 시간은 짧지만."

"저도! 저도요, 스승님! 저도 400년 여기서 바람맞고 있었어요! 쓸쓸했다구요! 400년 치 허그를 요구함다!"

"장수하는 캐릭터가 되게 많구만?! 에밀리아짱까지?!"

동의를 요구할 셈이었는데 생각지 못한 반론이 나와 입이 벌어졌다.

설마, 동행 멤버 중 절반이 장수 캐릭터일 줄은 몰랐다. 파티 평균 연령이 장난이 아닐 기세로 부쩍 치솟았다. 다만 어느 정도 수긍이 가기도 했다.

"그, 그렇구나. 에밀리아는 하프엘프…… 절세의 미소녀인 것도 이해가 되네. 하프엘프는 미인에다 장수한다는 게 철칙이니."

"아, 응, 맞아. ……스바루는, 기억이 없어도 하프엘프가 무섭지 않아?"

"무섭냐 무섭지 않냐 따지자면 그 귀여움이 무섭지. 진짜로 흉기. 자다 깨서 빙심힌 상대로 보면 눈이 멀 것 같아. 지금도 솔직히 종종 멀어."

"……아유, 바보."

살며시 볼을 붉힌 에밀리아에게 혼난 스바루는 어쩐지 방금 그게 좋은 분위기였던 느낌이 들어서 에밀리아의 다정함을 착각하지 않도록 자기 자신을 단속했다.

흔들리지 마라, 나의 마음아. 설레지 마라, 마이 하트. 아니,

설레는 것은 좋지만.

"하아……. 그 점에서 너는 친가에 돌아온 듯이 안심하게 해 주네, 베아트리스."

"느낌상 수긍을 못하겠어……. 뭐, 머리를 쓰다듬고 있으니까 너그럽게 봐주기로 할 것이야."

에밀리아에게 흐트러진 심장 소리가 베아트리스의 머리를 쓰다듬고 있으면 진정이 된다. 베아트리스의 심기도 좋아진 것 같으니 일거양득.

그렇게 샛길로 빠진 대화에 에키드나가 "말해도 될까." 하고 손을 들었다.

"율리우스의 염려도 이해 못하는 건 아니지만, 나는 순순히 레이드가 망자라는 설을 지지하고 싶어. 당사자와 접촉한 소감 같은 것이지만."

"어떤 소감인데?"

"첫째로, 나츠키의 말대로 레이드 아스트레아가 장수 종족이라고는 생각할 수 없어. 여러 가지로 규격 외의 인물임은 맞지만 그래도 그 남자는 인간이야. 둘째로, 그 남자의 성격."

"성격? 그, 엄—청 기운찬 모습?"

"기운차다기보다는 파격적이라고 해야 하겠지. 내가 멋대로 받은 인상이지만 도저히 그 남자가 400년이나 탑에서 얌전히 있었을 것 같지가 않아. 사흘 만에 나가도 이상하지 않지."

어깨를 으쓱인 에키드나의 의견에 스바루와 에밀리아를 비롯한 일행이 "아하." 하고 납득했다. 설득력 있는 의견이라는 일동의 반응이었다.

"이게 내 인상이지만, 율리우스는 수긍해 줄 수 있었을까?"

"수긍, 할 수밖에 없겠군. 확실히 실제 레이드 아스트레아의 인상을 염두에 두면 한곳에 오래 머무르는 것을 감내할 인물상이 아니야. 그래도 머무를 수밖에 없는 이유는, 역시 탑의 『시험』과 현재의 그 남자가 연결되어 있기 때문……이라고 여겨야 할까."

"탑과, 존재가 연결되어 있다라."

에키드나와 율리우스의 대화를 들으면서 전회차 루프의 종국을 떠올렸다.

대혼란에 빠진 탑 안을 자유롭게 활보하며 내키는 대로 날뛰던 레이드 아스트레아. 스바루로서는 그게 자유가 속박된 모습이라고는 도저히 생각할 수 없었다.

실제로 마지막 미련만 없었으면 틀림없이 그는 곧장 탑 밖으로 기운차게 뛰쳐나갔을 것이다. ――그가, 그러지 않은 이유는.

"――음? 왜 그러지. 나에게 무슨 문제라도?"

"아니……."

"후. 내 얼굴에도 눈과 코와 귀와 입은 붙어 있다고 생각하지만, 거기에 이상이라도?"

"어, 에밀리아짱이랑 다르게 귀엽지 않으니까 전형 탈락이야. 어쨌든……."

이야기가 본론에서 지나치게 탈선했다고 스바루는 율리우스로부터 시선을 떼었다.

그리고 다시 화제를 최초의 『레이드의 책』으로 되돌렸다.

"그럼, 그 레이드가 기운찬 망자라는 의견으로 정리된 차에 맨 처음 이야기로 돌아가자. 『타이게타』에는 『사자의 서』가 있다, 이것도 확실한 이야기 맞지?"

"현재로서는 그렇게 인식하고 있어. 읽은 인간의 머리에 그 사자의 기억이 흘러든다……. 거기까지는 바루스와 율리우스가 확인했지. 공교롭게도 그 기억도 빠져나간 모양이지만."

"미안하다, 속에 담아두지 마라. ——그래서, 거기가 이 얘기의 초점이야."

스바루가 손가락을 딱 튕기고 람을 가리켰다. 그 동작이 불쾌했는지 람이 가리킨 손가락을 꺾어서 스바루가 "끄아아!" 하고 고통을 맛보았다.

대화하는 옆에서 베아트리스가 "아." 하고 소리를 냈다.

"아하, 그런 것이야!"

"베아트리스, 스바루가 하고 싶은 말을 알겠어?"

"알아냈어. 그렇구나, 그런 것이야. ——즉, 레이드의 『사자의 서』를, 레이드를 공략하기 위한 극의서로서 이용하겠다는 뜻이구나."

"그거지."

꺾인 손가락을 흔들면서, 스바루가 사악한 표정으로 베아트리스의 말을 긍정했다.

그 설명을 듣자 에밀리아도 남보라색 눈을 동그랗게 뜨더니 "그렇구나." 하고 중얼거렸다.

——『사자의 서』를 이용한, 죽은 사람 본인의 공략.

쉽게 말해 『사자의 서』는 그 인물의 생전 기록임과 동시에, 그 인물이 어떻게 죽었는지를 극명하게 기록한 '공략본' 이라고도 할 수 있다.

그리고 이미 네 번이나 죽은 '죽음' 의 베테랑 플레이어인 스바루가 말하자면—— 사망한 원인은 쉽게 회피할 수 있는 것이 아니다.

"그러니까, 『사자의 서』를 읽으면 그 녀석의 사인을 알 수 있어. 이건 어엿한 공략 수단이지. 어쩌면 『사자의 서』는, 에둘러서 그 때문에 있을지도 모른다고?"

"그건 맹점인데. 하지만 듣고 보니 확실히. 일부러 죽은 이를 시험관으로 배치했을 정도야. 『타이게타』의 존재 이유는 거기에 있었다고 해도 이상하지는 않아."

"아니, 그렇게까지 진지하게 받지 않아도 되는데……."

눈이 동그래진 에키드나의 기대 이상의 감탄에 스바루는 쓴웃음을 지었다.

하지만 확실히 좀처럼 실현되지 않을 상황인 만큼, 이것을 공략법이라고 볼지 아니면 꼼수라고 정의할지는 어려운 문제이기는 하다.

"다만, 이건 하나, 내가 확신을 가지고 할 수 있는 말이지만……지금의 기억이 없는 내가 아니라, 기억이 있는 나라도 이 공략 수단을 시험하려 했다고 생각하거든."

"……그건 수긍이 가. 이런 샛길, 스바루가 시험하지 않을 리가 없는 것이야."

"정도(正道)가 아니라, 사도(邪道). 바루스가 할 법한 행동이야. 람도 수긍이 가."

"응, 그러게. 그런 약은 짓, 스바루는 엄—청 잘하는걸."

"약은 짓이라니 요즘 못 듣는 말일세……."

"——아!"

『나츠키 스바루』에 대한 확고한 평가에 뺨을 긁자 갑자기 에밀리아가 눈을 빛냈다. 그 반응에 스바루는 놀랐지만, 에밀리아는 바로 자기 뺨을 손가락으로 꼬집으며 중얼거렸다.

"으으, 안 돼, 안 돼. 가장 힘든 건 스바루인걸. 내가 정신 바짝 차려야……."

"에밀리아 님, 심정은 이해하겠습니다만 볼이 빨개집니다."

람이 갑자기 자해하기 시작한 에밀리아의 손을 잡아 그 행위에 주의를 주었다.

아까부터 때때로 에밀리아나 베아트리스로부터 과민한 반응이 있지만, 아마도 그 주변에 그녀들이 느끼는 『나츠키 스바루』의 잔재가 있는 것이리라.

그때, 스바루의 생각을 들은 메일리가 "아." 하고 입에 손을 짚었다.

"……그러고 보니, 어젯밤, 오빠가 『타이게타』에서 여러 책들을 펼친 모습을 봤어. 그거, 그런 거였으려나아."

"어제의 나라……. 참고로, 내가 무슨 책을 읽고 있었는지는 안 보였고?"

"저기, 음…… 거기까지는 모르겠어. 미안해애."

샤울라의 무릎 위에서 비비적비비적 머리를 쓰다듬어지던 메일리가 눈을 내리깔았다.

스바루는 메일리에게 "신경 쓰지 마." 하고 손을 젓고는, 자기 것이 아닌 『나』의 기억――『사자의 서』에서 확인한 메일리의 기억을 참조해 같은 결론을 얻었다.

"여러 책을 펼치고 있었다라. ……설마 싶지만, 허용량 넘게 『사자의 서』를 읽다가 기억을 집어넣을 곳이 가득 차서 넘쳤다, 같은 말을 하진 않겠지."

"그렇지는 않을 거라 생각하고 싶지만, 절대로 아니라고 단언도 할 수 없어. 여하튼 기억 상실이니!"

가슴을 펴고 자기 자신을 가리킨 스바루의 말에 율리우스가 울적하게 고개를 저었다.

당당하게 구는 태도도 꽤 그럴싸해졌지만, 스바루도 기억 상실 원인이 책에 있음은 의심하지 않는다. 그렇기에 만약 레이드의 『사자의 서』를 읽는다고 쳐도, 그건 다른 누군가가 아니라 스바루여야 한다고 생각했다. 한 차례 기억을 잃어서 다시 사라져도 영향이 적은 스바루가――아니, 지금은 스바루도 사라져서는 곤란한 기억이 너무 많다.

"――――."

지난 루프의 사건, 지난번 루프까지 일어난 사건.

그리고 이번에 결심한 것이나, 람과의 약속, 메일리에 대한 맹세도 있다.

뭐냐, 고작 며칠을 네 번 반복했을 뿐인데 이미 잊어서는 안 될 일이 이렇게나 품에 한가득하단 말인가.

그렇기에 기억이라는 것은 존엄하고, 포기하기 어렵다. ——잊어서는 안 된다.

"——아무튼 간에. 레이드가 전설의 남자라면 마침 잘됐지. 과거의 영웅이나 신화의 누구누구라는 포지션에 있는 녀석은 그 위업과 함께 실패담도 후세에 구전되기 마련이야. 즉, 녀석의 패인은 유명세…… 이거, 약점으로서 참신하지 않아?"

"——바루스의 노림수는 알았어. 수긍도 했고. 불안이 없는 것은 아니지만."

"시험할 가치는 충분히 있다는 말이지. 다만 그걸 감안해도 그 방대한 장서량의 서고에 도전하는 데에는 망설임을 느낄 수밖에 없군."

"그건, 그렇겠지……."

방침에 찬동을 표시한 람과 에키드나지만 둘의 염려도 스바루는 잘 이해가 갔다.

실제로 『타이게타』가 이 세계에서 모든 사자를 망라하고 있다면, 그 책의 권수는 과장 없이 하늘에 떠 있는 별만큼 많다고 해도 의심치 않는다. 거기서 점찍은 책을 찾아내기란, 사막에 떨어뜨린 바늘을 찾는 행위라고 할 수 있을 것이다.

다만 일종의 희망도 있었다. 그 근거는 다름 아닌, 스바루의 기억 상실이다.

"만약 아까 추측처럼, 『사자의 서』를 읽는 게 이유로 내 머리에서 기억에 밀려 나왔다면…… 나는, 누군가의 『사자의 서』를 읽었다는 뜻이야.”

“응, 어…… 그렇게, 되겠네. 거기에 있던 책은, 아는 사람의 이름이 적힌 책이 아니라면 내용이 이상하게 머리에 들어오지 않으니까.”

“――그 방대한 서고 안에서, 두 권째의, 혹은 그 이상의 당첨을 어젯밤의 바루스가 뽑았었다? 그런 강운…… 불가능하지.”

“나도 나 자신이 그런 러키 보이라고는 생각하지 않는다마는!”

여태까지 해 온 체험을 고려하면 스바루의 운의 샘물은 진즉에 말라붙었다. 아니면 이세계에서 에밀리아 일행을 만난 시점에서 다 썼거나.

“어느 쪽이든 간에, 운이 아니야. 그렇다면 무언가 법칙성 같은 것을 발견했을 가능성도 있어. 만약, 그걸 깨닫는다면 『사자의 서』 수색에 진척이 있지 않겠어?”

“……진척이 있다고 해도 어쩔 거지? 말해 두지만, 나츠키 같은 불안 요소가 있는 이상, 만약 아는 이름의 『사자의 서』가 발견되었다고 해도.”

“알아. 최우선은 레이드의 『사자의 서』로, 다른 것은 뒤로 미룬다는 건. ……다만 말이야, 발견된다면 발견해 두고 싶은 책도 있어.”

에키드나의 충고에 대꾸한 스바루가 힐끔 메일리를 쳐다보았다. 스바루의 말에 메일리의 입술이 “아.” 하고 작게 떨렸다.

“오빠, 설마…….”

"말했잖아. 나는, 너의 건전한 성장을 위해서라면 대충 하지 않아. 이렇게 말하면 뭐하지만 너는 자기 욕심을 말하는 게 꽤 서투른 타입이니까."

"————."

그렇게 말하고 손가락을 척 들이대자 메일리가 얼굴을 붉히며 침묵했다.

공교롭게도 그녀가 숨겨 봤자 스바루에게는 소용이 없다. 애초에 메일리가 어젯밤의 스바루를 『타이게타』에서 목격한 것은, 메일리 또한 그 서고에 있는 『사자의 서』에 용무가 있었기 때문.

메일리가 찾는 책을 찾아주는 것도 자그마한 서브 퀘스트의 일환이다.

"오빠는 진짜 진짜 정신 나갔나 싶을 만큼 심술궂네에. ……페트라, 진짜로 보는 눈이 없어."

"슬쩍슬쩍 듣는 이름의 아이인데, 호된 말을 다 듣네……."

쑥스러움을 감추려 그러는지 그냥 욕인지, 여하튼 간에 귀여운 어린아이의 저항이다.

메일리의 적극적인 반대 의견이 없음을 핑계로 스바루는 『타이게타』 서고의 『사자의 서』 수색에 다른 목적도 덧붙였다. 그런 다음에——.

"다시 선언하고 싶어. ——『타이게타』의 서고로 올라가자. 거기서 레이드의 『사자의 서』를 읽는 게, 우리가 할 수 있는 최선의 수단이야."

"설마, 나츠키의 기억이 사라진 게 근거가 되다니 얄궂은걸. ……구체적인 방책은 보이지 않지만, 움직이기 전부터 변명을 거듭하는 건 어리석은 자의 행동이지."

"응! 스바루의 말대로, 그게 탑을 공략하기 위해 필요하다면 해 보자!"

스바루가 그렇게 방침을 제시하자 에키드나와 에밀리아가 몸을 일으켰다. 그녀들에 이끌려 베아트리스와 람, 메일리와 샤울라도 뒤따랐다.

스바루도 '좋아' 하고 무릎을 치고 일어났다가, 미적대는 율리우스를 쳐다보았다.

"왜 그래. 너는 반대야?"

"……아니, 다른 타개책도 없지. 네 발안이 유효하다는 건 인정하겠어."

"하지만, 우려가 있다?"

"――이건 나 자신의 문제겠지. 신경 쓰지 말아 다오."

느릿느릿 고개를 저은 율리우스도 훌쩍 일어섰다.

신경 쓰지 말라고 해서 진짜로 신경 쓰지 않기는 힘든 말이기에, 스바루로서는 어느 정도 마음에 걸렸지만――.

"일단, 넘어간다. ――그런데 『사자의 서』 말고는, 레이드는 얼마나 유명한 거야? 꽤 위험한 느낌이던데."

"기억 상실인데도 어느 정도는 인상이 남은 걸 보면 어지간히도 강렬한 인상이었던 모양이군. ……레이드 아스트레아는 과거에 존재하던 『마녀』를 쓰러뜨린 삼영걸 중 한 명이야."

“『현자』 샤울라와, 『신룡(神龍)』 볼카니카와, 그리고 『검성(劍聖)』 레이드…….”

“『현자』는 제가 아니라 스승님을 말하는 거예요.”

“네 주장에 따르면 나도 수백 살이라는 뜻이 되냐? 편의점에서 나와서, 오늘 아침 깨어날 때까지 내가 격동의 시간을 보내도 너무 보냈잖아…….”

샤울라의 언동은 절반만, 아니 1할 정도로만 들어 두고, 스바루는 그 삼영걸로서 거론되는 레이드의 전설에 대해 깊이 파고들었다.

그 화제에 다른 사람들의 시선이 율리우스에게 쏠렸다.

율리우스는 그 시선을 받자 앞머리를 손가락으로 만지작거리면서 말했다.

“확실히, 레이드 아스트레아가 각지에 남긴 전설은 셀 수도 없어. 유명한 걸로 들자면…… 용을 백 마리 벤 싸움이나, 검노고도(劍奴孤島)의 투기장에 기록된 6000전 무패의 전적. 귀신이라 불리는 존재와 주량을 겨루어서 이겼다, 같은 별난 일화도 있지.”

“전부 허황된 이야기로 들리지만, 본인을 본 다음이라면…….”

“과장은 없다고 느껴지지. 그 강함을 알면, 그 남자는 틀림없이…… 아니.”

“——?”

“내가 알기로, 그 남자에 관한 일화 대다수는 그 파격적인 공적을 논하는 것뿐이야. 그 인간성이라든가 인간다운 실패담이나 패전의 기록, 그런 것은 기억에 없어."

율리우스는 앞머리를 손가락으로 걷으며 지식을 선보일 기회를 그렇게 마무리 지었다.

그 이야기를 다 들은 스바루는 패전의 기록이 남지 않았다는 사실에 약간 전율했다. 남지만 않은 거라면 괜찮지만, 설마 진적이 없는 것은 아닐까.

생애무패. 충분히 있을 수 있는 이야기라고 스바루는 몸서리를 쳤다.

"음, 도착했군."

대화가 일단락 지어졌을 때, 마침 『타이게타』로 통하는 계단이 있는 방에 도착했다.

그대로 위로 가면 『사자의 서』에 가득 메워진 서고, 3층 『타이게타』가 스바루 일행을 마중해 주지만――.

"――람, 잠깐 모두를 맡겨도 될까? 나는 잠깐 율리우스와 할 말이 있어."

"율리우스와?"

발실을 범춘 스바루가 그렇게 요정하자 람이 눈썹을 찡그렸다.

그 말에 놀란 것은 율리우스도 마찬가지지만, 일단 그는 아무 말도 하지 않았다. 그런 모습에 람은 연홍빛 눈을 가늘게 뜨고 스바루의 검은 눈을 들여다보다가 한숨을 쉬었다.

"너무 오래 걸리지 않게 해. 올라왔을 때, 람과 다른 사람들 기억이 바루스처럼 빠져나갔더라면 수습이 되지 않아."

"무서운 소리 하지 마라. 기억을 잃은 람이, 기특하고 조신한 느낌이 된다면 구경할 값은 있겠지만…….”

“람은 이제 더 이상 아무것도 잊을 마음은 없어.”

“……그렇겠지. 이상한 책 발견해도 다가가지 않도록 부탁한다.”

그렇게 말을 남기고 어깨를 으쓱인 람이 앞장서서 성큼성큼 계단을 올라갔다.

일단 그녀에게 맡겨 두면 판단을 그르칠 걱정은 아마 없을 것이다. 그런 의미의 신뢰로 따질 때, 이 멤버 중에서는 람을 가장 높이 평가하고 있다.

“나츠키.”

람의 인도에 따라 3층으로 올라가는 여성진. 그 최후미의 에키드나가 계단에 발을 올린 순간 스바루를 부르고, 그 연두색 눈을 살짝 일렁이다가 당부한다.

“되도록 살살 해.”

그리고 위층으로 천천히 올라갔다.

그 등을 배웅하며 스바루는 머리를 긁었다. 에키드나는 어째 스바루가 율리우스를 이 자리에 남긴 의도를 훤히 내다보았을지도 모른다.

“그래서, 할 말이란? 일부러 에밀리아 님과 다른 분들을 멀리한 이상, 보통 일이 아니겠지?”

그렇게 두 사람이 계단 앞에 남겨진 순간에 율리우스가 말을 꺼냈다. 그의 말에 스바루는 “아, 그렇지.” 하고 애매하게 응수했다.

“말이 영 석연치 않군.”

“분명히 하기가 어려운 부류의 내용이라고, 이게 또.”

계단을 등지고 율리우스와 마주 선 스바루는 자신의 흑발을 벅벅 긁었다.

다른 일행에게 책의 수색을 맡기고 율리우스를 불러 세운 최대의 초점. 그것은 당연하지만 『레이드 아스트레아』의 공략이다.

——전회차 루프의 최종 국면, 대혼전에 빠진 탑 안에서 자유를 얻은 레이드는 마지막 미련이라며 율리우스와의 일대일 대결을 바랐다.

하지만 그 진의를 모르겠다. 들은 이야기로는, 율리우스는 한 번 이미 레이드와 싸웠다가 패배했다. 패자가 승자에게 집착한다면 이해가 간다. 그런데 그 반대라니——.

“스바루?”

“아, 넌, 레이드를 어떻게 생각해? 좋아해?”

“——그 질문에, 무슨 의미가 있는 것일까.”

“아니, 방금 한 말은 딱딱한 분위기를 풀려 했을 뿐인 잽. 메인은 좀 더 표현이 달라. ——메인 표현은, 너는 레이드에게 이길 맘이 있느냐는 거.”

“——음.”

한쪽 눈을 감은 스바루의 말에 율리우스가 노란 눈을 부릅떴다. 거센 동요에 흔들리는 눈을 본 스바루가 짧은 한숨을 내쉬었다.

‘역시나’ 싶은 부분이 있다. 하지만 동시에 ‘잠깐만’ 싶기도 한 것이다.

"자각의 유무는 차치하겠지만…… 기죽는 것도 무리가 아닌 상황이겠지. 지는 버릇이 한 번 들면 좀처럼 안 빠진다더라."

"스바루, 너는……."

"미안하다. 원래라면 최대한 시간 들여서 이것저것 하고, 네 쪼그라든 마음을 회복해야 하는 게 맞을 거야. 맞겠지만, 우리에게 그럴 시간이 없어. 알 거 아냐?"

스바루의 물음에 율리우스가 얼굴을 굳히고 숨을 죽였다.

스바루와 율리우스 사이에는, '시간이 없다'는 발언을 받아들이는 방식이 다르다. 그래도 이 초조감은 그와 공유할 수 있을 터다. ――아니, 자각시켰을 터다.

그것은 필시 어제까지의 『나츠키 스바루』라면 할 수 없었을 행동. 상처 입고 자신의 초조감을 깨닫지 못하는 남자를 배려해서 『나츠키 스바루』가 하지 못했을 말.

――『나츠키 스바루』에게 불가능한 행동을, 나츠키 스바루가 해 주는 것이다.

"분명히 말하마, 율리우스. 왜냐고 물으면, 지금의 나는 무적이기 때문이다."

"무적이라니…… 제법, 대범하게 구는군."

"굴레가 없으니까 크게 발을 내디딜 수 있지. 네가 내 낯짝 보고, 에키드나 낯짝 보고, 레이드 이야기를 듣고 움츠러드는 건 두고 볼 수 없어. 나도 질질 끄는 성미니까 남더러 뭐라 할 처지는 아니지만 그런 부분은 눈을 감고서, 분명히 말한다."

"――들어보지."

숨을 집어삼키고 자세를 바로 한 율리우스가 스바루를 응시했다.
그 곧은 시선을 받으며 스바루는 말을 이었다.
"그건 그거, 이건 이거야."
"——허."
당당히, 그렇게 내뱉은 스바루의 말에 율리우스가 얼떨떨한 표정을 지었다.
그런 율리우스를 정면으로 바라보며 스바루는 두 팔을 좌우로 펼쳤다.
"네가 나를 보고 어색한 느낌이 드는 건 알겠어. 어제까지의 내가 아마 너한테 뭔 짓을 저질렀겠지. 그 어제까지의 내가 너에게 한 짓이 이 세상에서 사라진 것은 아니지만 내 머릿속에서는 사라졌다."
"그렇……겠지. 그 말이 맞다. 하지만, 나는……."
"끝까지 들어 봐. 그런 상태니까, 너와 나의 관계는 또 처음부터 만들 필요가 있어. 적어도 지금의 나와의 관계는 그래. 어제까지의 나는, 일단 치워 놔."
꽤 난폭한 논조에 율리우스는 조금 전부터 동요의 물결에 삼켜져 돌아오지 못하고 있다.
지독히 막무가내인 주장이다. 하고 싶은 말의 100퍼센트를 도저히 전하지 못했다.
실제로 스바루가 『나츠키 스바루』가 지금까지 거둔 공적——에밀리아나 베아트리스, 율리우스를 비롯한 다른 이들에게 준 영향의 힘을 빌리고 있음은 사실이다.

하지만 지금은 그런 영향의, 좋은 부분만 빌리고 나쁜 부분은 내던지겠다.

왜냐하면——.

"우리 파티에서 네가 제일 강해. 그러니까, 레이드와 붙어야 할 사람은 너야. 공략본을 잘 찾아냈어도 싸움은 너한테 맡겨야 해."

물론 레이드의 집착, 율리우스와의 일대일 대결을 바라는 적의 의도도 있다.

하지만 그 점을 빼더라도 스바루는 이 자리를 양보할 마음은 없었다. 에밀리아가 이미 이겼다는 점을 포함하더라도 율리우스 외에 적임자는 없다.

"기죽는 마음은 이해해. 당황하는 것도 이해하고. 어제까지의 내가 정말 죄송했습니다 하고 사과할게. ——그거 다 포함해서, 마음 달리 먹고, 싸워 줘."

"……나는, 이미 두 번, 그 남자에게 패배했어."

"알아. 그래도 다음에는 이겨 줘."

아는 것보다 패배한 횟수가 1회 더 많았다.

하지만 그건 지금 아무 상관도 없는, 사족 같은 이야기다.

"네가 이기지 못하면 계산이 꼬여. 머릿속으로 여러 가지 매치 업을 생각해 봤지만 여자아이들더러 분발해 달라고 하기 전에 남자인 우리가 애쓰지 않으면 기사의 망신이라고."

"——망신. 지금의 나더러, 기사의 망신이라."

꽉 쥔 주먹을 내민 스바루의 말에 율리우스가 눈을 내리깔고 나지막이 중얼거렸다.

놀라고, 당황하고, 상처 입고, 얻어맞고, 끝내 난폭하게 멱살을 잡히는 듯한 주장으로, 율리우스는 스바루의 말에 희롱당한다.

그 희롱 끝에 율리우스는 무엇을 생각했는지 우아한 표정을 크게 무너뜨리고 말했다.

"람 여사의 말마따나 네가 정말로 기억을 잃었는지 의심스러워지기 시작했다. 혹시 너는 겁을 집어먹은 나를 일으켜 세우고자 이렇게 기억이 없는 척을 하고 있는 게 아닌가?"

"에밀리아의 웃는 얼굴을 어둡게 해서까지? 멍청아, 그런 빙빙 돌아가는 짓 안 해! 애초에 그런 짓 안 해도 너는 도망치지 않고, 모두를 위해서 싸울 거잖아."

"그건…… 모순되는군. 너는 지금 이 순간 나의 겁먹는 마음을 다잡고자."

"아니지. 그런 게 아니야. 너에게 부족한 것은 용기가 아니야. 용기는 여기에 제대로 채워져 있어. ——부족한 건 이길 욕심이야. 오기라고."

한 걸음, 거리를 좁힌 스바루가 내지른 주먹으로 율리우스의 가슴을 찔렀다.

그 말과 주먹을 받은 율리우스가 숨을 집어삼켰다.

"————."

스바루가 방금 한 말에 거짓은 없다.

전의 루프, 마수와 레이드라는 절체절명의 상태에 있음에도 율리우스는 검을 놓지 않고, 절망에서 등을 돌리지 않으며, 스바루에게 "부탁한다."고 말했다.

그 말을 뒤집어 생각하면, '여기는 맡겨 둬.' 말고 어떻게 받아들이겠는가.

율리우스는 그 상황 속에서 분명하게 말한 것이다.

——레이드 아스트레아를 자신에게 맡기라고.

그리고 그렇게 단언한 그를 본 것이 마지막이었다.

그렇기에——.

"……나는 결말을 보지 못했어. 어제까지의 기억도 없어. 그러니까 나는, 네가 레이드에게 패배한 모습 따위 한 번도 몰라."

율리우스는, 율리우스 유클리우스는 지지 않았다.

이 기사는, 이 남자는 나츠키 스바루 앞에서 한 번도 진 적이 없다.

그렇기에 나츠키 스바루는 누가 뭐라 하든 간에 결말을 양보하지 않는다.

율리우스 유클리우스가 레이드 아스트레아를 쓰러뜨릴 거라고 계속 기대한다.

"나는 레이드 아스트레아를 너에게 맡긴다. 그 가장 성가신 적을 네가 쓰러뜨려. 그 대신에 나는…… 그 외의 전부에 또 내 방식으로 손을 뻗으련다."

"————."

"안 들리냐, 율리우스. 친구의 기대에 보답하라고."

아까는 기대를 맡기듯이, 이번에는 힘차게 희망을 때리듯이.

스바루의 주먹이 율리우스의 가슴을 다시 두드렸다.

그 한 방에 율리우스가 자신의 가슴을 만지고, 길고 깊은 숨을 내뱉었다.

"……어제까지의 기억을 잃은 네가, 어떻게 나에게 그렇게까지 기대할 수 있지?"

"그건…… 저기, 이미지야. 인상, 본 느낌. 외모나 말투나 몸짓이나, 소지품이나 복장이나, 먹고 걷는 법이나, 뭔가 여러 가지 그런 것들의 종합 예술이라고."

지난번 루프의 사건을 언급하지 않으며 스바루는 자기 가슴을 잡고 궁색하게 대답했다.

공교롭게도 스바루와 율리우스, 양자 모두 가슴에 손을 짚은 채로 마주 본다. 율리우스는 가슴에 손을 짚은 채로 등을 곧게 펴고 천천히 허리를 굽혔다.

마치 이야기 속 기사가 그러듯이 아름답고 자연스러운 몸짓으로.

"인상이라."

"그, 그렇지. 네 외양이야. 네 전부가, 나에게 그렇게 기대하게 해."

"그런가. ……나의 허세가, 그렇게 여기게 했군."

머리를 숙인 채로 율리우스의 어조가 바뀌었다.

그때까지 왠지 건드리기 어려운 감이 느껴지던 율리우스의 음색에 아주 약간이기는 하지만 힘이 돌아오고 부드러움이 깃들고 따스함이 움튼 것 같았다.

율리우스는 그런 인상을 스바루에게 주면서 고개를 들어 앞을 보았다.

그리고——.

"세계에 잊히고, 유일하게 기억하던 너에게마저 잊히고, 주군의 존재를 확인하지 못하고, 나 자신이 어디에 있는지 애매한 존재가 되어 있었다. 하지만 그런 상태여도—— 내가, 여태까지 길러 온 모든 것을 잃지는 않았다. 그렇게, 말하고 싶은 거군."

"그렇게까지 영리하게 정리하지는 않았지만, 뉘앙스는 맞아."

스바루의 치졸한, 정리되지 않은 말을, 율리우스가 영리하게, 세련된 형태로서 받았다.

바로 직전에, 스바루는 전하고 싶은 말의 100퍼센트는 전해지지 않는다고 생각했다. 하지만 그 100퍼센트에 가까운 것을, 받는 쪽에서 골라냈다고 느꼈다.

"왠지 관념적인 얘기랄까, 완전 정신론이라서 좀 거시기한 느낌이 들지만, 정신적인 문제가 큰 분위기였으니까 맞아떨어졌으려나?"

"후. 왜, 거기서 약해지지? 무적이라고 하지 않았었나?"

"아니, 스타 먹고 무적 상태여도 구멍에 떨어지면 죽잖아……."

통하지 않는 비유에 율리우스는 눈살을 찌푸리지만 그 이상의 추궁은 하지 않았다.

거기에는 어제까지의 『나츠키 스바루』와 어울리며 의미가 없는 너스레는 흘려듣는 게 최선이라는 인식이 관여하는 듯해서, 참으로 묘한 기분이다.

어쨌든——.

"조금은 긍정적이 됐냐?"

"글쎄, 어떨까. 궁극적으로 너의 말은 구체성이 희박한 정신론이 많고, 또한 내 신변에 일어난 수많은 사건이 극적으로 변한 것도 아니야."

"너 말이다……."

"다만."

거기서 율리우스는 말을 끊고 스바루를 쳐다보는 눈을 가늘게 떴다.

그리고 불현듯 입가에 미소를 띠더니.

"——그건 그거, 이건 이거지."

어울리지도 않는 말을, 그 대화의 마무리로 삼았다.

7

솔직히 율리우스의 복잡한 심경에 다가섰는지 자신은 없다.

더 좋은 말이, 방식이, 격려법이 있었던 게 아닐까 하는 생각이 들고 만다. 그야말로 '그건 그거, 이건 이거' 라는 난폭한 결론이 아니라 더 세련된 발로 부조리한 현실을 덮이쓸 방식이.

"하지만 너다워. 좋든 나쁘든 말이야."

"……그러냐. 나답다는 게, 어제까지의 나랑 얼마나 겹쳤냐는 말이냐는 건 지금의 내 아이덴티티에 꽤 중요한 사항이다만."

"자아 확립이라는 의미로 말하자면 얼마 전의 너도 크게 동요를 주었지. 같은 곤경을 맛본 선배로서 너에게 조언할까. ——그건 그거, 이건 이거야."

"시끄럽네!"

스바루는 냉큼 충고를 활용하는 율리우스에게 버럭 소리치고, 그를 동반해 다른 일행이 먼저 간 3층 『타이게타』로 갔다.

율리우스에게도 말했지만 시간은 유한하다. 플레아데스 감시탑을 재앙이 덮치기 전에 모든 승리 조건을 갖추어야만 한다. 필수 조건이라고는 해도 레이드의 『사자의 서』 수색은 난항을 겪을 것이다. 여하튼 책의 바다에서 책 한 권을 찾아내야만——.

"아! 스바루, 봐! 레이드의 책을 찾았어!"

"어, 진짜로?!"

대량 작업에 착수할 심산으로 3층에 오른 스바루였지만 그 각오는 얼굴을 활짝 핀 에밀리아의 보고로 헛물을 켰다.

웃는 그녀가 손으로 가리킨 것은 람이 떠안은 두꺼운 책이었다. 그것이 찾던 책이라면, 이 별의 수만큼 있는 장서 속에서 용케 찾아낸 셈이다.

"그것도 내가 율리우스를 카운슬링하는 사이에 말이잖아? 거의 *RTA구만."

"'알티에이' 는 잘 모르겠지만, 그래도 굉장해. 칭찬해 줘."

가슴을 편 에밀리아가 자기가 세운 공적이 아니라고 일렀다.

누구를 칭찬하면 되는가. 그 답은 이어진 그녀의 행동으로 바로 알 수 있었다. 에밀리아는 살며시 자기 허리에 안겨 있는 짙은 파란 머리 소녀를 앞으로 밀어냈다.

---

* Real Time Attack. : 게임의 최단 시간 공략, 혹은 이에 도전하는 행위를 말한다.

“찾아준 건 메일리야. 훈장감이지?”

“훈장감이라니 요즘 못 듣는 말일세……라는 건 치워 두고, 메일리가 찾아준 거냐! 그건 확실히 큰 공 맞네! 잘해 줬어!”

에밀리아의 말에 스바루도 생각지도 못한 공로자를 칭찬했다. 단, 공로자 본인은 그런 스바루와 에밀리아의 칭찬에 입술을 삐죽이고 눈을 피했다.

“따, 딱히이. 그냥, 우연히 눈이 간 책이었을 뿐이야아. 좀 일찍 찾은 것 정도로 호들갑스럽게 소란 피울 일은 아니라고 봐아.”

“말이 되는 소리를 해라. 자기가 해낸 일은 제대로 뽐내도 된다고! 장하다, 메일리. 나를 떠밀려던 실점을 바로 청산했구나!”

“이렇게 간단히 청산이 되는 거야아?!”

눈이 휘둥그레지며 놀라는 메일리. 그 머리를 스바루가 스스럼없이 마구 쓰다듬었다. “머리 망가져어!” 하고 메일리는 불평이었지만 스바루는 실실 웃었다.

“그건 그렇고…… 너, 이러니저러니 해도 자못 신났었구나. 아니라면 이토록 쉽게 노리는 책은 찾지 못했을 거 아냐.”

“——으, 오, 오빠, 쓸데없는 말 하지 마아.”

“쓸데없는 말? 중요한 말이지. 네가 우리의 일원이 된 중요한 증거라고. 하지만 찾아낸 게 우연이라면…….”

“안타깝게도 『타이게타』 서고의 법칙성이 밝혀진 것은 아니라는 뜻이지.”

붉어진 얼굴의 메일리에게 웃음을 건넨 스바루의 말을 에키드나가 받았다.

이 『사자의 서』와의 만남이 우발적인 이상, 스바루가 설정한 서브 퀘스트는 미달성이란 뜻이다. 현재는 일단 메인 퀘스트에 착수할 수밖에 없지만――.

"딱히, 그렇게 걱정하는 티 내지 않아도 괜찮아."

메일리가 스바루의 속마음을 읽어낸 것처럼 어깨를 으쓱하며 맹랑하게 말했다. 그것은 한동안 보지 못한, 메일리다운 몸짓 같았다.

"내 약속은 평판이 안 좋아서 안 하겠지만, 네 소원은 꼭 이루어 주마."

"……오빠의 큰소리는 진짜 절조가 없더라. 기대하지 않고 기다릴게에."

"――알았어. ……그래서, 레이드의 책은 아직 아무도 보지 않은 걸로 쳐도 되지?"

약속이 아니라 맹세, 그 말에 메일리가 웃은 뒤에 스바루는 본론으로 치고 들어갔다.

람이 안은 책―― 책등에 그려진 무늬는 스바루가 읽을 수 없는 문자였다. 그렇지만 이 책이 스바루가 기억을 상실한 원인으로 가장 유력한 용의자인 것은 변함없다.

그에 관한 경계는 람도 같은 의견인지라 그녀는 안고 있던 책의 책등을 어루만지고 말했다.

"바루스 상황이 있는걸. 자칫 성급한 짓을 하다가 바루스처럼 기억이 빠져나간다면 큰일이야. 그러니까, 아무에게도 보여주지 않았어."

"말해 두지만, 아직 쏙 빠진 원인이 책이라 확정된 건 아니거든?"

"핫!"

스스로도 설득력이 없는 발언이 코웃음으로 넘어가자 스바루는 떫은 표정을 지었다. 그런 스바루를 대신해 베아트리스가 "아무튼." 하고 이야기를 받았다.

베아트리스는 람이 든 책을 특징적인 무늬가 떠오른 눈으로 바라보며 말했다.

"그래서 무사히 책은 찾았어. 남은 건 어떻게 쓰느냐인 것이야."

베아트리스의 문제 제기에 책을 찾아낸 기쁨 이상의 긴박감이 서고에 퍼졌다. 잘못 취급하면 기억이 날아갈지도 모를 한 권. 정체불명의 수상한 약을 마시라는 말과 숫제 다를 바 없다. 목숨이 몇 개 있어도 부족한 자살행위다.

"몇 가지, 추측할 수 있는 위험성에 대해 얘기할까."

"추측할 수 있는 위험성……. 그런 게 있나, 에키드나?"

"일어난 현상과 단편적인 정보에 근거한 추측에 불과하지만 말이지."

그렇게 말하고 이깨를 으쓱인 에키드나가 손을 들었다.

그리고 손에서 검지를 세우고 정리하기 시작한다.

"우선 『사자의 서』의 위험성…… 그건 알기 쉬운데, 나츠키의 현 상황이 가리키는 대로 자신의 기억을 잃어버릴 가능성이 있어. 아무래도 나츠키의 말로는 흘러나간 기억은 단편적……. 이 경우, 남은 기억 쪽이 단편적이라고 말하는 편이 정확할까?"

흘러나간 양과 남은 양, 전자 쪽이 많으니까 에키드나의 말이 옳다.

그러나 여기서 살짝 사실과 어긋나는 것은 스바루가 기억 상실의 실태를 『사망귀환』을 숨기기 위한 위장에 이용하고 있다는 점이다.

실제로 진짜 의미로 기억을 상실한 최초의 루프, 스바루는 모든 기억을—— '이세계에 온 뒤' 라는 첨언이 필요하지만, 그것을 상실했었다.

이 사실로 보아 없어지는 기억에 적당히 봐주는 것은 없다고 여기는 편이 낫다. 그나마 자아를 잃지 않은 만큼 스바루의 기억 상실은 나은 사례다.

만약 완전히 자기 자신을 상실했을까 생각하면 오싹해진다.

——동시에, 왜 원래 세계의 기억은 없어지지 않았느냐는 의문 또한 고개를 쳐들지만.

"기억이 사라진 이유 말이지만, 『사자의 서』를 읽는 대가라는 건 생각하기 어려워. 이건 나츠키와 같이 책을 읽은 율리우스와의 증례 차이를 본 추측이야."

"……그다지 생각하기 싫지만, 약간의 기억을 잃었을 가능성은 있어. 독서량과 잃어버린 기억의 양이 비례한다면 그 추론도 성립되는 것이야."

"동감한다. 즉, 나와 스바루의 사정이 다른 것은 읽은 양의 차이…… 메일리 양이 목격한, 어젯밤 스바루의 행동과 부합해."

"————."

에키드나의 추론에 베아트리스가 반론하고, 그 논지를 율리우스가 긍정했다.

스바루는 똑똑한 멤버의 대화를 신중하게 체크하다가 추론에 납득하고 끄덕였다.

"즉, 읽은 책의 양이, 기억의 상실과 관계하는 게 아니냐고?"

"그렇게 생각할 수도 있다는 이야기야. 이 추론을 긍정할 경우 레이드의 『사자의 서』를 훑어봐야 할 것은, 오히려 한 번도 『사자의 서』를 읽지 않은 우리야. 이미 읽은 나츠키와 율리우스는 위험할지도 몰라."

경험자가 읽어야 한다는 의견과 미경험자가 읽어야 한다는 의견이 상반된다.

어느 사고방식에도 일리가 있으며 어느 한쪽이 틀렸다고도 생각하기 어렵다. 다만 거기서 신경 쓰이는 것이——.

"그럼, 한 번 기억이 없어진 내 경우는 어떻게 되지? 기억의 상실 조건이 『사자의 서』의 정보 축적이라면, 나는 리셋되었다? 되지 않았다?"

"그건 심각한 문제구나. 한 번 더, 바루스의 기억이 빠져서 같은 설명을 해야 한다니…… 생각만 해도 오싹해져."

"나도 오싹하지만, 표현 좀!"

"응……. 그거, 나도 엄—청 걱정스러워. 스바루가 또 많은 기억을 잊는 건 싫은걸."

스바루가 품은 염려를 에밀리아와 람이 각자의 방향으로 긍정했다.

다만 추측은 추측, 그 진실은 모르는 채다. 많은 것을 바란 사람이 위험한지, 아니면 욕심이 적은 사람 쪽이 위태로운지, 답은 나오지 않는다.

공공연히 말할 수 없지만 스바루에게는 전회차 루프에서 메일리의 『사자의 서』를 읽은 기억도 있다. 그건 이번에도 읽은 한 권으로 카운트되는 것일까.

"……왜애? 나라면, 속죄 삼아 읽어 보라 해도 되지 않을까 생각하는 눈초리야아? 아얏."

"그럴 리 없잖아. 바보 같은 소리를 하니까 때렸다."

"학대야아. 포로 대우가 저택에 있었을 적보다 심하잖아."

스바루의 시선을 받고 웃지 못할 농담을 던진 메일리를 혼냈다. 메일리는 그 사실에 볼을 부풀리며 에밀리아와 샤울라의 손을 잡고 두 사람 뒤에 숨었다.

"나 원 참, 약삭빠른 녀석 보게. ……그래서, 그것 말고 다른 생각은 없어?"

"그렇지. 한 권분, 율리우스보다 여유가 있는 미경험자인 우리가 읽을까, 경험자인 율리우스가 읽을까, 아니면 한 번 넘쳤을 가능성이 있는 나츠키가 읽을까……."

"엄청 제멋대로 하는 소리겠지만…… 읽는다면, 내가 제일 나을 거야."

"스바루……."

후보를 열거한 에키드나 앞에서 그렇게 말한 스바루의 손을 베아트리스가 잡았다. 불안……이라기보다는 걱정의 빛깔이

짙은 소녀의 눈초리에 스바루는 윙크했다.
"장난칠 때가 아니야. 스바루는, 자신의 기억을……."
"아니, 물론, 기억은 잃고 싶지 않지. 하지만 위기관리로 따지면 이 판단이 적절하잖아. 아무리 생각해도 기억이 없어진 결과, 모두를 위험한 상태에 몰아넣을 가능성이 낮은 건 나라고. 나, 우리 중에서 제일 약하니까."
아무리 그래도 메일리보다 약하지는 않을 거라 생각하지만, 그 외의 다른 사람에게 이길 수 없는 것은 실증이 끝났다.
붙드는 것도 쉬우며, 이미 한 번 기억을 잃었기에 대처법도 쉽다.
문제는 스바루에게도 4회차분의 잃어서는 안 될 기억이 누적되어 있다는 점.
그렇기에──.
"잊을 각오로 도전하는 게 아니야. 하지만 우리는 팀이잖아. 모두 다 같이, 전원을 위해서 모종의 역할을 맡을 필요가 있어."
"────."
"율리우스가 싸우는 담당, 에키드나가 지식인 담당, 람이 독설 담당이고, 메일리가 귀여움 담당에, 베아트리스가 귀여움 담당, 에밀리아짱이 미소녀 히로인 담당에, 샤울라가 그라비아신 담당이라 생각하면 여기선 내가 담당해야지."
"어쩐지 쓸모가 없는 직함이 너무 많은 감이 들지만……."
"안 그래요! 장면이 암전할 때라든가에 섹시 신은 중요해요! 저, 스승님이랑 예술을 위해서라면 벗겠습니다!"
"아니, 그 이상 벗으면 내가 식겁하니까 노력하지 않아도 돼."

"배신당했어요!"
그것이 스바루식의 표현임을 이 자리의 멤버는 이해해 주고 있다. 거기에 응석 부리는 스바루의 언동에 손을 잡고 있는 베아트리스가 맨 처음으로 한숨을 쉬었다.
숨을 깊게 내쉰 소녀가 눈을 흘기고 스바루를 응시했다.
"참 내, 이런 식으로 고집스러워지면 스바루는 요지부동인 것이야. 그런 점은 기억이 없어져도 변하질 않았어. 메일리 일로도 사무친 것이야."
"헤헤, 하지만 그런 내가 좋잖아? 쑥스럽군."
"기고만장하지 마!"
얼굴을 붉힌 베아트리스가 허리춤을 찰싹찰싹 때렸다.
다만 그녀의 말에 부정의 뉘앙스는 없다. 그리고 그것은 베아트리스 외의 동료들도 마찬가지 같았다.
"람과의 약속을 잊으면 갈아 버릴 거야."
"지금 훈훈한 독백을 하던 타이밍인데 뭘?!"
"뭘까."
'흥' 하고 코웃음 친 람은 안고 있던 책을 스바루에게 떠넘겼다.
스바루는 묵직한 책의 감촉을 맛보며 쓴웃음 지었다.
"무리하지 말라고 그래도 스바루는 무리를 하더라. ……그런 점, 엄—청 치사하다고 생각해. 나, 항상 걱정하고 있어."
"거기에 관해선 미안하다고밖에 말할 도리가 없네. 하지만 에밀리아짱이 걱정해 주는 거랑 동급으로 나도 네가 걱정……된다고 생각해. 주제넘을까?"

“스바루가 그렇게 여겨 주는 건 기뻐. 그러니까, 나는 엄—청 복잡한 심정이야. 반드시 돌아와야 해……라고 약속하면, 스바루는 어길 거니까 약속하지 않겠지만.”
“그렇게까지 신용이 없는 어제까지의 나에게 반대로 두근두근한걸. 뭘 저지른 거야.”
에밀리아의 기쁜 말에 어깨를 으쓱인 스바루는 주위에 “안 그래?” 하고 물었다. 그러자 전원이 은근슬쩍 고개를 돌렸다. 이 반응, 심각한 상습범 같다.
어쨌든——.
“내가 읽겠다는 말에 이견은 없는 거지?”
“……결국 무슨 추론이든 억측의 영역에서 벗어나지 않아. 가능하다면 이 자리의 전원에게 가장 위험할 가능성이 적은 선택지를 취하고 싶었지만.”
책을 가볍게 들어 올린 스바루의 확인에 에키드나가 미안하다는 듯이 눈썹을 내렸다.
그 말이 진실이며 그녀가 전원을 배려하던 의도는 의심할 여지가 없다. 그렇기에 스바루는 순순히 그녀에게 “마음에 두지 마라.” 하고 말해 줄 수 있다.
“그럼, 일단 내가 한 판 하고 오마. 만약 내 기억이 날아갔을 경우, 바로 얼음덩이로 만들어다가 간곡하게 설교해 줘.”
“그런 난폭한 짓, 아무도 하지 않는 것이야…….”
“알아. 너는 마음씨 고우니까.”
걱정 어린 베아트리스의 머리를 토닥토닥 두드린 스바루는 그

넓은 이마를 밀었다. 베아트리스가 불만스럽게 볼을 부풀리며 뒤로 한 걸음 물러섰다.

그렇게 모두의 시선을 모으면서 스바루는 그 자리에 털썩 책상다리로 앉고는, 숨을 훅 내뱉었다.

——무릎 위, 레이드 아스트레아의 『사자의 서』가 있다.

"————."

의식하니 확실히 책으로부터 흉흉한 기색이 느껴진다.

메일리의 『사자의 서』를 읽으려던 때에도 비슷한 감각은 있었지만, 이 책에서 느껴지는 위압감은 그것을 웃돈다. 역시, 누구의 책을 집었느냐로 독자의 기분도 바뀌는 법인가. ——도대체, 어떤 인생을 읽게 될는지.

그리고 스바루의 기억은 그에 버틸 수 있을지.

"————."

책 표지를 만지며 스바루는 딱 한 번, 자신을 지켜보는 모두를 돌아보았다.

베아트리스가, 메일리가, 람이, 에키드나가, 율리우스가, 샤울라가 보고 있다.

그리고——.

"——스바루."

"그럼 갔다 온다. 늦어질지도 모르니 먼저 밥 먹고 있어도 돼."

"……바보."

에밀리아의 미소에 배웅받으며 스바루는 『사자의 서』의 표지를 넘겼다.

순간, 책에 적힌 문자가 떠오르며 안구를 통해 스바루의 뇌로 정보를 쑤셔 박는 착각에 휩싸인다. 그리하여 의식은 찰나 만에 책으로 빨려들고——.

——의식이, 서고에서 어둠으로 분리되었다.

8

——메일리의『사자의 서』를 읽었을 때의 감각은 꽤 애매했다.

목격한 광경, 메일리가 거쳐 온 인생의 궤적은 그럭저럭 선명하다.

하지만 실제로 그 광경을 보고 있을 동안의 자기 기억은, 노골적으로 말해『사자의 서』의 제목에 적힌 인물과 하나가 되어 그 주관적인 사고, 정경을 추체험하는 처지가 된다.

쉽게 말해『사자의 서』의 내용을 따라가는 여로는 상대와의 동화다.

그 순간, 책의 내용을 따르는 나츠키 스바루는『메일리 포트루트』였다.

그렇기 때문에 스바루의 의식 끝자락에는 항상『나』로서, 메일리의 그림자를 짊어지는 기묘한 자의식이 따라 다니게 되었다고 생각할 수 있다.

그것이『사자의 서』의 효력이라면, 스바루가 이 순간, 목도할 것은 레이드 아스트레아의 인생이며 이해하기 어려운 사고 형태에 있는 그의 주관 세계일 터다.

그가 무엇을 생각하고, 무엇을 좋아하며, 무엇을 싫어하고, 무엇을 사랑하며, 무엇을 미워하고, 무엇을 이루는가.

레이드 아스트레아의 철학과 하나가 되어 그 인생을 보아야 했을 터였다.

따라서 스바루는 곧장 이변을 알아차렸다.

——지금 자신이 있는 장소는 명백하게 그 레이드의 과거가 아니었다.

"……아?"

하얀, 하얀 장소에 서 있었다.

주위, 휑뎅그렁한, 끝이 보이지 않는 하얀 허구의 공간이 펼쳐져 있어서 스바루는 자신이 어디에 있는지 알지 못해 막막해졌다.

손을 본다. 발을 본다. 고개를 돌려보니 몸통도, 허리도 있었다.

즉, 스바루의 몸이 있는 것이다. 그 시점에서 메일리의 『사자의 서』에서 일어난 현상과는 맞물리지 않는다. 합치하지 않는, 부자연스러운 상황에 내던져졌다.

보아하니 스바루의 복장은 『사자의 서』를 읽자고 결심했을 때와 똑같다.

그것은 스바루의 정신이 『지금의 자신』을 이 모습이라고 인식한 결과인지, 아니면 그 외의 의지, 책의 정령 같은 것의 의지가 작용해서 이 모습의 스바루를 재현한 것인지.

설마 책을 읽은 순간 스바루가 육체째로 빨려들었다는 사태가 일어났다고는 생각하고 싶지 않지만――.

"――어머머? 오빠도 참, 또 왔어?"

"――읏."

불현듯 스바루는 자기 것이 아닌 제3자의 목소리를 듣고 어깨를 흠칫 떨었다.

목소리는 등 뒤에서 들렸다. 무심결에 스바루는 앞으로 뛰어 앞구르기를 하고 빙글 뒤쪽을 경계했다. 그런 스바루의 발작적인 행동에 뒤에 있던 인물은 눈을 동그랗게 떴다.

"――너는."

그 상대를 본 스바루는 당혹감과 곤혹감을 드러내며 중얼거렸다.

그것은 전혀 예상치 못한, 스바루가 상상도 하지 않던 낯선 누군가와의 조우였다.

그곳에 서 있던 사람은 스바루가 본 적이 없는 소녀였다.

색소가 엷은, 투명한 금실 같은 아름다운 머리카락을 길게, 정말로 길게 기르고 있다. 그것은 하얀 바닥 위에 펼쳐져 멀거니 선 소녀의 발밑을 금빛 바다처럼 채웠다.

크고 동그란 푸른 눈동자와 투명한 도자기 같은 하얀 팔다리. 화려하지 않은 흰 복장을 두르고 있어서 한결같이 투명한 인상이 특징적이었다.

"――――."

본 적이 없는 소녀다. 그럴 것이다.

하지만 스바루는 그런 소녀의 모습에 눈을 가늘게 뜨며 손등으로 눈꺼풀을 거칠게 문질렀다. 흡사 흐려지는 시야를 닦는 것만 같은 몸짓이지만, 보이는 그녀의 모습은 변함이 없다.

다시 보아도 모르는 소녀. ——희미하게, 기억이 쑤시는 느낌이 들었지만.

"조금은 진정했어, 오빠?"

"여기는…… 아니, 너는? 어느 쪽부터 물으면 돼?"

"욕심쟁이네, 오빠. 하지만 양쪽 다 듣고 싶다고 솔직한 마음을 실토하는 점은 싫어하지 않아. 나들은 욕심 많은 사람을 정말 좋아하니까."

그렇게 말한 소녀가 그 입술을 옆으로 찢으며 곤혹스러워하는 스바루를 비웃었다.

그렇다. 비웃었다고, 그렇게 표현할 수밖에 없는 웃음이었다.

나이는 열서너 살, 그렇다 쳐도 조금 어린 인상이 있는 소녀.

그 단정한 용모도 어우러져 틀림없이 웃음이 어울릴 소녀임은 확실한데도.

스바루 눈에는 그녀의 웃음이, 흉험하게 보인다.

마치 그 소녀의 영혼이 많은 생명을 업신여겨 왔다고, 본능이 알아차린 듯이.

전율하는 스바루 앞에서 그녀는 고했다.

"여기는 외롭고 하얀, 영혼의 종착 지점. 오드 라그나의 요람. ——기억의 회랑."

"기억의, 회랑……?"

"그래그래, 기억의 회랑. 그리고——."

들어본 적 없는 단어에 스바루는 눈을 부릅떴다.

스바루의 반응에 만족한 내색을 보이며 소녀는, 말했다.

소녀 모습의, 악의가, 비웃음과 함께 말했다.

"——우리는 마녀교 대죄주교 『폭식』 담당, 루이 아르네브."

"————."

"어차피 또 짧은 시간이겠지만, 잘 부탁해. 오빠."

제3장 『——일어나요』

1

——『기억의 회랑』과 『루이 아르네브』.

"————."

질문에 그리 대답한 금발의 소녀, 루이 앞에서 스바루는 침묵했다.

예상과 다른 하얀 공간에서, 예상도 못 하던 소녀와의 해후. 그리고 그 소녀는 기가 막히게도 사정을 다 안다는 표정으로 이것저것 설명해 줄 분위기지만——.

"……애초에, 마녀교라거나 『폭식』이라거나, 대-죄-주-교라는 게 뭐시당께."

"아핫."

팔짱을 끼고 갸우뚱한 스바루의 말에 루이가 입에 손을 짚고서 웃었다.

그 모습만 보면 환상적인 백악(白堊)의 광경에 서 있는 소녀를 그린 명화 같은 인상이지만, 스바루의 본능은 아까부터 시끄러울 만큼 경종을 울리고 있다.

평화로운 현대 일본 출신의 스바루가 가진 생존 본능이 외치기 시작할 만큼 소녀의 존재는 이질적이다. 그녀가 자칭한 직함 및 소속도 전혀 들은 기억이 없는 것도 문제였는데——.

"——마녀교라는 건 말이야, 쉽게 말해 이 세계에서 미움받는 자들의 모임이야."

"오?"

"아무리 오빠라도 『질투의 마녀』라는 이름 정도는 듣지 않았어? 마녀교라는 건 그 마녀님과 연이 깊어서…… 뭐, 신자 같은 거라고 생각하면 돼."

"……그럼 아까 하던 말은 대죄. 그리고 주교라는 뜻인가."

대죄와 주교, 단어의 조합치고 상반되는 분위기가 제법 강하지만, 스바루의 작명 센스로는 자못 느낌이 와닿는 이름이다.

여하튼, 그거라면 들으면 단박에.

"악당의 이름이라고 알 수 있군."

"싫네, 싫은걸, 싫어, 싫으니까, 싫다고, 싫었는데 말이야."

고개를 도리도리 저으면서 루이가 스바루의 시선에 자신의 가녀린 몸을 껴안았다. 단, 그 입가에서 웃음이 사라질 기색은 없고 거부하고 있는 것도 모양새뿐.

본심이 보이지 않는 소녀다. ——아니, 알쏭달쏭해서, 갈피를 잡을 수 없다고 해야 할까.

"그런 말로 작고 귀여운 여자아이를 괴롭히지 마, 오빠. 나들도 상처받는다? 남보다 곱절은 섬세하고 상처받기 쉬운 마음을 가졌으니까."

“설득력이 없어. 그리고 그 일인칭은 캐릭터 꾸미려는 심산이냐? 아니면 일인군대 같은 멋있음 어필이냐. ‘우리’ 랬다가 ‘나들’ 이랬다가, 안정되지 않는데.”

“아아…… 신경 쓰지 않아도 돼. 살짝, 자아가 너무 세다 보니 어느 게 주체가 될지 오락가락하고 있을 뿐이야. 이미, 비교적 질리고 있지만.”

말하면서 루이는 가볍게 시선을 아래로 내리더니 “하지만.” 하고 말을 이었다.

“어쩔 수 없지. 오빠와 오라버니의 선물이니, 제대로 받아주지 않으면 여동생으로서 실격인걸. 남매니까 상부상조해야지.”

“……그건, 오빠를 사랑하는 귀여운 여동생이군. 나는 외동이니까 부러워.”

“그래? 지금쯤 오빠에게도 동생이 생겼을지도 모르잖아?”

“무서운 소리 하지 말아 줄래?! 상상하고 싶지 않다고?!”

그렇다고는 해도, 부모님은 사이좋은 잉꼬부부이기에 그 말도 농담으로 넘어갈 수 없다. 그 부모라면 스바루가 없어졌기에 다음 아이를──아니, 있을 수 없다.

“────.”

스바루가 없어지면 발견될 때까지 찾아다닐 게 스바루의 부모님이다.

그러니까, 제발, 제발 하고 스바루는 빌었다. 이 이세계 소환이, 전생이기를.

없어진 아들을 찾아다니는 고통을 부모님이 맛볼 바에는, 스바루는 죽어서 이세계에 와야 했다고 말하기를 빈다. 그쪽이 훨씬 편하다. 훨씬, 구원이 있다.

그렇기에——.

"——이해해, 오빠."

"윽——! 웃기지 마!"

바닥을 메운 머리카락을 두 팔로 안고서 스바루를 밑에서 들여다보는 루이의 말에 격노했다.

눈을 들여다보며, 입 밖으로 내지 않은 스바루의 불안을 안다는 듯이 말한다. 그것이 몹시 화가 치밀어서 스바루는 루이에게 고함치고 뒤돌았다.

"네가 나의 뭘 이해하겠냐! 아무 소리나 지껄이……."

"——아버지랑 어머니한테 미안한 거지? 작별 인사 한마디도 못하고, 이런 불효자식이 어디 있냐고 후회하고 있어. 아니, 후회는 줄곧 하고 있었어. 지금도 옛날도, 그렇지?"

"————."

그렇게, 안다는 투의 발언을 이어가면서 루이가 스바루의 등에 살며시 안겼다.

조그맣고 가벼운 몸. 스바루는 숨을 죽이고 몸을 굳혔다.

소녀가 다가붙은 상황 때문……이 아니다. 소녀의 말 내용, 그 자체 때문에.

이해를 나누는 동반자 행세하는 발언. 그러나 틀림없이 스바루의 마음 한 자락을 알아맞히고 있었다.

"어떻게 아느냐고? 당연히 알지. 왜냐면, 나들이나 우리만큼 오빠를 잘 알고 있는 사람은 한 명도 없으니까."

"——건드리지 마!"

"앙."

스바루가 팔을 뿌리치고 숨을 씩씩대며 거리를 벌리자 루이가 입술을 삐죽였다.

뭐냐, 도대체. 이 세계의 여성들은 남자에게 스킨십을 취하는 데 망설임이 없는 것인가. 하나같이 거리가 너무 가깝다. 너무 허물이 없다.

자칫하면 그 체온에 약해진 마음을 내맡길 것만 같은 게 무섭다.

"너는 대체 뭐야! 무슨 말을 하고 싶어!"

"나들은 그냥 오빠가 안심해 주길 바랄 뿐이라니깐. 괜찮아, 괜찮아. 아버지랑 어머니에 대한 감정은 제대로 구분을 지었어. 일방적일지도 몰라도, 마주 보았다고 생각하고 있어. 마음은 개운해졌대. 표면상으로는."

비웃으면서 루이가 자신의 왼팔에 오른손의 손톱을 박았다. 득득, 보면서 애처로워질 정도의 기세로 그녀는 하얗고 가는 팔을 상처 입히기 시작했다.

그 행위에 눈살을 찌푸린 스바루에게 루이는 유난히 붉고 긴 혀를 보였다.

"표면상은 아주 건강해. 마음에 아아—무것도 떠안지 않은 것처럼 보여. 요령 좋구나, 오빠. 요령 좋은 게 슬프구나, 오빠."

가슴속을 지독하게 쥐어뜯기는 듯한 발언에 스바루는 입술을 뒤틀었다.

더 이상 상대하면 안 된다고, 소리에 변화를 준 본능의 경종에 따른다.

“무슨 말을 하고 싶은지 잘 모르겠다. 잘 모르겠지만, 상처가 되니까 그만둬. 그래야 대화의 캐치볼이야. 강속구는 없기. 포물선을 그리도록 주의합시다.”

“피차?”

“피차. 그래, 예를 들면…… 아까 하던, 대죄주교 이야기를 마저 하자.”

더 이상 루이의 장단에 휘말리고 싶지 않아서 스바루는 화제를 한 단계 전으로 되돌렸다.

대죄주교, 그것과 『폭식』의 조합이라면 스바루에게도 짚이는 데가 있다.

“네가 『폭식』이라면, 비슷한 게 앞으로 여섯 명 더 있는 게 아니냐?”

“오빠랑 오라버니까지 포함하면 딱 여섯 명일까? 아아, 하지만 최근 두 명 줄었으니까 지금은 네 명일지도. 다른 두 명도 얼른 죽으면 좋을 텐데.”

“……말하는 걸 보니, 동료 의식은 거의 없는 모양이군.”

“당연하잖아. 대죄주교라고 이름을 대고 있지만 우리는 어차피 세계에서 미움받는 자들 모임인데. 호칭이 다를 뿐이지 『마녀』랑 똑같은걸.”

그렇게 말한 루이는 그 자리에 탈싹 무릎을 꿇어 자신의 금빛 머리카락 속에 파묻혔다. 스바루는 그 머리카락을 밟지 않게끔 걸어가서 "마녀?" 하고 그녀 앞에 책상다리로 앉았다.

"마녀랑 똑같다니, 유난히 무섭다는 소리 듣는다는 마녀랑?"

"그래도 『질투의 마녀』는 나들보다 질이 나쁘니 같이 취급받고 싶지 않지만. 다른 건 똑같아. 『마녀』든 대죄주교든, 호칭만 다르고 똑같은 거야. 마녀인자(魔女因子)에 적합한 막장 인생이 시대와 입장에 따라 다르게 불릴 뿐이니까."

"────."

"뭐, 지금의 오빠는 『마녀』도 대죄주교도, 우리에 대해서도 잊었을 테니 어느 쪽이든 상관없을지도 모르지만. 이해해, 이해하지, 이해하고말고, 이해하니까, 이해하지만, 이해하기에, 이해하고 있고 싶기 때문에……."

"시끄러."

"앙."

스바루는 파도처럼 밀어닥치는 말을 틀어막고 턱에 손을 짚었다.

왠지 모르게 중요한 이야기를 듣는 느낌이 들지만, 스바루에게는 영 느낌이 오지 않는다. 그 문제의 원인은 이 상황이 너무나 현실감이 결여된 탓이다.

하얀 공간, 서성이는 소녀, 이 시추에이션에 스바루가 느끼는 기시감은──.

"너, 혹시 신님 계열?"

"신님 계열이라니…… 아, 이건가? 무슨 이세계 전생 같은? 잘 모르겠지만 나들과 그건 관계없어. 확실히 이상한 기분이 드는 장소일지도 모르지만."

루이는 키득키득 소리를 내며 비웃고는, 자신의 금발을 엉덩이에 깐 채로 그 자리에서 빙글 몸을 돌려 아무것도 없는 하얀 세계를 둥실 나부끼는 머리카락으로 가리켰다.

"여기는 보는 바와 같은 장소. 무—엇이든 없어지는 장소고, 그렇기에 아무것도 없는 장소. 그런 장소에 외따로 덩그러니 있으니까 이곳의 수호신처럼 보이지."

"오드 라그나의 요람이랬던가? 기억의 회랑이라는 명칭도 포함해서, 처음부터 끝까지 하나도 머리로는 이해되지 않는데."

"음, 음, 음, 음, 하기는. ……쉽게 말해, 여기는 영혼이 걸러지는 장소야."

"영혼을, 거른다?"

낯선 표현에 스바루는 물음표를 머리에 띄웠다.

거른다, 다시 말해 여과한다는 것과 같은 의미지만 그것을 영혼에 대해 사용하는 예는 그다지 듣지 못했다.

다만 루이는 "맞아, 맞아." 하고 기쁘게 자신의 무릎을 끌어모았다.

"한 번 사용한 걸레는 빨고 말려서 다시 쓸 수 있잖아? 영혼도 마찬가지야. 묵은 때를 벗겨서, 다시 깨끗한 상태로 이용하는 거지."

"그 뭐냐. 묵은 때라는 건…… 기억이나, 경험이라는 의미냐?"

"그게 알기 쉽다면, 그래도 되지 않아? 오빠 마음대로 해."

루이가 메롱— 하고 혀를 내밀자 스바루는 뺨을 일그러뜨리고 주위를 빙 둘러보았다.

변함없이 하얀 공간—— 기억의 회랑에 새로운 것은 아무것도 존재하지 않는다. 끝이 없는 하얀 세계 속, 루이가 이야기한 것과 같은 알기 쉬운 물증도 전무하다.

"그렇게 알기 쉬운 것도 아니야."

"그 오드 라그나라는 신께선 꽤 심술궂군."

"신 같이 거창한 게 아니야, 그딴 거. 그것에는 그렇게 훌륭한 사상 같은 건 없는걸. 그냥 구조가 그래. 세계를 망가뜨리지 않기 위한 구조지."

"구조……."

"마녀인자도, 가호도, 『검성』도, 『마녀』도, 전부 안중에 없어. 오드 라그나에게 장점이 있다면, 평등하고 공평하며 편애 없이 무관심하다는 것뿐."

심드렁하게 눈을 가늘게 뜨며 루이는 모은 무릎 사이에 얼굴을 끼웠다. 스바루는 하얀 무릎으로 뺨을 찌그러뜨린 그녀를 흘긋대며 작게 숨을 내뱉었다.

이렇게까지 순순히 이야기해 준 소녀다. 딱히 거짓말도 하지 않았으리라 짐작된다. 그렇기에 스바루는 숨을 내뱉었다.

내뱉고, 들이쉬고, 다시 내뱉고 나서, 그녀를 보았다.

그리고 물었다.

"——어제까지 있던 내 기억을 빼앗은 것은, 너냐?"

"그런데?"

범인은 스바루의 물음에 싱겁게 대답했다.

2

"————."

물음을 선선히 긍정받은 스바루는 눈을 감았다.

그다지 부정하지 않을 것 같기는 했다. 아주 잠깐 동안의 대화로 그런 짓을 할 상대가 아님을 안 것 같았기에.

루이는 지나치게 잘 알고 있었다. 그녀는 스바루의 심정을 너무나 깊이 알고 있었다.

정말이지 지금의 나츠키 스바루는 알 수 없을 사항까지 포함해서, 루이 아르네브는 『나츠키 스바루』에 대해서 숙지하고 있었다.

즉——.

"——어제의 나도, 역시 여기에 왔다는 뜻인가."

"엄밀히는 오는 방법이 좀 달랐지만. 그래도 뭐, 목적은 똑같았어. 결과가 살짝 달랐을 뿐. 하지만 굉장해. 멋져. 몇 번 만에 여기까지 올 수 있었어?"

"————."

"저기, 대답해 줘, 오빠. 우리는 대답해 줬잖아. ——오빠는, 나들에게 먹힌 뒤로 몇 번째 오빠야?"

루이의 질문에 스바루의 등줄기에 오한이 쭈뼛 치달았다.

그 눈은, 물음은 명백하게 『사망귀환』의 핵심을 아는 이의 태도다.

아니, 당연하다. 당연한 노릇이다.

이 아이가 『나츠키 스바루』의 기억을 빼앗았다면, 그 기억을 자유롭게 열람할 수 있다면, 『사망귀환』을 안다는 사실에 아무런 이상한 점도 없다.

『사망귀환』은 기억을 잃은 스바루만이 지니던 힘이 아니라, 틀림없이 기억을 잃기 전부터 『나츠키 스바루』가 가지고 있던 힘일 것이다.

필시 『나츠키 스바루』는 이 힘을 구사해 많은 난국을 극복해 왔을 것이다. 그 결과가 에밀리아와 베아트리스, 동료들의 신뢰, 말하자면 치트=반칙의 증거다.

그 사실을 규탄할 마음은 스바루에게 없다. 치트건 뭐건, 누군가의 생명이 걸린 상황이라면 쓰는 것을 망설여서는 안 된다. 『나츠키 스바루』의 선택은 옳다.

그렇게, 이용 가치를 인정하고 받아들인 『사망귀환』의 힘.

그러나 그 각오와 정반대로 스바루에게는 기묘한 불안이, 염려가 가슴속에 있었다.

루이 아르네브는 그 피하기 어려운 공포를, 터부를 침범하고 있다.

그것은──.

"──알려지면 안 된다는 거? 그 문제라면 이미 늦었어, 오빠. 왜냐면 우리가 오빠랑 만난 건 벌써 어제 일이잖아?"

"────."

"알려지면 안 된다는 『규칙』이라면 진즉에 어겼어. 하지만 기억의 회랑에서 있던 일은 쉽게 바깥에 누설되지 않아. 그러니까 무섭디무서운 『마녀』가 움직이지 않는 거야.”

바닥에 팔다리를 디딘 루이가 책상다리로 앉은 스바루에게 얼굴을 슥 들이댔다. 그녀는 나이답지 않은 요염한 웃음을 띠고 붉은 혀를 날름날름 내비치면서 재차 물었다.

“저기, 오빠. 몇 번째야?”

뇌수를 직접 혀로 찌르는 듯한 그 음성에 스바루는 저릿한 둔통을 맛보았다.

그리고 희미하게 혀와 목을 떨다가 대답했다.

“……다섯, 번째다.”

“——흡! 굉장해, 굉장해라, 굉장하다, 굉장하네, 굉장하잖아, 굉장하다니까, 굉장하기에, 굉장하다고 동경하기 때문에…… 폭음! 폭식!”

“억!”

“배 터지도록 오빠를 미치도록 맛보고 싶어! 나들의 경험으로 보건대, 식욕과 성욕은 비슷해. 성욕은, 즉 사랑이지? 다시 말해 우리는 오빠를——.”

스바루를 떠밀고 위로 올라탄 루이가 흥분한 얼굴로 뜨거운 숨을 뱉었다. 루이는 상기된 뺨, 황홀한 눈으로 망설임 없이 스바루의 목을 혀로 핥았다.

그대로 그녀가 뒤이으려던 말, 그것이 어떠한 것인지 상상이 가서——.

「——사랑해.」

전회차 루프에서, 절망적인 상황 속에서 『죽음』을 바라던 스바루에게 수도 없이 날아온 사랑의 말이 떠올라 심장이 터졌다.

"——건, 드리지 마, 이 발랑 까진 게!"

"——으히."

눈을 부릅뜬 스바루가 깔고 앉은 소녀의 옷깃을 잡고는 바로 난폭하게 하얀 바닥에 억지로 눌렀다. 자세를 뒤바꾸어 이번에는 스바루가 몸 위에 올라탄다.

가녀리고 가벼운 몸이다. 바닥에 퍼진 긴 금발, 마치 금빛 침대에 누운 그녀를 넘어뜨린 것만 같은 자세로 스바루는 그 목을 손으로 누르며 이를 드러냈다.

"방심한 거냐? 안 되셨네! 이 자세라면 내가 압도적으로 유리해! 이대로 목이 졸리고 싶지 않으면 내 기억을……."

"내놓으라고? 내놓지 않으면 목을 조를 거야? 우리의, 가냘픈 여자아이 목을?"

목과 생살여탈권을 잡힌 루이는 콧김을 씩씩대는 스바루를 바라보며 조금 전의 흥분이 조금도 흐려지지 않는 눈으로 웃음을 지었다.

그리고 웃음이 서린 입술을 통해 저주 같은 음색으로 물었다.

"그런 짓, 오빠가 할 수나 있어?"

"——못할 거라 생각하냐?"

"생각한다기보다 알고 있단 말이지. 그치만 봐, 지금의 나들은 오빠보다 오빠를 더 잘 알고 있을 정도잖아."

말하면서 루이는 두 손의 검지로 자신의 뺨을 찌르고 도발하듯이 갸우뚱했다. 그녀의 태도에 스바루는 숨을 죽이고 루이의 목을 잡은 오른손을 내려다보았다.

스바루의 각오를 보여 주기 위해서 팔에 살짝 힘을 담기만 하면 된다.

각오만 증명하면 루이도 생각을 고칠 터다.

에밀리아를, 베아트리스를, 람을, 메일리를, 율리우스를, 에키드나를, 샤울라를, 파트라슈를, 모두를 머리에 떠올리고, 그리고.

그리고——.

"——팔에서 힘이 빠졌구나, 오빠."

"————."

"정말로 저항할 마음은 없었거든? 왜냐면 여기서 우리는 보는 그대로 가냘픈 여자아이에 불과하니까. 오빠나 오라버니와 다르게, 나들은 먹은 사람의 모습이 되지 않으면 힘을 낼 수 없단 말이지."

'에잇' 하고 루이가 자신의 뺨을 찌르던 손가락으로 목을 잡고 있던 스바루의 오른손을 찔렀다. 그 허약한 힘에 스바루의 손바닥은 맥없이 그녀의 목에서 떨어졌다.

"제길……!"

"그렇게 낙담하지 마, 오빠. 잘했어, 잘. 왜냐면 솔직히……우리는 오빠가 여기에 돌아올 수 있다고는 생각지 않았을 정도인걸."

"그따위 게 위로가 되리라 생각하는 거냐?"

밀려서 지면에 드러누운 상태의 루이는 이미 고비를 넘겼다는 표정이다. 그 얼굴에다 무슨 말을 하든 오기 부리는 꼴인 스바루에게 루이는 "아하하." 하고 혀를 내밀고 비웃었다.

"하지만 뭐, 잘 됐잖아. 『나츠키 스바루』의 기억 따위. 되찾으면 지금의 오빠는 죽어 버리는 격인데, 자살 같은 미련한 짓 하지 않고 끝나서."

"……아?"

"어라, 뭐야, 그 이상한 반응. 설마 눈치채지 못했어? 기억이 돌아오면 지금의 자신에게 덮어 써져서 그 존재는 소멸한다. ……이거, 죽은 거랑 똑같잖아?"

——단순한 수수께끼의 답을 묻는 루이의 그런 태도에 스바루는 경직했다.

죽는다. 사라진다. 그렇게, 분명히 말해서.

『나츠키 스바루』의 기억이 돌아왔을 때에는, 지금 여기에 있는 스바루의 의식은, 기억은, 덮어써져서 사라진다고, 들어서.

그것이 『죽음』이 아니냐고 물으면, 그것은——.

"——지금 『나츠키 스바루』는 죽어 있지. 어디에도 없는걸. 하지만 『나츠키 스바루』가 돌아오면 이번에는 오빠가 죽지. 어디에도 갈 수 없는걸."

"————."

"저기 말이야, 『나츠키 스바루』에게 그렇게까지 해서 되찾을 가치가 있기는 해? 오빠도 같은 일을 할 수 있을 거잖아? 오빠도 똑같이 주위에 있는 사람들을 좋아하게 됐을 거잖아. 주위 사람들도 똑같이 오빠를 좋아해 줄 거야. ——그게, 어디가 잘

못인데?"

"어디가……."

잘못이냐고 하면, 잘못은 없을 것이다.

『나츠키 스바루』에게도, 나츠키 스바루에게도, 잘못이라곤 아무것도 없을 것이다.

스바루는 결점이 많은 인간이다. 자기 자신이 싫어질 만큼 결점투성이다. 이 세상에서 가장 싫은 인간이 누구냐 질문받으면 망설임 없이 자기 자신이라고 대답할 수 있다.

그만큼, 속절없이, 부족한 나츠키 스바루.

하지만 이 문제에 관해서 스바루에게 잘못은 아무것도 없다.

――있는 것은, 이 잔혹한 의자 빼앗기 게임의 승자가 한 명밖에 없다는 사실뿐.

"나는, 에밀리아와 다른 사람들에게……."

『나츠키 스바루』를 돌려주고 싶었다.

그렇기에 기억을 되찾을 기회가 있으면 그것을 손아귀에 쥐기를 주저하지 않을 거라고, 자기 안에서 각오를 갖추었다고 여겼었다.

그러나 자신의 존재가 사라진다는 사실로부터는 완전히 눈을 돌리고 있었다.

형편이 좋은 말을 하자면 두 가지 기억이 섞이거나, 『나츠키 스바루』의 어딘가에 지금의 스바루 존재가 남거나, 그런 일이 있는 게 아니냐는, 모종의 그럴싸한 결말을 맞이하지 않느냐는, 그런 기적이 일어나기를 기대했던 것이다.

스바루의 그런 불확실한 기대를——.

"어떨까? 기억, 돌아온 사람을 본 적 없어서 모르겠네."

루이는 스바루의 갈등을 조소하듯이 이를 드러내며 고양이가 쥐를 가지고 노는 눈빛이다.

이 기억을 앗아간 범인은 무책임하게도 뒷일은 모른다고 지껄였다. 이것은 거짓말이 아니라 틀림없이 사실이다.

루이 아르네브는 타인에게서 빼앗은 것을 원래 상대에게 돌려주는 짓은 하지 않는다.

그렇기에 정말로, 기억이 돌아온 결과, 나츠키 스바루가 어떻게 되는지는 알지도 못한다.

"오빠, 기껏 태어난 생명이니까 즐겨야지."

그런 무책임한 찬탈자가 바로 옆에 있는 스바루의 얼굴을 바라보며 말을 뒤이었다.

"나들이 『나츠키 스바루』의 기억을 먹은 결과, 오빠가 여기에 있어. 즉, 우리도 오빠를 낳아 준 부모 같은 거잖아. 그 부모 눈앞에서 자신이 죽는 선택지를 고르려 하다니, 불효자인 셈이잖아, 오빠."

"그런 웃기지도 않는 이야기가……!"

"——기억이 인간을 형성하는 거야, 오빠."

나지막이, 차갑게, 루이가 표정을 지우고 그 한마디만은 진지한 음색으로 말했다.

그 말의 서슬에 무심코 스바루는 숨을 집어삼키고 침묵했다.

동시에 그 말을 들은 것은 처음이 아니라고도 느꼈다. 그 여운은,

말은, 어쩌면 분명히 두 번째 『죽음』을 맞이하기 직전에도――.

"지금의 오빠에게는 지금의 오빠가 만든 관계가 있어. 새롭고 긍정적으로 다시 살아 보면 되잖아. 그것도 한 가지 방법이라고 생각해, 나들은."

"――――."

"그리고, 이런 말 하면 뭐하지만…… 『나츠키 스바루』는, 그다지 이상적인 남성상 같지 않은데?"

루이가 한쪽 눈을 감고 말하기 어렵다는 표정으로 스바루의 심정을 후려쳤다.

그녀는 여전히 스바루 밑에 깔린 채로 자신의 가슴 앞에 깍지를 끼더니, 꿈꾸는 소녀 같은 눈으로 스바루의 검은 눈을 응시하며 외쳤다.

"가엾은 에밀리아! 그 출생이 과거의 마녀와 같다는 이유만으로 누구에게나 기피되는 불쌍한 아이! 아아, 그래도 같이 있어 주는 나는 이렇게 착할 수가!"

"뭣……."

"약하고 여린 베아트리스! 의지할 것도 없이 그저 혼자서 고독한 시간을 보내온 외로움 타는 여자아이! 어둡고 위태로운 길을 내가 손잡고 이끌어 줘야 해!"

놀라는 스바루 앞에서 루이가 낭랑하게 읊는 것은 스바루의 무사를 기도하며 보내 준 두 소녀의 이름과 지독히 일그러진 그녀들에 대한 심상이다.

그것이 누구의 심상이며, 루이가 무슨 말을 하고 싶은지는 알겠다. 알겠지만——.

"헌신적이고 무상의 사랑을 바치려는 렘! 어리석고 아름다우며, 이렇게 깨끗할 수가. 그 아이는 분명 자기 자신 외의 다른 누군가를 위해서 필사적으로 애씀으로써 살아 있다는 실감을 얻는 불완전한 존재야. 그러니 나라는 존재가 이끌어 주어야 해!"

"무슨…… 무슨 수작이야?!"

"『나츠키 스바루』가 하던 생각의 대변이라니까. 원하는 것은 우월감. 언제나, 다른 누군가를 위해서라는 생각은 없어. 편리한 무리만 주위에 거느리고 손을 뻗어 주는 쾌감에 취해 있어. 따르지 않는 강아지에게는 먹이도 주지 않아. 멀리해."

"————."

"그런 『나츠키 스바루』에게 정말로 지금의 자신을 양도할 작정이야?"

재차 반복되는 물음.

그것은 루이가, 『폭식』이 던지는 나츠키 스바루에 대한 고해의 요구다.

본심을 말하라고, 루이는 스바루에게 요구하고 있다.

죽고 싶지 않다고, 죽고 싶은 거냐고, 만약 죽는다 치고, 그런 녀석을 위해서 죽겠느냐고.

——『나츠키 스바루』를 위해서, 나츠키 스바루는 죽음을 택할 수 있느냐고.

"——자, 어쩌고 싶어, 오빠."

"——큭."

말하면서 루이가 그 가녀린 팔로 스바루의 팔을 잡고 자신의 목에 대었다.

또다시, 이번에는 스스로 유도해서 스바루의 오른팔이 루이의 가는 목을 잡는다. 이대로 힘을 세게 주면 가녀린 목은 간단히 부러지고 말리라.

할 수 없다고 결론을 지은 직후다.

하지만 그러지 않는다 함은, 어쩌면 『나츠키 스바루』를 죽이는 선택과 같은 셈이다. ──적어도 루이는 그렇게 말하고 있다.

"자."

"────."

"어때? 어떡할래? 어떤데? 어떡할 거야? 어떡하는 거지? 어떡하고 싶어? 어쩌고 싶어? 어떻게라도 할 수 있다고? 어떻게 되든 상관없다고? 어떡하든 상관없거든? 어떤 식으로 하든 용서해 줄 테니까──."

지분거리듯이, 조롱하듯이, 저주하듯이, 루이의 말이 스바루의 고막을 두드린다.

루이 아르네브가, 『폭식』이, 대죄주교가, 가냘픈 소녀가, 미운 존재가, 낳아 준 부모가.

나츠키 스바루에게, 『나츠키 스바루』를 어쩔 거냐고 선택을 다그친다.

"자."

자.

"——어떡하고 싶어? 오빠."

3

——선택이, 그것도 잔혹한 선택이 나츠키 스바루를 좀먹고 있었다.

가슴속에서 무언가가 서서히 타들어 가는 소리가 들린다.

그것이 자신의 인간성이기도 하고, 자기 자신을 믿는 마음이기도 하고, 『나츠키 스바루』에 대한 감정이기도 하고, 그런 다양한 무언가가 타들어 간다.

목을 잡고 넘어뜨린 소녀의 비웃음을 받으면서 나츠키 스바루는 자신의 운명을, 『나츠키 스바루』의 운명을 좌우하는 상황에 놓였다.

"————."

심장 고동, 들리지 않는다. 숨을 헐떡거리고 있지만 아마 허파는 기능하고 있지 않다. 이만큼 절박한 상황인데도 이마에는 식은땀 한 방울 솟지 않았다.

그것은 필시 이 자리에 있는 나츠키 스바루의 육체가 현실의 것이 아니기 때문이다.

책을 읽고 육체째로 전이한 것이 아니라 정신만이 끌려왔다——같은, 상황에 맞지 않는 고찰을 하는 것도 현실 도피가 부른 행위라고 할까.

그렇게 사고를 저 너머로 날림으로써 한때뿐인 안녕을 얻고자

하는 스바루의 마음.

그러나 시간도 공간도 상대도, 스바루에게 그런 도피로를 허용하지 않는다.

“자, 어쩔 거야, 오빠.”

깔려 있는 소녀가 뻣뻣이 굳어서 선택을 헤매는 스바루를 올려다보며 가학적으로 비웃었다.

그녀는 스바루의 검은 눈을 들여다보면서 그 안구를 핥듯 혀를 날름거렸다.

“가냘픈 여자아이를 깔아 누르고, 그 가느다란 목을 잡고 있어. 오싹오싹하지 않아? 아니면 오빠 같은 체질이라면 이런 경험은 흔해빠진 것일까?”

“으——.”

“떠는 거 봐, 귀여워라. 그래 가지고 한없이 중요한 선택을 할 수 있겠어?”

드러누운 루이가 목을 기울여 스바루의 손목에 키스했다. 그 오싹한 몸짓과 그녀의 추파로부터 쏟아지는 열정, 매몰찬 말이 스바루에게 어느 광경을 상기시켰다.

그것은 스바루가 한 번 보았던, 비정한 광경. ——단, 보이는 방향은 반대. 스바루 쪽에 본 것이 아니라 스바루와 마주하던 소녀의 시야.

자신을 밀어 눕힌 스바루가 사악한 낯짝으로 목을 조르는 광경.

지금 상황과 완전히 똑같이, 『나츠키 스바루』가 메일리를 목 졸라 죽인 광경——.

"으."

——그와 비슷한 광경이라고 깨달은 순간, 스바루의 온몸이, 빳이 굳었다.

"——역시, 짚이는 구석이 있구나?"

"장난! 장난치지……."

"장난치는 게 아니야. 오히려 진지하지 않은 건 오빠 쪽 아니야? 더 진지하게, 성실하게, 진심으로 자기 자신을 사랑해 줘."

"————."

"아아, 그래그래. 자기 자신을 사랑해. 자, 사랑해 봐. ——오빠가 소중히 여기고 싶은 사람들이 그렇게 비는 것처럼 오빠도 자신을 사랑해 줘야지."

경박한 어조로 그럴싸한 말의 파도가 미끄러진다.

들려줄 생각이 있는지, 아니면 처음부터 타인에게 공감시키기 위한 기능이 죽었는지. 노리는 것인지 천성이 그런 것인지, 조롱하는지 위로하는지.

애매모호하다. 루이 아르네브의 태도는 모든 점에서 애매모호했다.

"너의…… 말대로 따라서, 그 말대로 된다는, 증거는."

"증거?"

"내가, 『나츠키 스바루』를 되찾으면 지금 있는 내가 사라진다는 근거는……!"

"없어. 없지. 없다고. 없으니까. 없다니깐. 없는데. 없다는데. 없다고 그러지만. 없다는 것인데 말이야. ……그거, 위로가 돼?"

"________."

"제자리걸음이야, 오빠. 우리도 모르는 이야기는 못해. 나들이나 오빠, 오라버니가 죽었을 때 먹은 게 돌아오는지 몰라. ——먹었던 것을 돌려준 적 없으니까 솔직히 모르겠네. 왜냐면, 먹었잖아."

아— 하고 루이가 입을 벌려 유난히 날카로운 송곳니와 붉은 혀를 보이고 그 목구멍 안쪽까지 스바루에게 과시해 아무것도 없음을 어필한다.

타인의 기억을 빼앗고 탐닉하는 것을 '먹는다' 고 지칭하며 붉은 혀를 날름거리면서.

"어쩔 건데, 오빠."

"으, 큭……."

죽는 것은, 무섭다. 두렵다.

하지만 그것은 스바루가 여태까지 네 번 맛본 『사망귀환』의 그것과는 다른 공포.

지금 여기서 스바루의 영혼에 짓눌린 명제는 '자아의 상실' 을 저울에 올린 죽음이다.

'죽음' 이란 본래 그런 것일 터다.

죽으면 그 존재의 의식은 사라지며 재시작할 기회는 주어지지 않는다.

그렇기에 실수해도 재시작할 기회가 있으며, 그 혜택에 마냥 어리광부리던 스바루에게 불만을 뱉을 권리는 없을지도 모른다. 사라지거나 사라지지 않거나. 선택지를 받고 고민할 수 있는 시간이 있는 만큼 사치일지도 모른다.

그래도 자기 목숨이다.

그 불에 입김을 불어 끌지 말지, 스스로 선택해야만 한다는 상황에 놓인 스바루의 마음은 1초마다 금이 간다.

"———."

이 이세계에서 스바루는 이미 네 번 죽었다. 어느 것이나 단시간의 사건이다.

낯선 세계에 내던져져 만난 적이 없는 사람들과 만나고, 그 직후에 덮쳐든 피하기 어려운 사태가 스바루를 죽음으로 내몰았다.

의식이 있는 상태에서 지낸 시간은 합계하면 이틀도 채우지 못하리라.

짧은, 짧은 시간이다. ——하지만 나츠키 스바루에게는 이 이세계에서의 2일간 말고도 원래 있던 세계에서 보내던 17년의 시간이 있다.

잘, 지내지는 못했다. 스바루는 인생에 서툴렀다.

하지만 잘 지내지 못하는 나름대로 시행착오한 시간이 있어서, 생명에 관계될 만한 상황은 없었지만 그래도 스바루 나름의 큰 무대에서 발버둥 친 줄 알았다.

『나츠키 스바루』가 돌아와도 그것들이 있었다는 사실은 사라지지 않는다. 하지만 그 시간들을 확실하게 생각하던 지금의 자신은 사라진다.

람과 약속하고, 메일리를 지키겠다 맹세하고, 에키드나의 용서를 마음에 새기고, 율리우스에게 싸우라고 질타하고, 베아트리스를 사랑스럽다고 믿고, 에밀리아를——.

——에밀리아를, 좋아하게 된, 자신이, 사라지는 것인가.

"싫어……."

그 자각이 이 자리에 존재하는 스바루의 육체에 비유가 아니라 진실로 금이 가게 했다.

여기에 있는 스바루의 몸은 진짜가 아니다. 그리고 진짜가 아니기에 다이렉트로 지금의 심정이 반영되어 스바루의 몸이 금이 가고 부스러진다.

팔다리에 균열이 가고 뺨의 표면이 바스러진다.

그것은 필시, 나츠키 스바루가 두르고 있던『나츠키 스바루』라는 기만의 껍질이다.

후두둑 떨어지는 그것과 동시에 허세까지 벗겨지기 시작한다.

"싫어, 싫어, 싫어…… 싫다고……!"

"그렇지. 당연해."

도리질 치며 자신을 기다리는 죽음의 공포를——아니, 상실의 공포를 부정한다.

왜, 잃어야만 하는가. 좋아하는 사람을, 좋아한다고 인정한 직후의 자신이.

"싫어……."

"응응. 이해해. 이해하고말고. 이해하니까. 이해하다마다."

"싫단 말이야……."

"오빠 인생인걸. 어째서 그걸 타인에게 넘겨야만 하는 건데."

"나는, 모두가…… 모두와, 더……."

모두와, 더 함께 있고 싶다.

좋아하게 됐다. 좋아하게 된 것이다. 고작 이틀에도 못 미치는 시간 만에 몇 번이나 그들을 의심하고, 죽이려고, 도망치려고, 의심의 폭풍에 휩싸였는데.

스바루는 그들을 좋아하게 되었다. 지금, 그들이 사랑스럽다.

그들과 함께 있으면, 그들이 스바루를 소중하다고 여겨 준다면, 정말 싫어하는 자기 자신도 좋아할 수 있을지도 모른다.

그렇게 생각했다. 긍정적으로, 그렇게 생각했다.

내내 부정적이던 스바루의 인생에 비로소 비쳐든 햇살인데.

어째서 그것을 스스로 포기해야만 한단 말인가.

그런 건——.

"——싫어."

"그래. 그런 거야. ——그럼, 어떡하면 될 것 같아?"

"……나는, 나인 채로."

"그래, 오빠는, 오빠인 채로. 그게 옳아. 한 번은 빼앗은 거야. 의자 빼앗기 게임이라고. 빈 의자에 앉은 녀석이 킹이야."

"————."

"밀어낸 상대에게는 퇴장하길 청해야지. 인정하는 거야. 자신의 존재를. 목청 높여 외쳐야 해. 내가 진짜라고! 이봐, 그렇잖아!"

바로 턱밑, 숨이 닿을 거리에서 형형히 빛나는 두 눈을 부릅뜨고 루이가 부르짖었다.

물어뜯을 기세로—— 아니, 실제로 그녀는 자신의 목을 잡은 스바루의 손목을 깨물고, 스바루에게 또렷한 아픔과 함께 훈계를 새겨 넣었다.

흔들리는 검은 눈을 응시하며 루이 아르네브가 외쳤다.

"인정해! ——『나츠키 스바루』는, 오빠에게 가장 가까운 타인이야!"

부르짖음이, 자아를 확립하라고 호소한다.

누군가를 위해서 죽자는, 그런 어처구니없는 짓은 그만두라고.

왜 다른 누군가를 위해서 나 자신을 희생할 필요가 있나.

——그것도 자신이 아닌, 자신을 자칭하는 다른 존재를, 자신이 두 번 다시 만날 수 없어질, 자신이 좋아하는 사람들과 만나게 해 주기 위해서.

그들과 함께 살아갈 시간을, 존귀하고 얻기 어려운 나날을, 양도해 주기 위해서.

그런 어처구니없는 일이 있을까 보냐.

"자, 죽여! 죽이자! 죽이자고! 죽이는 거야! 죽여 줘! 죽이면! 죽여 버리자! 죽여 줘! 죽여 버려! 죽이기만 하면! 죽이고 또 죽인다면!"

"『나츠키 스바루』를……."

"——오빠가, 이 세상에 유일한, 누구의 대용품도 아닌 나츠키 스바루야!"

"——아."

이 세상에 유일한, 누구의 대신도 아닌 나츠키 스바루.

베아트리스와 손을 잡고, 람과 넉살을 주고받으며, 메일리를 뾰로통하게 만들고, 샤울라의 스스럼없는 태도에 어이없어하면서, 에키드나와 별것 아닌 담소를 나누고, 율리우스와 등을 맞대며, 파트라슈의 대가 없는 사랑을 받고, 에밀리아와 함께 살아갈 자격을 얻는다.

그것을 지닌 것이 『나츠키 스바루』라면, 스바루는, 그 남자를.

"————."

서서히 치미는 것 때문에 시야가 뿌예졌다.

정신이 육체에 다이렉트로 영향을 준다. 심장 고동도, 아픈 허파의 호흡도, 지금이라면 틀림없이 선명하게 느낄 수 있다.

하지만 지금 가장 강하게 느껴지는 것은 견딜 수 없는 눈물이었다.

그것이 분노인지 설움인지, 질투인지 선망인지, 죄책감인지 공포인지.

도대체 무엇에 기인한 격정이었는지 스바루도 전혀 알 수 없다. 알 수 없는 일뿐이다. 그러나 그 눈물로 흐려진 시야에서, 스바루는 보았다.

"————."

누군가가, 스바루를, 루이를 내려다보고 있다.

루이를 깔고 앉아 그 목을 부여잡고 울먹이는 가엾은 스바루를 바라보고 있다.

그것이 누구인지, 스바루는 한 명밖에 떠오르지 않았다.

"……내가, 무서워져서 나온 거냐, 『나츠키 스바루』."

"————."

뿌예진 인영은 아무 말도 하지 않는다.

하얀 바닥에 서서, 하얀 세계를 등지고, 하얗게 흐려진 모습으로 스바루를 보고 있다.

그, 허겁지겁 뛰쳐나온 존재에게 스바루는 얼굴을 꾸깃꾸깃 구기고 고했다.

"나는…… 나는, 사라지고 싶지 않아. 죽고 싶지 않다고. 그러니까, 나는……."

"――――."

"모두와 함께 있고 싶어. 모두를 좋아해. 그러니까, 나는……."

"――――."

"그러니까, 나는……."

변명처럼, 우는 소리가 거듭된다.

루이의 목을 부여잡았을 때와 마찬가지다. ――자신이 사라지고 싶지 않다고, 스바루는 결론을 내고 말았다. 그러니까 이렇게 나타난 인영에게 그 뜻을 전할 수 있다.

그것이 눈앞의, 아마도 자신과 같은 얼굴을 가졌을 상대를 죽이는 행위라도.

왜냐면 그는, 『나츠키 스바루』는 가장 가까운 타인이므로.

그렇기에 스바루에게는 그럴 권리가 있을 터다.

나츠키 스바루가, 『나츠키 스바루』를 죽이고, 하나밖에 없는 그 터전을――.

"그러니까 나는 네가 아니야! 너와 나는……!"

다른 존재라고, 그렇게 똑똑히 전해 가능성을 끊으려 했다.

그러려고 한, 순간이었다.

"……누구랑, 얘기하는 거야? 오빠."

루이가 멍하니 눈을 동그랗게 뜨고, 말허리가 끊긴 표정으로 물었다.

루이는 고개를 기울여 스바루와 같은 방향을 바라보며 그 인영을 확인하려 했다. 그러나 의심스럽게 눈살을 찌푸리고 날카로운 송곳니를 떨면서 말했다.

"——아무도, 아무도 없는데, 누구랑 얘기하는 거야? 오빠."

"————."

딱딱 이를 떨며 루이가 믿을 수 없다는 표정으로 중얼거렸다.

그녀는 그때까지 짓던 표정을 지우고 쭈뼛쭈뼛 무언가를 겁내는 얼굴이 되었다.

"여기는, 나들의 장소…… 방해받는 일은 없을 텐데. 이 장소에서, 우리 외의 누구랑 얘기를…… 그러지 마. 오빠는 나들의, 우리의……!"

매달리는 듯한 루이의 말. 그러나 스바루의 의식은 털끝만큼도 움직이지 않는다.

스바루의 의식은 지금도 시야 속에서 사라지지 않는 인영에 쏠려 있었다. 눈물로 뿌예진 시야. 일렁이는 인영. 그 윤곽이 약간, 뚜렷해진다.

누구인지 전혀 모를 인영.

서서히 윤곽이 뚜렷해지는 그 인영이 스바루에게는 미소 짓고 있는 것처럼 보였다.

머리를 흔들고 세게 눈을 깜빡여서 그 미소를 더 뚜렷하게 보고자——.

"——어째서, 어느 하나만을 선택하려는 거죠?"

질문이, 날아왔다.

들은 적 없는 목소리로, 이곳에 없어야 할, 누군가의 목소리로.

미소 짓는 모습을 본 적이 없는—— 파란 머리를 가진 소녀가 미소 지으며 서 있었다.

그, 미소 짓는 소녀는 침묵한 스바루에게로 미소 지은 채로——.

"——일어나요!"

——첫마디부터.

——그 소녀는, 세상에서 가장 엄한 목소리로 나츠키 스바루에게 호통쳤다.

4

"——일어나요!"

목소리가, 금이 간 나츠키 스바루를 후려쳐 때려눕히고 날려 버린다.

자비도 없이, 주저도 없이, 노호가 나츠키 스바루를 깨부수고 그 금을 가속화시킨다. ——마치 훤히 드러난 마음에 서슴없이

손톱을 박듯이.

"일어나요!"

파란 머리 소녀가 스바루를 향해 소리쳤다.

스바루를 노려보며 소녀가 목청 높여 부르짖는다. 부르짖는다. 부르짖고 있다.

무릎을 꿇은 채로 소녀를 깔고 앉아 멍해진 얼굴에 균열이 생긴, 나츠키 스바루를.

"일어나요!"

반복되는, 노호.

몇 번이고 몇 번이고, 노한 외침은 스바루의 마음을 비정하고 가차 없이 때려눕힌다.

왜, 그런 말을 들어야 하는가.

아프다. 괴롭다. 힘들단 말이다. 슬프단 말이다. 마음은 당장에라도 터질 것만 같다.

인생에서 이렇게나 버거운 결단을, 마음의 준비 없이 잇달아 강요받을 일은 그리 없다. ——그런 곤경을, 왜냐고 한탄하기는 그만둔 것이다.

그러니까 최소한, 결론을 내렸다. 그러니까, 이제, 됐지 않은가.

"일어나요!"

약한 소리가, 완강한 결론이, 상실에 겁먹은 마음이 스바루의 마음을 움츠리게 하는 것을 눈앞의 소녀는 결코 용납하지 않는다. 단호하게 거절의 의지를 담아 군센 말을 거듭한다.

결단한 것이다. 긍정해 주어도 되지 않는가. 최소한 고민하는 시늉 정도는 보여 줘. 뭐 어때. 이미 충분히 고민했는데. 그런데, 그녀는 왜 이다지도 스바루를.

"일어나요——!"

깨지는 마음 그대로, 결단하는 스바루를 용서해 주지 않는 것인가.

"일어나요——!"

아직도 말하는가.

어째서냔 말이다, 이 목소리는, 소녀는. 이렇게나 힘겨운데, 괴로운데.

"일어서……! 일어서! 일어서! 일어나요!"

대체 누구냐, 이 소녀는. 추억 어디에 있는 거냐, 이 소녀는.

말을 주고받은 적도 없다. 추억 또한 지금의 스바루 안에는 없다.

누구인지, 어떤 상대인지, 껍데기밖에 모르는 상대다.

멈춰 설 이유가 감히 될 리 없는, 그런 관계다.

그런데도 어째서, 어째서 이 가슴은 이렇게나 뜨겁나.

어째서 가슴속에서 치솟는 열이 있는 것인가.

"일어나요, 나츠키 스바루! 일어나요! ——렘의 영웅!"

기억에 없는 소녀의 울음소리, 그 목소리에 영웅이라고 불려서 마음이 떨린다.

그런 바보 같은 이야기가 어디 있느냐며 웃어 버리고 싶어질 만큼 우쭐하며 스바루의 마음이 떨린다.

균열이, 금이, 가속화한다.

그것은 말 그대로, 나츠키 스바루에게 『나츠키 스바루』의 껍질을 깨게 하는 광경.

하지만 그 껍질 내면에 잠든 것은 직전의 그것과 살짝 달라진다.

——아니, 정말로 달라진다면, 그것은 지금부터다.

일어서라고, 소망받은 대로, 겁먹은 마음을 씹어 으깨고 일어선다.

"일어서셨으면 가 보세요. 가서, 구하고 와요, 모든 것을."

모든 것이라니, 뭐냐. 모든 것이 대체 뭐냔 말이다.

표현이 너무 어렴풋하다. 모든 것이라니, 도대체 무얼 말하는 것인가.

"모든 것은 모든 것. 뭐든지 다. 전부, 전원, 자신도, 가장 가까운 타인마저도!"

뭐냐, 그건.

할 수 있는 거냐, 그런 일을. 할 수 있다고 진심으로 여기는 건가, 이 아이는.

이런, 모든 것이 부족한, 자기 자신조차도 구할 수 없는, 자신에게.

스바루가 좋아하게 된 사람들을 위해서, 스바루를 소중히 대해 준 사람들을 위해서, 스바루가 소중히 대하고 싶은 사람들을 위해서, 잃고 싶지 않은 사람들과의 추억을 위해서.

단 하나를 포기하려던 스바루라도 할 수 있다고 진심으로 여기는 건가.

"할 수 있어요. 왜냐면."

왜냐면.

왜냐면, 뭐냐.

힘을, 답을 줘. 줄 수 있다면, 그 말로.

바라건대 파란 소녀의, 너의 말로, 나에게――.

"――스바루 군은, 렘의 영웅인걸요."

"――――."

무언가가 가슴속에 착 내려앉았다.

검고 탁하던 그것은 마치 소녀의, 사랑 고백 같은 말에 정화된다.

――아니, '사랑 고백 같은' 이 아니다. 그건 사랑 고백이었다.

또 하나, 『나츠키 스바루』에게 터전을 돌려주고 싶지 않은 이유가 늘고 말았지만.

"――하."

동시에 늘어난 것은 그게 끝이 아니다.

검고 탁한 그것이 소녀의 말에 정화되어 더욱 빛나며 모습을 바꾼다.

그리고 나츠키 스바루의, 가장 강한 심지를 원하는 곳에서 맥동하기 시작했다.

"――――."

맥동한다. 그것은 모조리 다 잃고, 모든 것에 버림받았는데.

그럼에도 여전히 가지길 바라고, 모든 것을 잡아두고 싶다고, 이 손에서 하나도 놓치고 싶지 않다고, 자신조차, 자신의 손에서 놓치고 싶지 않다고.

그렇게 열망하는, 소심한 『탐욕』에 호응하고, 소원을 이루는 힘이 되어 개화한다.

——흔들거리는 인자가 존재와 결부된다.

"와라, ——코르 레오니스."

스바루 내면에서 갈 곳을 잃었던 『탐욕』의 씨앗이 싹튼다.

그리하여 확고한 존재로서 일어선 그 모습을——.

"————."

그 순간을, 파란 머리 소녀의 미소만이 축복하고 있었다.

5

"——오빠?"

"————."

천천히, 그 자리에서 일어선 스바루를 루이가 올려다보며 불렀다.

목을 잡은 손을 거두자 루이는 곤혹감을 남긴 표정인 채로 자신의 머리카락이 깔린 금빛 침대에서 몸을 일으키고 당혹한 듯이 눈을 깜빡였다.

"왜, 그러는 거야. 자, 아까 하던 얘기를…… 하던 얘기를 하자?"

"————."

"하던 얘기를……."

"이제 아무 말도 안 해도 돼. 너의, 근성이 삐뚤어진 설명은 넌더리가 난다."

스스로도 놀랄 만큼 이 순간의 머리가 선명했다.

그렇기에 눈앞의 소녀 형상으로 빚어진 악의 덩어리가 스바루의 의지를 뒤틀어 자기 입맛대로 이용하려던 사실도 태연히 인정할 수 있었다.

"————."

그 말에 상대가 눈을 가늘게 떴다. 루이는 스바루의 신변에 일어난 변화, 그 자세한 사정은 알지 못하리라. 스바루도 구체적으로는 모른다.

다만 무엇에도 흔들리지 않는 『탐욕』이, 나츠키 스바루를 확정했다.

스바루는 루이가 아니라 그녀 너머로 눈길을 힐끔 돌렸다.

그곳에, 조금 전까지 스바루를 향해 가차 없는 말을 던지던 소녀의 모습은 없다. 스바루가 일어서서 앞을 본 순간 사라지고 말았다.

하지만, 아마도, 그러면 된다.

그 소녀가 정말로 재회해야 하는 곳은 여기가 아니다. 그 상대는 스바루가 아니다.

아니, 그것도 정확하지 않다. 그저, 그 소녀와 재회해야 할 상대는 소녀와의 기억을, 소녀를 향한 마음을 되찾은 나츠키 스바루여야 한다.

그리고 그 『나츠키 스바루』와 나츠키 스바루를, 구별할 필요는 없다.

"몇 번이고, 몇 번이고…… 들었는데 말이야."

——기억이 없어져도 스바루는 스바루라고 들었다.

자기 안에 명확하고 단절적인 차이가 있다고, 구별해야만 한다고 고집스럽게 생각했을 적에는 그것이 스바루의 짐이며 저주의 사슬이었다.

하지만 정작 어떤가.

지금 해야 할 일이 굳어진 스바루가 보자면 그것은 이정표이며, 희망의 실이다.

더듬어서, 끌어당겨서, 그 실 끝을 기다리는 소중한 사람들이 있는 곳까지 반드시 스바루를 곧게 망설임 없이 인도해 준다.

그렇기에——.

"——나이프와 포크는 치워라, 무전취식범. 네 입에 들어갈 밥은 없어."

——눈을, 부릅떴다.

루이 아르네브는 눈을 부릅뜨고, 자신에게 손가락을 들이댄 스바루를 응시했다. 그리고 일절 온정이 없는 스바루의 표정을 보고 고개를 숙였다.

"아아……."

고개 숙이고, 갈라진 숨소리를 흘렸다.

그것은 참으로, 형용하기 어려운 감정을 머금은 숨결이었다.

몸을 일으킨 루이는 어깨를 떨고 무릎을 끌어 모으며 자신의 금발 융단 위에서 웅크렸다.

그리고 천천히 숙였던 고개를 들어 올리고——.

"——아아, 제길, 제길, 제기랄. 한 발짝, 딱 한 발짝 남았는데."

루이가 증오 어린 눈초리로 스바루를 노려보고 저주하는 목소리를 쥐어 짜냈다.

"조금만 남았는데, 말이지. 아까웠는데, 말이지. 왜, 어째서, 실수한, 걸까. ——오빠를, 누가, 꾀어낸, 걸까."

그것은 죽은 이가 지옥 밑에서 지상에서 낙원을 구가하는 산 사람의 존재를 부러워하는, 그런 속절없는 단절에 대한 미움을 컴컴하게 졸인 음색이었다.

"조금만 더 했으면, 완전히 『나츠키 스바루』와 나츠키 스바루를 떼어낼 수 있었는데……!"

"……그건 뭐야. 왜, 그딴 짓을."

"——그거야, 당연히 같은 인간을 두 번 먹을 수는 없으니까 그렇지!"

"——읏."

루이가 의구심이 섞인 스바루의 목소리를 덧칠하며 피를 토하듯 깨진 목소리로 외쳤다.

그녀는 그 자리에 손발을 딛고 일어나서 그때까지와 일변한 표정—— 인간미를 잃은 짐승 같은 표정으로 스바루를 노려보았다.

"따로따로여야 했다고! 한 번 먹은 『나츠키 스바루』와, 먹다 남긴 나츠키 스바루는 따로따로여야 했었어. 그 때문에 여러 가지로 공을 들였는데…… 다 날렸네! 웃음이 나와!"

"……웃지 못하겠다. 하나도 재미가 없어."

"그래? 그러셔? 하지만 오빠도 우리가 밉지? 미운 나들이 슬퍼하고 있어서 즐겁지 않아? 고소하잖아? 오빠가…… 너만이, 먹는 데 질려 버린 우리를 만족시켰는데…… 『포식(飽食)』인

나들을, 너만이!"

핏발 선 눈을 뜬 루이의 말에 스바루는 입 속으로만 "포식." 하고 중얼거렸다.

잘못 들은 게 아니라면 그녀가 자칭한 직함은 『폭식』이었을 터다. 그런데 왜 『포식』이라고 한단 말인가.

그렇게 곤혹스러워하는 스바루 앞에서 루이는 "애초에!" 하고 하얀 하늘을 쳐다보며 고함쳤다.

"『미식가』인 라이도! 『악식』인 로이도! 아아—무것도 모르고 있다고! 잇달아 계속해서 바보처럼 무분별하고 방자하게 주워 먹기나 하고…… 여기에 갇혀서 고를 자유가 없는 우리를 위해? 웃기지 말아줘, 못난 오라비들아!"

루이는 자신의 금발을 끌어안고 몸을 정신없이 흔들며 침을 튀기기 시작했다.

악을 쓰는 그녀의 말, 그 의미 전부는 스바루가 이해할 수 없다. 라이니 로이니 하며 튀어나온 단어는 이름일까.

다만 몇 가지, 『폭식』의 존재와 기억들로부터 알 수 있는 사항은——.

"너는, 동료와 무리를 지어 타인의 기억이나 이름……이라고 표현하면 되나? 아무튼, 그런 것을 닥치는 대로 빼앗고 있어. 닥치는 대로 먹고 있어. 그렇지?"

기억이 먹혀 자신이 누구인지를 잃어버린 예가 스바루.

이름이 먹혀 사람들에게 잊혔다고 통곡한 예가 율리우스.

그리고 그 양쪽 모두가 먹혀 세계에서 잊히고 깨지 못하는 잠에 빠진 예가 렘.

그것들이 전부, 『폭식』의, 루이와, 아까 이름이 나온 동료의 소행――.

"무엇 때문에 그따위 짓을 해? 너희의 목적은, 뭐야?"

"――행복해지는 거야."

"――――."

단숨에 나온 답에 스바루가 숨을 죽였다.

그 반응에 루이는 눈길도 주지 않으며 정신적으로 불안정한 눈매로 이를 딱딱 부딪쳤다.

"그거 말고 무슨 목적이 있는데? 행복해지는 게 살아가는 목적이잖아? 아니면, 미움받는 자인 나들은 거기서 뒤틀렸다는 생각이라도 했어? 아닌데. 아니야. 아니거든. 아니니까. 아니라고. 아니란 말이지. 아니래. 아니라고 그랬으니까!"

"행복해지는 게 목적인 것과, 타인의 기억을 빼앗는 짓의 관계는……."

"――오빠 말이야, 인생이 불공평하다 생각한 적 없어?"

"있다."

"아핫."

루이가 자신의 하얀 손등, 거기에 이를 박으면서 스바루에게 물었다. 그 물음에 스바루가 즉각 수긍하자, 루이는 "그렇겠지." 하고 씁쓸하게 비웃었다.

"우리도 있어. 그렇다기보다 인생은 불공평 그 자체야. 출생은 선택할 수 없지, 부모도 선택할 수 없지, 환경도 선택할 수 없지, 미래도 선택할 수 없지, 아무것도 선택할 수 없어. 이미 그런 식으로 시스템이 만들어졌어. 벨트 컨베이어에 타고 있어."

"――――――."

"――그런데, 만약 그렇지 않다면?"

침묵한 스바루 앞에서 루이가 갸우뚱했다.

"출생을 선택할 수 있다면? 부모를 선택할 수 있다면? 환경을 선택할 수 있다면? 미래를 선택할 수 있다면? 모든 선택지가 생각대로 된다면? ……누구든, 더 좋은 인생을 선택하겠지? 아니야?"

"그건……."

"출생을 선택할 수 있다면, 부모를 선택할 수 있다면, 환경을 선택할 수 있다면, 미래를 선택할 수 있다면, 모든 선택지가 생각대로 된다면, 누구라도 더 좋은 인생을 선택할 거야. ――그러니까 나들은, 시간을 들여서 열심히 우리에게 최고가 될 인생을 찾고 있어."

"――――――."

"분명히 어딘가에 있어! 나들이 가슴을 펴고, 우리답게! 이 인생을 살아서 다행이라고, 그렇게 생각할 수 있는 장밋빛 미래가! 그, 운명의 인생을 만날 그 순간까지, 먹고, 깨물고, 쪼고, 빨고, 핥고, 탐닉하고, 폭음! 폭식!"

루이 아르네브는 눈을 형형히 빛내며 자신의 아름다운 야망을 목청 높여 외쳤다.

그녀는 마음속 깊이, 그것이 행복의 추구라고, 그것이 자신에게 최선의 미래를 거머쥘 유일한 방법이라고 믿어 의심치 않았다.
루이는 자기 인생에 아무런 희망도, 기대도 찾아내지 못했다.
왜냐하면 그녀 안에서 루이 아르네브라는 소녀의 인생은, 초기 배치가 나빴다. 스타트 지점이 잘못되었다. ──그렇기에 없었던 걸로 하고 싶다.
출생도, 부모도, 환경도, 미래도, 재능도, 모든 면에서 혜택받은 자신을 쟁취하고 싶다.
그것이야말로 인생을 최대한으로 구가하기 위해서 필요한 조건이라고 정의하고 있다.
그렇기에──.
"그 때문에, 타인의 기억을 빼앗고, 먹는다……?"
그 말이 의미하는 바를 이해한 스바루는 말문을 잃었다.
포식(飽食)이라는 말대로다. ──그녀는 물린 것이다. 타인의 인생을 먹는 것에.
남자도, 여자도, 어린아이도, 노인도, 어쩌면 종족이나 생물의 울타리마저도 넘어서 온갖 존재의 경험을 즐기고 맛본, 인생의 포식자.
만인의 인생에서 '맛있는 부분을' 주워 먹어 온 그녀에게 온갖 사건은 흔해빠진 이벤트고 참신하지 못한, 따분하고 케케묵은 대상이다.
"그렇건만, 그 편식가인 네가 왜 나한테 얽매이지? 이런 귀찮기 그지없는 수단을 써서까지 나를 맛보려던 건 무엇 때문이야? 거지 같은 식탐이 이유냐?"

"그런 시답잖은 이유가 아니야. ――오빠가, 나들의 운명이니까."

액면 그대로 받아들이면 봉변을 당하겠다고 스바루는 분노와 경계를 담아 루이를 노려보았다.

그러나 루이의 스바루를 보는 눈, 그 열정에 거짓은 없다.

그녀는 진심으로, 스바루를―― 정확히는 스바루의 『인생』을 애타게 연모했다.

"남녀노소, 온갖 인간, 인종, 입장이고 뭐고 다 뛰어넘어서 이것저것 먹어온 우리지만, 유일하게 모르는 것이 있어. 뭔지 알겠어?"

"뭘까. 모르겠네. 되어 먹지 못한 말버릇 말이냐?"

"―― '죽음' 의 경험이야."

우뚝, 스바루는 한쪽 눈을 감은 채 움직임을 멈추었다.

루이는 그런 스바루를 바라보면서 가녀린 팔을 들어 올려 두 손을 겨누었다.

"아무리 타인의 기억을 먹어 본들 있을 수가 없어. 『죽음』의 기억만은 절대로 손에 들어오지 않아. 그야 그렇잖아? 기억은 살아 있는 동안의 기록인걸. 그러니까 죽었을 때의 기억은 존재하지 않아. ――오빠만이, 예외."

루이는 『사망귀환』의 힘을 진심으로 부러워하듯이, 시샘하듯이, 애타게 연모하듯이.

이 세상에 물린 소녀에게 유일하게 신선한 순간을 선사해 주는 남자에게 애를 태운다.

"저기, 응? 죽는 건 어떤 느낌이야? 분명히 괴롭지? 고통스럽지? 힘들지? 아픈 거지? 아프지 않을 때도 있었지? 기분 좋다는 말도 있는데 정말? 죽을 때, 사실은 언제나 기뻐하고 있어? 아니면 이제 아무래도 좋아져? 낙승? 절정? 응? 응? 응? 응? 저기 말이야!"

"……어제까지의 내 기억이 있다면 그것도 아는 거 아니냐."

"기억으로서는! 하지만 그건 역시 낡고 리얼하지 않으니까! 우리는 더 삶의 감각을 원해. 재사용한 케케묵은 식재료로는 만족할 수 없어. 나들을 채워 주는 건, 새롭고, 싱싱한, 아무도 모르는 경지!"

'그러니까' 하고 말을 잇는다.

"이 세상에 유일한, 다른 누구도 경험할 수 없는 스페셜한 기억! 그것만이 아니라 무언가를 실수하면 바로 죽어서 재시작하면 그만인 간편함! 자신의 최고의 인생을 찾아낸 뒤에도 무슨 실패로 망칠 가능성은 있잖아? 하지만 오빠의 인생이라면 그런 게 없어! 괜찮아, 들키지 않게 잘 해낼 줄게!"

"————."

"에밀리아도, 베아트리스도, 람도, 메일리도, 율리우스도, 에키드나도, 샤울라도, 파트라슈도, 페트라도, 오토도, 가필도, 프레데리카도, 류즈도, 로즈월도, 클린드도, 안네로제도, 펠트도, 라인하르트도, 롬 영감도, 띵똥땡도, 크루쉬도, 페리스도, 빌헬름도, 리카드도, 미미도, 헤타로도, 티비도, 프리실라도, 알도, 슐트도, 하인켈도, 키리타카도, 릴리아나도, 이도 저도 누구나 다 전부! 완벽히 속이고 행복하게 삶을 영유해 줄게!"

루이가 내지른 두 손을 내미는 모양새로 바꾸고 깜찍하게 갸웃했다.

"그러니까, 부탁해. ——오빠의 인생, 배부르게 먹여 줄래?"

그녀는 자신이 지닌 수많은 기억 속에서 필시 가장 이 자리에 어울릴 모습을, 응석을 선택해서 졸랐을 것이다.

무슨 식재료를 갖추든 요리사의 실력이 형편없으면 어림도 없다는 사실의 증명이었다.

'맛없는 식재료는 없다. 맛없는 요리가 있을 뿐이다.' 스바루가 좋아하는 명언이었다.

그 말을, 이토록 통감한 적은 없다.

무수한, 수많은, 평범한 인간에겐 없을 만큼 많은 경험치를.

이렇게까지 낭비하는 존재를 스바루는 목격한 적이 없었다.

"——세 번씩 말하지 않아. 내 고뇌도, 내 죽음도, 내 인생도, 모두 내 거야. 너에게 내줄 건 하나도 없어!"

"————."

"굶어 죽어, 멍청한 자식. 인생에 하나밖에 없는 죽음을 선택할 수 없다면, 내가 너에게 추천해줄 건 그거다. ——온 세상에서 가장 고통 받아라."

스바루는 엄지로 자기 목을 긋고 단언했다.

그 말에 루이는 눈을 동그랗게 떴다가, 자신의 두 손을 보았다. 그리고 그 두 손으로 자신의 얼굴을 가리고 하얀 하늘을 우러르며 "아아아아아." 하고 신음했다.

"실패, 했다. 했어. 해 버렸어. 한 거야. 하고 말았어. 해 버렸습니다. 해 버렸기에. 해 버렸으니까…… 아아, 아아아아아."

무릎을 후들후들 떨던 루이가 그 자리에 풀썩 주저앉았다.

진심으로 충격을 받은 모습은 그만큼 진심으로 스바루를 꼬드겼다는 증거다. 진심의 결과가 그 대사니까 정신성이 얼마나 어긋났는지 말할 것도 없다.

"네가 바란 대로는 되지 않아. 내 이름은 나츠키 스바루. 나츠키 켄이치와, 나츠키 나호코가 지어준 이름이다. ——다른 무엇도 아니야. 나는 나다."

"덮어쓰여서, 지워질지도 모르는데?"

"마법의 주문을 가르쳐 주지. ——그건 그거, 이건 이거다."

율리우스에게 갈긴 마법의 주문을, 이번에야말로 자신을 향해서도 후려갈기자.

『나츠키 스바루』를 되찾으면 이 순간의 스바루가 사라질지도 모른다. 하지만 사라지지 않을지도 모른다. 지우지 못하게 할 방법이 있을지도 모른다.

한 명분밖에 없는 터전을 어떻게든 공유할 방법을 찾을 수 있을지도 모른다.

"남의 마음에 뻔뻔하게 흙발로 쳐들어가는 내가, 하나뿐인 의자에 얌전히 궁둥이를 붙이고 있을 필요도 없지. 그게 내 답이야. 이발이나 해라, 멍청아."

떠나는 대사처럼 내뱉은 스바루는 루이에게 뒤돌아섰다.

주저앉은 루이는 전의를 상실해서 경계할 가치가 없다. 지금은 그보다 이 영문 모를 공간에서 귀환하는 쪽이 선결이다.
애초에 왜 레이드의 『사자의 서』가 이런 장소에 연결되어──.
"──아아, 정말. 뒷일은 오빠랑 오라버니에게 맡길 수밖에 없나."
골똘히 생각에 잠긴 스바루의 등 뒤에서 탄식하듯이 루이가 뇌까렸다.
오빠랑 오라버니. 그 말에 출구를 찾으려던 스바루의 발길이 멈추었다.
여러 번 루이가 언급한 호칭이다. 그것이, 스바루의 상상대로라면──.
"──라이와, 로이. 『미식가』와 『악식』?"
"우리, 여기서 나갈 수 없어. 그러니까 오빠랑 오라버니가 먹어 주지 않으면 먹을 것도 선택할 수 없어. ……그러니까, 부탁한 거야."
꺼림칙한 예감이 드는 말에 스바루는 숨을 집어삼키고 뒷말을 기다렸다.
루이의 다음 말이 나올 때까지 유달리 길게 느껴진다. 이윽고 스바루의 초조감을 훑듯이 루이의 붉은 입술이 달싹거렸다.
"오빠가 온 거, 어젯밤부터 두 번째잖아. ──그러니까, 오빠도 오라버니도, 양쪽 다 눈치챘어. 오빠가, 어디에 있는지."
"설마, 네 오빠들이 이 탑에……?!"
"둘 다 오빠에게 흥미진진하대. 그야 그렇겠지. ──오빠는 지금까지 맛본 적 없는 경험을 푸짐하게 하고 있으니까."

여동생의 궁지에 달려오는 오빠. 문장만 보면 가족애로 넘치는 스토리지만, 그 내면에는 가족조차 제치고 자기 욕망을 채우려는 비열한 목적이 있다.

어쨌든 간에 스바루가 이 하얀 공간에 빠져나갈 이유로 명쾌한 것이 늘었다. 그렇게 생각해 허공에 손을 뻗은 순간, 세계가 금이 갔다.

"——읏, 이건 출구인가?!"

갑작스러운 세계의 균열에 놀라는 스바루. 눈앞에서 균열 안쪽이 일렁거리며 보이는 것은 있어서는 안 될 공간의 도약, 이어지지 않아야 할 길이 이어진 증거.

그것은 스바루의, 돌아가야만 한다는 의지에 감응해서 생긴 길이다.

"여기서 돌아가기 전에, 너를……."

"할 수 없어. 오빠는 절대로 할 수 없어. 해 주길 바랐지만."

"————."

하얀 바닥에 누워 자신의 가는 목을 조르는 몸짓의 루이에게 대꾸하지 못했다.

"의심의 도가니에 빠트려도, 자포자기로 만들어도, 자신도, 타인도, 미움받는 자도 죽이지 않아. 패기 없는 겁쟁이. ——자상하게 빨아 줬는데."

"——아니, 이가 부딪히니까 됐어. 치아 교정이나 해, 멍청아."

부아 치민다는 표정을 지은 루이에게 스바루는 중지를 세우고 내뱉었다.

그 말에 루이가 머쓱해진 모습을 지켜보지도 않으며 스바루는 공간의 균열에 몸을 넣으려 했다. 그 직전, 딱 한순간 망설임이 발생했다.

루이를 아쉬워한 것이 아니다. 저 낯짝을 보지 않아도 된다 생각하니 속이 후련하다.

스바루가 아쉬워한 대상은 루이와의 이별이 아니라 스바루를 일으켜 세워준 목소리.

그 한순간만, 나츠키 스바루를 북돋아 주기 위해서 나타난 소녀.

기억과 이름을 빼앗겨서, 그 때문에 유일하게 세계의 끝에서 스바루를 불러 준 소녀.

"괜찮아. ――약속은, 기억하고 있어."

나츠키 스바루는 반드시 그 약속을 잊지 않는다.

그러니까 반드시 또 만날 수 있다.

――그때는 엄한 목소리만이 아니라, 다정한 목소리가 듣고 싶다고 생각하며.

"――――."

그런 각오와 함께 스바루는 동료들 곁으로 돌아가고자 균열로 몸을 날렸다.

6

――하얀 세계가 떨어져 나가고, 그 너머에 색이 있는 세계가

재구성되기 시작한다.

마치 무색의 공간에 갇히고, 그 내부에서 세계에 색이 칠해지는 모습을 지켜보는 듯한, 그런 신비로운 기분이었다.

오드 라그나의 요람. 혹은 『기억의 회랑』.

그렇게 불리는, 이 세상이 아닌 공간에서 나츠키 스바루의 존재가 분리된다. 단편화된 의식이 연결되고 조금씩 조금씩 자신이라는 자아가 재구성되어――.

"――스바루."

처음에 느낀 것은 강한 목의 갈증이었다.

엉덩이와 등에 느껴지는 차갑고 딱딱한 감촉. 앉아서 벽에 기대고 있던 모양이다. 눈을 뜨고 몇 번쯤 깜빡여 세계에 핀트를 맞추자, 들여다보는 파란 눈동자와 눈이 마주쳤다.

나비 같은 특징적인 눈동자의 무늬, 그에 뒤따르는 사랑스러운 생김새는――.

"베아트리스……?"

"……의식은 또렷한 모양인 것이야. 처음에 베티의 이름을 불렀다는 말은, 깜빡 기억을 떨어뜨리고 오지도 않은 것 같아."

"……그러게. 잘 기억하고 있어. 귀여운 녀석이야, 너는."

안도해 눈꼬리를 내리고 더듬더듬 얼굴과 가슴을 만지는 베아트리스의 확인에 스바루가 대답했다. 조그만 손바닥의 감촉을 간지럽게 느끼면서 스바루는 자신을 돌아보았다.

베아트리스에게 그리 말하기는 했으나 루이――『폭식』이 무슨 수로 『기억』과 『이름』을 먹는지 알 수 없는 이상, '기억'의 유무를 증명하기는 어렵다.

하지만 그 불안과 공포는 묵묵히 억제한다. 나츠키 스바루는 여기에 있다고.

"——아마, 괜찮아. 약속도 연심도, 전부 이 가슴속에 있어."

에밀리아를 생각하면 가슴이 뛰고 베아트리스를 소중히 생각하기에 쓰다듬고 싶어지기도 한다. 동료들의 무사를 진심으로 빌 수 있는 것도 스바루가 스바루라는 증거다.

"……나, 얼마나 자고 있었어? 내가 책을 펼치자마자라는 분위기가 아닌데."

베아트리스의 온기를 계기로 자아를 안정시킨 스바루는 『기억의 회랑』에 내던져지기 직전 상황과의 차이로 그 결론에 이르렀다. 서가 앞에서 책에 도전했을 테지만 벽 근처에 내몰려 있고, 무엇보다 가장 큰 차이는——.

"에밀리아랑 람, 그리고 율리우스와 샤울라가 안 보여……?"

"——나츠키, 깨어난 모양이구나."

그런 말과 함께 에키드나가 눈살을 찌푸린 스바루 쪽으로 걸어왔다. 연자색 머리를 쓸어 넘긴 에키드나 옆에는 따분하다는 표정을 지은 메일리의 모습도 있다.

그녀도 스바루가 깨어났음을 알아채자 "이제야아?" 하고 입술을 삐죽였다.

"오빠는 잠꾸러기야아. 기다리다 지쳐 버렸잖아."

"잠꾸러기라니, 귀여운 표현이군……. 이쪽은 생각지도 못한 사투를 펼치다 겨우 귀환한 참이라고. 더 노고를 치하해 줘."

"생각지도 못한 사투…… 그쪽도 자세히 알고 싶지만, 네가 잠든 사이에 이쪽에서도 이런저런 일이 있어서 말이야. 율리우스와 다른 사람이 부재중인 것도 그와 관련된 사정이야."

『타이게타』의 서고, 스바루와 함께 있는 것은 베아트리스와 에키드나, 그리고 메일리 세 명뿐. 이런저런 일이 있었다는 에키드나의 표정은 떨떠름한 것으로, 자연히 이 자리에 없는 에밀리아 일행의 안부가 염려되었다.

"스바루는 한 시간 가까이 자고 있었던 것이야. 지금까지 봤던 책은 몇 초 만에 끝났었으니까, 스바루에게 무슨 일이 있나 싶어서 정신이 없었어."

"한 시간…… 내 인식으로도 얼추 그쯤 되었지만, 무슨 일이 있었지?"

"——샤울라가 이변을 알아차렸어. 탑 밖에서 무언가가 접근하고 있다더군. 말릴 새도 없이 뛰쳐나가고 말았지."

"무언가가 접근하고 있다……."

스바루의 안부 확인보다 사정 설명을 우선해 에키드나가 아래층으로 이어진 계단을 손으로 가리켰다.

"그 반라 언니를 멋있는 오빠가 쫓아갔어. 그사이, 은발 언니랑 메이드 언니가 자고 있는 여동생 언니를 맞으러 갔다는 거지이."

"……그래서, 네 명이 없다는 건가. 하지만 렘을 맞이하러 가 준 건 정답이야."

이야기를 건네받은 메일리의 설명에 스바루는 사정을 파악해 끄덕였다. 그런 스바루의 수긍에 에키드나가 "나츠키?" 하고 눈살을 찌푸렸다.

"——그 반응, 너는 무언가 아는 건가?"

"그렇게 되겠군. 숨겨둘 의미도 없지. 그러니까 결론부터 말할게."

스바루 본인부터 아직 『기억의 회랑』에서 일어난 일 전부를 수용한 것은 아니다.

그러나 기억 상실을 털어놓고 한 번은 구축한 신뢰를 리셋한 상태에 있는 스바루를 에키드나가 의심하고 있음도 알고 있다. 그 불필요한 의혹은 이다음에 기다리는 전대미문의 대재해를 하나로 똘똘 뭉쳐 극복하는 데 장애가 될 수도 있다.

그렇기에——.

"정보는 숨기지 않고 다 까발리겠어. ——레이드의 책을 읽고, 그 녀석의 과거를 탐색하는 작전은 실패했어. 과거는 볼 수 없었고, 그럴 경황이 아니게 된 거야."

"과거를 볼 수 없었다……? 도대체, 무슨 일이 있었던 것이야."

"훼방꾼이 있었어. ——『폭식』의, 대죄주교다."

"웃——?!"

그 말을 듣자마자 베아트리스를 비롯한 일행의 표정이 놀라 굳었다.

아마 대죄주교든 『폭식』이든, 그들은 잘 아는 단어였을 것이다. 렘과 율리우스가 처한 상황을 감안하면 그도 당연함을 알 수 있다.

애당초 스바루 일행이 플레아데스 감시탑을 목표로 한 이유 자체가——.

"그럼 의식을 잃고 있던 동안 나츠키는 『폭식』의 대죄주교와 대치하고 있었다고? 그게 네가 말하던, 생각지도 못한 사투의 실상인가."

"맞아. 『사자의 서』에 들어가자마자 레이드의 과거가 아니라 하얗고 아무것도 없는 장소로 끌려가서…… 『폭식』의 루이라고 이름을 댄 여자아이와 맞닥뜨렸어. 그 녀석 말에 따르면 그곳은 오드 라그나의 요람이라나, 『기억의 회랑』이라나 그러더군."

"오드 라그나……."

그 하얀 세계에서, 자신이 보고 들은 중요하다 싶은 단어를 남김없이 말하는 스바루. 그 설명을 듣던 베아트리스의 중얼거림에 스바루는 "알고 있어?" 하고 눈썹을 세웠다.

"루이는 세계가 망가지지 않기 위한 구조라느니, 이것저것 말하던데……."

"베티도 자세히 아는 건 아니야. 단지 오드 라그나라고 불리는 그것이, 이 세계의 중심…… 모든 마나가 돌아가는 장소로 취급되는 것은 알고 있는 것이야."

"모든 마나가 돌아가는 장소……."

꽤 거창한 표현이지만 실물을 본 스바루는 그 말을 웃어넘길 기분이 들지 않았다.

그 하얀 세계에는 이승과 단절된 이계의 분위기가 분명히 있었다. 그곳이 이 세계에서 벗어난 장소일지, 아니면 반대로 세계의 중심일지, 그 구별에 의미는 있을지.

그러한, 말장난 같은 모순을 품은 장소였음은 틀림없었다.

"그래서어, 그런 곳에서 『폭식』과 맞닥뜨렸는데 괜찮은 거야아?"

거기서 메일리가 끼어들었다. 무릎을 굽혀 앉아 있는 스바루와 눈높이를 맞춘 메일리는 스바루의 검은 눈을 들여다보더니 물었다.

"『폭식』이라면 사람의 기억이나 이름을 먹는다며어? 오빠, 또 이것저것 잊거나 빼먹지 않았어?"

"아아, 그건 아무 문제없어. 아무것도 빼먹지 않았다고 자신 있게 말할 수 있다고."

"그건, 무슨 근거가 있어서……."

"——『폭식』에 눌릴 뻔하던 나를, 렘이 구해 줬으니까."

스바루가 분명하게, 그 이름이 근거라고 주장하자 셋이 눈을 크게 떴다. 개중에서도 특히 큰 반응을 보인 것은 베아트리스였다.

"스바루, 그 이름은……."

"무지 세게 등짝을 얻어맞았지 뭐야. 그러니까, 문제없어."

스바루는 커다란 눈을 떠는 베아트리스를 정면으로 바라보고 끄덕였다. 그 대답에 베아트리스는 몇 번쯤 입술을 달싹이다가, 살며시 그 이마를 스바루의 가슴에 대었다.

그 작은 감촉을 받으며 스바루가 베아트리스의 등을 다정하게 쓰다듬었을 때였다.

"——? 엉덩이 밑으로, 묘한 진동이……."

"——에키드나! 다들 무사한가?!"

그렇게 말을 걸면서 『타이게타』의 서고로 뛰어 들어온 것은 계단을 바람같이 달려 올라온 인물이었다. 그 상대를 돌아본 에키드나가 놀랐다.

"율리우스? 꽤 당황한 기색이군?"

"예상 밖의 사태가 일어났어. 당장에라도 모두와 합류하고 싶다고…… 음."

에키드나에게 대답하면서 다가오는 미장부, 율리우스의 시선이 바닥 위의 스바루에게 돌아갔다. 긴장과 경계로 얼굴이 딱딱하던 그는 노란 눈을 부릅뜨고 물었다.

"눈을 떴었나, 스바루. 그건 요행이군. 나를 알아보겠어?"

"어어, 당신은……?"

"——역시."

"거짓말이야! 너는 율리우스 유클리우스! 진지한 표정으로 수긍하지 마!"

"후. 내 쪽도 농담이다. ——지금부터 조금 웃을 수 없는 이야기를 해야만 해서."

찍소리 못하게 당하자 떨떠름한 표정인 스바루. 율리우스는 그런 스바루의 반응을 코웃음 치고 즉시 '웃을 수 없는 이야기'를 하느라 표정을 다잡았다.

"『사자의 서』에서 돌아온 스바루의 이야기도 듣고 싶지만 화급한 보고가. ——샤울라 여사가 감지한 이변이 무엇인지, 탑 밖을 확인하고 왔습니다."

"그건, 이 진동하고 관계가 있어?"

율리우스의 정중한 보고에 스바루가 자신의 엉덩이 밑——탑 전체를 손가락으로 가리켰다.

바닥의 희미한 진동은 율리우스가 달려오기 직전에 의식한 것이다. 스바루가 그렇게 물어보자 율리우스는 "그래." 하고 끄덕였다.

"조금 전부터 들리는 이 진동은, 발소리야."

"발소리?"

생각지도 못한 설명에 스바루와 베아트리스가 갸우뚱했다.

그리고 에키드나와 메일리도 포함한 네 명의 의혹에 율리우스는 탑 밖을 손으로 가리키고 말했다.

"——아우그리아 사구 곳곳에 존재하던 마수가 일거에 이 탑으로 밀어닥쳤어. 샤울라 여사가 응전 중이지만 안에 밀려드는 것도 시간문제일 거다."

7

——같은 시간, 나츠키 스바루가 없어진 하얀 세계에서.

한 소녀가 바닥에 누워 얼굴을 가리고 자신의 긴 금빛 머리카락에 파묻히면서 통곡했다.

그것은 마치 지옥을 펄펄 끓인 듯한, 천국을 애타게 찾는 죄인 같은 거센 통곡——.

"아아, 아아, 아아, 빌어먹을! 뒤도 안 돌아보고, 무슨 남자가 저래!"

"용서하지 않아. 놓치지 않아. 절대, 절대로……!"

"이걸로 끝났다고 생각하지 마라, 나츠키 스바루……!"

"너의, 인생은, 나들의 것이다아아아──!"

제4장 『다섯 개의 장애』

1

——감시탑으로 밀려드는 마수.

아우그리아 사구 내의 마수가 일거에 밀어닥치고 있다는 율리우스의 보고를 받은 일행의 표정이 굳고 각자의 눈에 심각한 기색이 스쳤다.

발밑에 느껴지는 것은 탑의 바닥을 희미하게 흔드는 진동과 소리——. 그것들이 과장 없이, 탑 전체에 울려 퍼지는 마수의 발소리 및 울음소리라 듣고서 동요하지 않을 수는 없다.

"나는, 이 사막의 크기는 어렴풋하게만 알지만……."

"원래 아우그리아 사구는 마수의 군생지이기도 해서 말이야. 가혹한 자연보다 모래바다에 들어온 인간을 노리는 마수의 피해가 더 심각했을 정도야."

"한때는 군이 파견되어 사구의 마수를 일소할 계획도 입안된 적이 있다고 해. 하긴, 결과는 이 땅울림으로 알 수 있는 바와 같지만."

스바루의 의문에 율리우스와 에키드나가 각각 대답했다.

즉, 이 땅울림은 허세이며 적의 숫자는 기껏해야 동물원 수준이라 생각하고 싶은 스바루의 기대는 한참 빗나갔다. 정확히는 사바나 급으로 마수가 있다는 상황 같다.

과연, 상황을 절망시하고 싶어질 만도 하다.

그러나――.

"――그래서, 나를 부르러 왔다는 거야아?"

거기서 머리채를 손가락으로 만지작거리던 메일리가 발언했다.

메일리는 유일하게 마수가 몰려온다는 이야기를 듣고 동요를 보이지 않았다. 그것은 의외성을 느끼지 못했기 때문이 아니다. 마수를 위협으로 느끼지 않기 때문이다.

"한심한 이야기지만, 그 말이 맞아. 네 힘을 빌리고 싶다."

메일리의 물음에 율리우스가 굳은 표정으로 끄덕였다.

대거 몰려온 마수의 대처에 마수에게 명령을 내릴 수 있는 능력을 가진 메일리를 내세운다. 정공법이다. ――그것도 필시 지난번에는 못했을 종류의.

"스바루? 왜 그러는 것이야? 어쩨 이상한 표정인데."

"……내 얼굴이 이상한 건, 태어난 순간부터 짊어진 숙명이야."

"그건 눈매뿐인 것이야."

바로 옆에서 스바루의 씁쓸한 표정을 알아챈 베아트리스가 걱정스럽게 올려다본다. 그 시선을 받으면서 한숨을 길게 내쉬었다.

"스바루, 무언가 걸리는 거라도?"

"연달아 묻지 마라. 그렇게 말해도 내가 의미심장한 표정을 지은 게 잘못이지. 그걸 사과하고서, 추가로 할 말이 있어. 『사자의 서』에서 주워온 독점 특종이다."

숨을 죽인 율리우스의 주위, 이미 그 단어를 들었던 베아트리스 일행이 눈을 크게 뜬다. 솔직히 반응은 예측할 만한 것이지만 말하지 않고 사태를 설명할 수 없다.

이 사태의 급변, 대거 마수가 탑으로 밀어닥치는 원인은——.

"——『폭식』이다. 대죄주교의 『폭식』이, 탑에 마수를 보내고 있어."

"——뭣, 어째서."

"그 점은 내가 면목이 없어. 레이드의 『사자의 서』 안에서 『폭식』 중 한 명과 만나서 그래. 정확히는, 『폭식』 중 한 명과 재회했지. 어젯밤에도 만났었나 봐. 그게……."

"너의 기억이 사라진 원흉이라는 말인가."

결론을 가로막은 율리우스의 말에 스바루가 끄덕였다.

기대대로라는 것도 이상한 이야기지만, 율리우스의 이해력은 좋다. 『폭식』의 이름과 능력을 관련지어서 바로 다다르길 바라는 결론까지 다다랐다.

"아무래도 어젯밤 시점에서 상대는 우리가 여기에 있다는 사실을 파악한 듯해. 그로부터 반나절 남짓…… 애완동물 데리고 참견하러 나섰다는 건, 그런 뜻인가?"

"평범한 이동 속도라면 반나절 만에 이 탑에 도달하는 건 생각하기 어려워. 도중에 마수의 방해도 있을 것을 감안하면 특히. 다만……."

"다만?"

"우리의 힘겨운 여로와 다르게, 『폭식』이 모종의 방법으로 마수를 복종시켰다면…… 나머지는 이동 속도만이 문제겠어."

어깨를 으쓱인 에키드나의 코멘트에 스바루는 심각한 표정으로 팔짱을 끼었다.

"이동 속도 문제라는 건?"

"——육로에 시간을 빼앗긴다면, 공로로 가면 얘기가 달라져."

"공로……!"

생각지도 못한 수단이 제시되자 스바루가 검은 눈을 크게 뜨고 놀람을 드러냈다.

"성급한 선입관으로 하늘은 날 수 없는 줄로만…… 마법이 있다면 평범하게 하늘도 날 수 있나!"

"그렇지는 않아. 하늘을 나는 건 복합 마법의 일종으로, 보통이라면 위험해서 할 수 없어. 하는 건 바보거나 천재 아니면, 바보에다 천재인 녀석뿐인 것이야."

"메이더스 변경백이, 하늘을 통해 등성하시는 건 유명한 이야기였습니다만……."

"그게 바보에다 천재인 녀석이야."

아무래도 베아트리스는 아직 보지 못한 변경백이라는 치가 마음에 들지 않는 모양이다.

귀엽게 토라진 모습의 베아트리스를 힐끔거리면서 마법으로 나는 것도 일반적이지 않다고 들은 스바루가 고개를 갸웃했다.

"마법이 아니라면, 커다란 새…… 아, 용이다! 비룡의 등에 탄다거나 할 수 있잖아!"

"실제로 비룡 조련의 기술은 남방 볼라키아 제국에서 비전으로 확립되었어. 제국은 그 기술을 독점하고 있지만, 『폭식』의 수법이라면 탈취하기는 쉽지."

"그 기술을 알고 있는 녀석에게서 들으면 그만. 기억을 날름 삼켜서 말인가."

그렇게 생각하면, 참으로 정보전에서 강력하기 그지없는 수단을 지닌 적이다.

『기억』을 먹으면, 숨기고 싶은 의문부터 무엇까지 모든 것을 자기 것으로 삼을 수 있으며, 『이름』을 먹으면 그렇게 한 사실조차 상대의 존재째로 청산할 수 있다.

—— '기억이 인간을 형성하는 거야' 라니, 용케 그런 소리를 할 수 있다.

"————."

스바루의 생각으로, 사람의 가치는, 행보란, 기억과 역사에 새겨진 것이다.

지금은 유달리 더 그렇게 생각할 수 있는 가치관 속에서, 스바루는 비열한 『폭식』의 힘을 마음속 깊이 혐오했다.

타인의 기억을 탈취하는 『폭식』의 힘은 모든 것을 모독하고 망치는 악의다.

그런 힘을 자신의 행복을 위해서, 행복의 추구를 위해서 이용하겠다니 어처구니없다. 잘못된 수단으로, 도리에 맞지 않는 방법으로 운명을 뒤틀려 하다니.

――그거 말이야, 『사망귀환』하는 오빠가 할 소리야?

"큭――."

꺼림칙한 얼굴이 뇌리에 스치는 것을 스바루는 볼 안쪽을 깨물어 상쇄했다.

자신의 『사망귀환』을 제쳐 두고 무슨 소리냐는 생각은 하지 않는다. 그렇게까지 루이의 술수에 빠져 줄 심산은 없다. 녀석에게는 더 이상 아무것도 빼앗기고 싶지 않다.

"눈물이 쏙 빠지게 해 주고 싶지만…… 그 전에, 그 녀석 오빠들 얘기나 하지."

"『폭식』의 대죄주교가 여러 명 있는 건 알고 있던 사실이지만, 무언가 파악한 게 있나?"

"엄청 알아먹기 힘든 일인칭 때문에 복잡하지만, 『폭식』이라는 건 아마 세 명이야. 『사자의 서』 안에서 횡설수설하던 녀석이 한 명, 그 녀석의 오빠가 두 명으로 추측한다."

루이의 말을 액면 그대로 받아들이면, 그 형제는 『오빠』와 『오라버니』로 두 명이다.

"고스란히 믿을 수는 없겠지만 그런 심리전을 할 수 있을 만한 타입이 아니었어. 뭐, 그 속임수에 살짝 당할 뻔한 내가 할 말이 아니지만."

감쪽같이 상대의 의도에 놀아나서 그 가는 목을 졸랐더라면 어떻게 되었을까.

그 자리에 나타난 파란 머리 소녀의 말이 없었으면, 아마도 지금쯤은.

"……아무래도 마음 놓고 대화도 할 수 없을 것 같군."

거기까지 대화한 차에, 한층 더 큰 진동이 『타이게타』의 서고에까지 닿았다.

사태의 절박함을 실감하며 스바루는 베아트리스를 안은 채로 일어섰다.

"그런 모양이야. 뒷이야기는, 샤울라 여사에게로 가세한 다음에 하지. 메일리 양?"

"응, 언제든지 가능해애. 나, 일하는 거 참 좋아하는걸. ……비꼬는 거다아?"

"말 안 해도 알아. ——아무튼, 서두르자! 상황을 바꾸겠어!"

그 기개의 진정한 의미는 스바루밖에 알 수 없는 것이다. 이 탑을 덮친 참극, 그것을 반복하며 맛보던 스바루밖에 실감할 수 없는 감각.

하지만 스바루의 목소리에 응해 전원이 얼굴을 마주 보고 끄덕였다.

"——오오!"

그리하여 다시금, 나츠키 스바루—— 아니, 나츠키 스바루와 동료들의 싸움이 시작되었다.

2

"그나저나 잇달아 골칫거리만…… 기억은 잃어버리지, 좀처럼 일어나지 못하지, 정말로 미안하다!"

"둘 다 스바루가 잘못한 게 아니야. 사과할 필요 없는 것이야."
"정말로? 괜찮아? 다들, 나를 싫어하게 되지 않았어?"
"왜 그렇게 불안해하고 그래. 괜찮은 것이야. 다들, 스바루를 싫어하게 되지 않아. 오히려, 조, 조, 좋……."
"알았다, 알았어. 괜찮아, 안심했어. 사랑해."
손을 잡고 나란히 달리면서 어떻게든 격려의 말을 꺼내려는 베아트리스에게 끄덕였다. 솔직히 말로 꺼내지 못한 부분을 말로 꺼내는 쪽이 더 부끄럽다.
사랑의 말은, 듣기보다 말하는 쪽이 훨씬 더 편하다. 자신의 마음은 의심할 필요가 없다.
"그래서, 샤울라가 있는 곳은?!"
"아아, 이제 곧…… 저기다!"
앞장서서 인도하던 율리우스가 석조 통로에 숨겨진 옆길을 가리켰다.
참으로 음습하게 위장된 통로를 지나서, 바로 지금 은폐된 공간으로.
"────."
탑 밖으로 나온 순간, 모래를 품은 맹렬한 바람과 귀에 익지 않은 소리의 연쇄── 마치, 무수한 유리가 한꺼번에 깨지는 것만 같은 소리가 스바루 일행을 맞이했다.
그것은 바로──.
"우, 라차차차차차차차차차차차차차차차차차찻!"
그 장소는, 탑의 벽면에 설치된 발코니 같은 공간이었다.

지상 100미터로는 어림없을 초고도, 메마른 바람이 부는 발코니를 춤추듯이 뛰어다니는 것은 검고 윤기 나는 머리채를 나부끼는 스타일 끝내주는 미녀——.

"——샤울라!"

"아! 스승님 와 주셨어요?! 신난다! 저를 화려하게 선보이는 무대, 혹은 직장 견학이란 느낌입니다! 사부 참관일이란 느낌으로 똑똑히 보시라—!"

모래바람에 얼굴을 가리면서 스바루가 외친 소리에 샤울라가 상황에 맞지 않게 유쾌한 목소리로 대답했다.

그런 기세로 그녀가 저지르는 행위는, 참으로 믿기 어려운 판타지—— 발코니 넓이를 꽉 채워 가로 일렬로 하늘에 전개한 것은 무수한 포문이었다.

엄밀히 말해 그것은 포가 아니라 하늘에 떠오른 하얀 마법진이다. 하지만 그 포문의 인상은 변함없는 채로, 그 조준이 크게 대각선 아래, 지상을 겨눈 것도 알 수 있다.

그리고——.

"——인피니티드 헬즈 스나이프!"

"뭐야 그거, 멋있어!"

샤울라가 기술명을 외친 순간, 하얀 포문이 눈부시게 빛났다.

직후에 터진 스바루의 헛소리를 덧칠하며 사구의 하늘에 유리 깨지는 소리가 잇달아 울렸다. 그와 동시에 포문은 형상을 잃어 실이 풀리듯 대기에 녹았다.

이것이, 조금 전 일행을 맞이한 경쾌한 소리의 정체. 그리고 샤울라가 하얀 마법진을 대량으로 그리며 이를 연주하는 목적은 단 하나뿐——. 하얀 빛이, 지상을 단숨에 쓸어 버린다.
모래에 착탄한 하얀 빛이 거센 폭풍을 동반하며 대지를 날려 버린다. 그것은 모래 위, 사납게 달리는 마수의 등에 꽂혀도 마찬가지, 연달아 폭발이 번지며 혈육이 쏟아졌다.
메마른 모래가 피를 빨고 흩어지는 주검을 다른 마수가 짓밟고, 하얀 빛의 융단폭격이 밀어닥치는 마수의 총수를 단숨에 백 이상씩 줄였다.
하지만 그런 샤울라의 초 파괴 마법조차도 개미 대군처럼 탑 주위를 가득 메운 마수 무리 앞에는 그야말로 계란으로 바위를 치는 수준의 저항밖에 못하고 있다.
그만큼 사구에서 모인 마수의 양은 방대했다.
"야, 야, 야……. 이거, 묻고 싶지 않지만, 설마."
"이 발판에서는 탑의 한 방향밖에 보이지 않아. 하지만 탑의 반대쪽에도 같은 광경이 펼쳐졌다. 그렇게 생각해도 틀림없어."
"탑 이쪽에만 벽에 설탕물 발랐을 가능성도 있잖아."
"만약 그런 바보 같은 이유라면 베티가 그런 짓 한 녀석을 찐득하게 만들어줄 것이야."
그치지 않는 땅울림과 눈 아래에 굼실대는 검은 덩어리.
그것이 탑 전방위에서 몰려든다고 듣자 악랄한 현실에 스바루는 쓰러질 것만 같았다. 여담이지만 멀찍이 보이는 마수의 비주얼에도 한마디 항의하고 싶다.

그야말로 그로테스크하고 섬뜩하고 불가해해서, 이 장면의 디자인력은 C-였다.

"어떠세요, 스승님! 제 활약 봤어요?! 그리고 은근슬쩍 뒤쪽 앵글이 위험했던 건 스승님에게 어필한 거예요. 그것도 어떠세요?!"

"너, 이 상황에도 한결같은 정신성이 끝내준다. 순수하게 감탄스럽다! 나이스 벌크! 그리고 앵글은 잡아놔도 볼 여유가 없으니까 집중하며 가자!"

"오케이 구글임다! 디펜스! 오펜스!"

실제로 한결같이 굳센 샤울라의 정신력은 존경한다. 성원치고는 꽤 엉성한 말을 던졌는데 당차게 응수하는 샤울라의 등에는 죄책감도 솟았다.

최소한 이 싸움만 무사히 끝나면 조금은 보답해 주고 싶지만 ——.

"우선은 이 자리를 극복하는 게 최우선……! 메일리!"

"큰 소리로 부르지 않아도 알아. 하지만……."

"하지만?! 하지만 뭐?! '하지만 딱히 마수를 몰살해도 상관없지이?' 라는 뜻? 그래, 좋아. 오히려 부탁한다!"

"그렇게 기고만장한 걸 기대하지 말아 주라아. 아무리 나라도 이렇게까지 많은 나쁜 동물에는 전부 대처할 수 없어."

두 귀에 손을 짚고 발코니에서 눈 아래를 바라보는 메일리가 떨떠름한 표정.

그대로 스바루의 폭론 같은 희망을 흘려듣고, 사랑스럽게 생긴 얼굴에서 표정을 꽉 다잡았다. 그리고 왠지 요염하게 분홍빛 입술을 핥고는 말했다.

"——그러니까, 미리 수작을 부려 둔 아이들을 움직여서 충돌시켜 줄게에."

"크워어어————!"

그렇게 말한 메일리가 지상에 손을 뻗는 것과, 사구를 폭쇄하며 거대한 질량이 지면에서 튀어나온 것은 동시였다.

꽤 거리가 있어 대형 마수라도 콩알 크기로 보이는 이 위치에서, 그 지면을 날려 버린 존재의 모습은 뚜렷하게 보였다.

그 말은 즉 그만큼 거대한 존재라는 뜻. ——대략 전장이 20~30미터는 될 거대한 지렁이가 출현하고는, 그 거체로 주위 마수를 짓뭉개기 시작한다.

"저 녀석은……."

"이런 일도 있을까 봐, 미리 길들여 놓았다는 거지이. 원래는 몰래 도망칠 속셈이었는데, 이런 곳에서 꺼내다니 실패했어."

그 거대한 지렁이를 목격한 스바루가 숨을 집어삼키자 메일리가 혀를 내밀었다.

공교롭게도 스바루의 놀란 것은 지렁이 자체보다 그 지렁이를 본 적이 있다는 사실 쪽이었다. 저것은 한 번, 스바루가 탑에서 도망치려 했을 때에 조우한 마수다.

돌이켜보면 지하에서 단숨에 뛰쳐나온 저 지렁이에게는 스바루도 피해를 봤었다.

그 뒤, 지렁이가 하얀 빛에 날아가 버린 것도 기억 한구석에 분명히 있었다.

그건 지렁이 쪽이 메일리고, 빛 쪽이 샤울라였다는 뜻인가.

뒤늦게 찾아온 납득감에 의외성과 놀람을 맛보면서 스바루는 악당 티를 내는 메일리의 머리에 손을 뻗었다. 그리고 순간적으로 피하지 못하는 머리를 억지로 쓰다듬었다.

"왓, 앗, 잠깐!"

"원래 그런지 버릇인지 모르겠지만, 나쁜 사람인 척 굴지 않아도 돼. 딱히 우리를 두고 도망치려고 했다거나 하는 말 믿지 않으니까."

"우, 왜 단언할 수 있는데에."

"그야 내가 너고 네가 나고, 너 나 우리 모두 좋기 때문일까."

"뭐어?"

이해가 되지 않는다는 표정의 메일리, 스바루도 그녀에게 이해시킬 마음이 없다.

궁극적으로 메일리의 기만은 스바루에게 훤히 보였다. 여하튼 한 번은 죽은 그 기억을 자기 것으로 열람한 입장, 이 세상에서 가장 메일리를 아는 타인이라고 해도 된다.

그렇게 불만스러워하는 메일리의 머리에 손을 얹은 채로 스바루는 처한 상황을 검토하고—— 지난번 루프에서 탑 안으로 마수가 밀려든 사정을 파악했다.

아마도, 전회차도 이와 같이 마수의 웨이브가 발생한 것이다. 그리고 아래층에 침입한 켄타우로스와 율리우스가 싸우고 있던 것은, 샤울라의 공격수가 부족한 게 원인.

그렇다면, 이번에는 그렇게 되지 않는다. 왜냐하면——.

"지난번에는 뜻밖의 사고로 결장한 메일리 선배님이 계셔! 그렇다면……."

——율리우스라는 전력을, 다른 문제에 대처하도록 배치하는 것이 가능해진다.

그 발상에 이른 순간, 스바루는 이 탑에서 동시다발적으로 발생한 여러 문제, 그 대처를 위해서 필요한 인원을, 필요한 배치로 움직이는 것이 필수라고 이해했다.

——사구를 가득 메운 마수 대군의 웨이브.

——탑에 공격을 가하는 『폭식』의 대죄주교.

——탑 안을 제 세상처럼 배회하는 흉악한 거대 전갈.

——탑만이 아니라 사구까지 집어삼키고자 하는 막대한 검은 그림자.

——그리고, 어느새 탑 안을 내키는 대로 걷기 시작하는 레이드 아스트레아.

"이쪽 전력이, 나와 베아트리스, 에밀리아와 람. 메일리에 샤울라. 그리고 에키드나에 율리우스……."

"번외로 지룡 두 마리와, 치료해 주는 녹색 방의 정령도 더해 둘까?"

스바루가 손가락을 꼽으며 적과 아군의 수를 비교하기 시작하자 에키드나가 어깨를 으쓱였다. 그 말에 끄덕인 스바루는 파트라슈와, 아래층의 큰 지룡도 카드 장수에 더했다.

에키드나의 말대로 카드를 아끼고 있을 만한 상황이 아니다.

스바루는 무엇이든 카드에 더하고 약삭빠른 머리를 풀 회전해서 승리 조건을 충족해야만 하니까.

그런 의미로도 모든 아군을 손이 닿는 위치에 파악해 두고 싶지만——.

"——가만, 에밀리아짱과 람은 녹색 방에 렘을 맞으러 갔을 뿐이지?"

이 자리에 없는 두 명, 그녀들의 합류가 늦자 스바루는 목이 마르는 감각을 맛보았다.

녹색 방이 있는 곳은 4층, 요컨대 스바루 일행이 이러고 있는 것과 같은 계층이다. 그녀들이 이 장소를 모르고 탑 안을 헤매고 있을 뿐일 가능성도 있을 수 있지만.

"상황이 이렇다. 그저 위치를 알 수 없을 뿐이라면 람 여사가 어떻게라도 방법을 찾아냈겠지. 아니면 에밀리아 님께서 벽을 부수기라도 해서 모습을 보이셨을 터다."

"람이야 어쨌든, 네 에밀리아 평가는 어떻게 되어 먹은 거냐. 그렇게 귀엽고 여린 팔로 벽을 부술 수 있을 리 없잖아. 만약 부술 수 있어도, 부술 성격이 아니……겠지?"

"자신이 없어진 게 좋은 증거야. 하지만 베티도 싫은 예감이 들어."

"——크! 샤울라! 메일리! 여기를 맡겨도 되겠냐?!"

율리우스와 베아트리스의 찬동도 얻자 스바루는 샤울라와 메일리에게 외쳤다. 그 부름에 여전히 빛의 포문 설치와 발사를 거듭하던 샤울라가 엄지를 척 세우고, 메일리도 자신의 머리채를 떨치고 밋밋한 가슴을 폈다.

"여기는 저한테 맡기고 먼저 가십쇼!"

"이쯤이야 내가 어떻게든 해 줄게에. 언니들, 무사히 찾아내 주지 않으면 용서 못 해 준다아."

샤울라가 죽기 전에 하고 싶은 대사 베스트 1위를 떠들고, 메일리가 믿음직한 등을 보여주자, 스바루는 다른 일행에게 끄덕이고 달리기 시작했다.

벽을 뚫고 통로로 뛰쳐나간 순간.

"메일리와 샤울라가 분발해 주고 있지만 마수가 탑에 쳐들어올 가능성은?"

"없지는 않지만, 우리가 떨어진 지하의 사궁(沙宮)…… 나츠키는 기억하지 못하나. 거기를 통해 탑 안으로 들어올 가능성은 있었어. 다만 그것도 메일리 덕에."

"지렁이가 날뛰어서, 지하가 무너졌다?"

"그토록 갈림길이 있던 지하도야. 강도상 견딜 수 없겠지."

에키드나의 긍정에 스바루는 주먹을 쥐었다.

즉, 이중의 의미로 메일리의 존재가 마수의 웨이브를 틀어막은 것이다. 지상 쪽도 지하 쪽도, 마수가 들어올 수 없다면 충분히 방위할 수 있다.

마수 대군이 대처됐다면 크게 다섯 개 있던 문제는 앞으로 넷으로 추려져——.

"——바루스!"

"——아! 람이냐?!"

녹색 방으로 달리는 도중, 통로 저편에서 닿은 목소리에 고개를 들었다. 쳐다보니 정면, 스바루 일행 네 명에게로 사납게 달려오는 것은 칠흑의 그림자—— 파트라슈다.

날카로운 생김새의 지룡, 그 등에 매달린 람의 가녀린 팔이 잠자고 있는 렘의 몸을 단단히 껴안고 있음을 알 수 있었다.

"람! 그리고 파트라슈와 렘도, 무사하냐?!"

"응, 어떻게든. 바루스가 낮잠 자는 사이에 큰일을 마주쳤어. 어떡하면 그런 사태에 자빠져 자고 있을 수 있어. 얼른 일어나."

"미안하다! 자매가 함께 몰아붙이지 마! 자, 봐라, 똑바로 서 있지! 달리고 있어!"

렘을 안장에 맡긴 채 지룡의 등에서 훌쩍 내려온 람의 날카로운 입심에 얻어맞았다.

그것이 우연히 꿈속에서 독려하던 렘의 말과 비슷했기에, 외모만이 아니라 자매라고, 그런 묘한 감개가 솟았다.

"——? 바루스의 묘한 태도는 신경 쓰이지만, 그럴 경황이 아니야."

"그래, 나도 하고 싶은 이야기가 산더미처럼 있어. 하지만 너랑 같이 있었을……."

"——통로 저편에서, 『폭식』의 대죄주교라고 자칭하는 상대와 마주쳤어."

에밀리아의 소재를 물으려던 스바루를 가로막으며 람이 분명하게 단언했다.

그 말의 강한 기세에 머쓱해진 스바루도, 그리고 베아트리스와 율리우스도 입을 다물었다. 따라서 그중에서 가장 동요가 적게 넘어간 에키드나가 대신 반응했다.

"『폭식』의 대죄주교라고 했지? 그게, 통로 저편에?"

"그래, 맞아. ——그리고 그 『폭식』의 대죄주교와 누군가가 싸우고 있어."

"……누군가?"

그것은 더더욱 묘한 인상을 주는 설명이었다.

람의 말은 변함없이 패기와 자신감으로 가득 차 있지만, 그런 만큼 불명료한 부분이 존재한다는 점이 아주 크나큰 위화감을 낳았다.

그 불명료한 부분을 스바루가 추궁하자, 람은 "그래." 하고 끄덕였다.

끄덕이고 나서, 말했다.

"——은발의, 모르는 여자가 『폭식』의 대죄주교와 싸우고 있어. 람더러 도망치라며 말하고, 지금도."

3

——은발의, 모르는 여자.

"뭐?"

그, 생각지도 못한 람의 표현이 스바루의 의식에 자그마한 간격을 만들었다.

이것이 그냥 '은발의 여자' 였다면, 설부른 표현이기는 했지만 스바루도 이렇게까지 묘한 감상을 품지는 않았을 것이다.

그러나 거기에 '모른다' 고 한마디 괜한 말이 붙기만 해도, 의미가 크게 바뀐다.

"은발의, 모르는 여자……."

"응, 그래. 이 탑 안에서 한 번도 본 적이 없는 상대야. 적어도 이쪽에 적의는 없었을 터. ……상황을 보고 일단 물러났어. 하지만."

"——누군가가 원군으로 와 줬다고 해도, 상대가 『폭식』이 되면 이야기가 달라."

스바루의 중얼거림에 끄덕이고 자신이 온 방향을 돌아보는 람. 람의 말을 받은 것은 『폭식』이라는 단어에 험악한 표정을 지은 율리우스다.

그는 자신의 허리에 찬 기사검을 만지고 입술을 단단히 다물었다.

"생각지 못한 조우이기는 하지만, 여기서 적으로 마주한 이상, 놔주는 방향은 없어. 원래 우리의 목적은 『폭식』과 『색욕』의 대죄주교가 초래한 피해를 없앨 방법을 찾는 것. 놈들이 나타났다면 직접 그 입으로 캐낼 뿐이겠지."

"동감해. 람도, 녀석을 살려 보낼 작정은 없어. 어슬렁어슬렁 나타난 것을 후회시켜 줘야만 하니까."

"자, 잠깐! 기다려 줘! 너희의 의지는 알겠어! 알겠는데……!"

『폭식』에 대한 강한 적의를 내비치는 둘에게 스바루는 무심코 제동을 걸었다.

자신이라는 존재를 세계에서 분리당한 율리우스와, 가장 사랑하는 동생을 자신의 기억에서 빼앗긴 람, 두 사람의 『폭식』 격파에 대한 동기 부여가 높은 것은 알겠다.

하지만, 여기서 문제인 것은——.

"너희 대화에서, 에밀리아의 이름이 빠져 있어. 그건, 어째서야?"

"————."

꺼림칙한 예감을 느끼면서 스바루는 직설적으로 의문을 걸고 넘어졌다.

람의 부자연스러운 말투와 그 설명에 대한 다른 일행의 무반응. 시선을 돌리니 베아트리스와 에키드나도 표정에 위화감을 느낀 표정이 아니었다.

람의 '은발의 모르는 여자' 발언을 있는 그대로 받아들이고 있었다.

"——에밀리아가, 누구야?"

"——큭."

눈썹을 찡그리며 의혹을 숨기지 않는 람의 말에 놀란 스바루의 목이 메었다.

쳐다보니 율리우스와 베아트리스, 그리고 에키드나까지도 눈에 몰이해를 띠며 스바루를 쳐다보고 있다. ——그 사실에, 충격을 숨길 수 없다.

"그도 그럴 게……."

불과, 1분이 지났느냐 마느냐 하는 수준의 이야기다.

수십 초 전까지 스바루는 일행과 『에밀리아』 이야기를 하고 있었다. 애초에 스바루 일행이 발코니를 떠난 목적이 에밀리아 일행과의 합류였던 게 아닌가.

"——스바루, 설마."

처음에 이변을 깨달은 것은 스바루의 손을 잡고 있던 베아트리스였다. 하지만 바로 다른 이들도 스바루가 언급한 이름이 중요한 이름이라고 깨닫기 시작했다.

"에밀리아…… 그게, 그 은발 여자의 이름?"

"——맞아. 은발 소녀가 있다면, 그게 에밀리아라는 이름의 아이고 우리의 동료야. 그러니까 람에게 도망치라고 말하고 자신은 남은 거야. 지금도 싸우고 있어."

"그런 일이 일어날 수 있는, 거겠지. 다름 아닌 나 자신이 맛본 경험이야."

스바루의 힘없는 대답에 율리우스가 믿기 어려운 이야기를 들은 기색으로 자신의 앞머리를 만졌다.

놀란 마음을 숨기지 못하는 율리우스지만 스바루도 『폭식』의 힘이 미치는 범위, 즉효성, 그 힘의 흉악성을 실감해 새삼 그 두려움을 이해했다.

솔직히 자신의 기억을 빼앗겼다고 자각해도 스바루에게 그 실감은 약했다.

물론, 기억을 잃어서 발생한 오해와 의심의 도가니, 일행을 향한 부정적 감정들은 잊기 어려우며 가능하면 영원히 잊어 두고 싶은 흑역사의 한 장면이다.

하지만 그래도 역시 실감은 희박했다. 없는 것을 있었던 것처럼 느끼고 찾는 작업은 마치 아무것도 보이지 않는 밤바다에서 낚시를 하는 듯한 불확실한 싸움이다.

그렇기에 실감이 희박했다. 그러나 이건 그렇지 않다.

에밀리아를, 바로 조금 전까지 기억하던 상대를, 여태까지 함께 고난을 넘어 온 동료를 한순간에 잊는다. ——이만큼 끔찍한 사태가 달리 있을까.

자신의 행복을 바란 나머지, 타인의 유대를 먹어 치우다니 용서하기 어려운 대죄인 것이라고.

"——으, 큭."

"람?!"

경악을 내면에서 곱씹는 스바루 앞에서 느닷없이 람이 무릎을 꿇었다. 그녀는 파트라슈 옆, 그 칠흑색 지룡의 다리에 기대어 가쁘게 숨을 쉬었다.

"왜 그래? 괜찮아?"

"……머리가, 좀 아플 뿐이야. 그, 모르는 누군가를 생각하다 보면."

"에밀리아를……?"

머리에 손을 짚고 힘든 표정으로 고개를 저은 람의 말에 스바루는 미간에 주름을 잡았다.

『폭식』이 에밀리아의 기억을 빼앗았다면, 동행했던 람은 아마도 그 현장을 눈앞에서 목격했을 터다. 그것이 영향을 끼친 것일까 싶었다.

그러나 "스바루." 하고 어깨를 두드린 베아트리스가 고개를 느릿느릿 가로저었다.

"그 이상, 기억해 내려는 건 그만두는 편이 좋아. 너무 결여된 것이야."

"너무 결여, 됐다니……."

"『폭식』의 권능이 날림인 부분이 드러난 거지. ──그, 기억에서 빼앗긴 상대가 없으면 성립되지 않는 부분이 너무 많아서 차질이 발생한 것이야."

베아트리스의 말을 듣고 순간 말을 잃었던 스바루는 바로 그 의도를 이해했다.

람의 입장은 에밀리아의 시중 담당── 이른바 주종관계에 있었다. 두 사람이 서로를 생각하는 관계는, 알기 어렵기는 했어도 확실한 정이 있었다.

그 관계가 깡그리 사라져 람의 내면에서 『에밀리아』의 존재라는 공백이 생겼다. 인생을 성립시키기 위해서 필요한 요소를 찾아 헤매는 헛수고가 그녀를 좀먹고 있는 것이다.

"람은 내가 보고 있지."

고통스럽게 얼굴을 일그러뜨린 람 옆에 거수한 에키드나가 붙었다. 앞으로 나선 에키드나에게 스바루가 놀라자, 에키드나는 가녀린 어깨를 으쓱이고 말을 이었다.

"지금 여기서 논의할 겨를은 없어. 『폭식』이 와 있고, 우리의 동료 중 한 명이 이름을 빼앗기면서도 싸우고 있다면 더더욱 그렇지. 발을 멈추어서는 안 돼."

"에키드나, 람 여사와 여동생분을 부탁한다. 파트라슈와 함께 싸움에서 떨어져 줘."

"그래, 맡겨 줘. ──율리우스, 중대한 국면이지만 뜨거워지지 말도록."

"알아. 투지는 싸늘하게 식어 있고말고. 이 검처럼."

에키드나의 제안을 율리우스가 바로 수용하고, 늠름한 얼굴을 정면으로 돌렸다. 그 모습에는 스바루가 참견하는 것도 저어될 만큼 날카로운 투지가 솟구치고 있었다.

"람."

"분해. 하지만 지금은 람이 있어 봤자 짐짝이 될 뿐이야. 두고 가. 단, 『폭식』의 목숨은 남겨 둬. 태어난 걸 후회시켜 주겠어."

"그 기개는 든든하지만, 지금은 아무튼 안정을! 우리는 간다!"

"──그래, 갔다 와."

분한 듯한 람을 남기고 스바루는 일행과 남는 에키드나에게 끄덕였다. 그런 뒤에 달리기 시작하기 전에 파트라슈의 목을 쓰다듬고, 그 등에 탄 잠자는 공주의 옆얼굴을 들여다보았다.

렘은 변함없이 조용한, 숨을 쉬지 않나 싶을 만큼 가냘픈 숨소리를 내며 눈을 감고 깨지 않는 꿈을 꾸고 있다.

지금은 그걸로 족하다. 그녀로부터 받아야 할 말은 이미 받았다.

남은 것은──.

"기다려라, 『폭식』……! 더 이상, 네놈에게 먹혀 주는 건 지긋지긋해!"

——솔직히 말해 열거하면 의문은 끊임없이 솟구친다.

왜, 『폭식』이 가진 권능의 영향이 스바루에게는 나타나지 않는가.

에밀리아가 이름을 빼앗기고 베아트리스와 람의 기억에서 사라진 지금도, 스바루 머릿속에는 에밀리아의 이름이, 모습이, 목소리가 또렷하게 남아있다.

그녀에 대한 아련한 감정도 잊지 않은 채, 그 가슴에 확실하게.

"내가, 이세계에서 왔으니까……?"

그러니까, 스바루에게는 이 세계의 규칙이 적용되지 않는 것일지도 모른다.

이 세계의 기억이, 『기억의 회랑』에서 죽은 이의 영혼에서 떨어진 인생의 기록을 의미한다면, 그것을 가로채는 『폭식』의 힘이 스바루에게 미치지 않는 것은 스바루가 이세계에서 온 존재라는 특이성이 원인이라고 짐작할 수 있다.

그렇다면 『나츠키 스바루』의 기억이란, 가령 죽는다고 치면 이 세계의 『기억의 회랑』에 새겨질 일은 있을까.

아니면——.

"——그럴 수 없으니까, 나는 『사망귀환』하고 있다는 건가?"

그것은 오싹해지도록 싸늘한 결론이었다.

만약 그것이 스바루가 『사망귀환』하는 메커니즘의 답이라면, 스바루의 생명은 영원히 이 세계의 나선 속에 던져지지 못하고 하염없이 존재한다.

쉽게 말해 이 세계에서 몇십 년이나 보내고, 노쇠로 죽는 일조차 못하게 된다.

이 규칙에 들어맞지 않은 채 스바루가 인생을 완수하려면, 그것은 혹시 나츠키 스바루 자신이 진정으로 기억을 내맡길 수 있는 세계여야만――.

"――아이스 브랜드 아츠!"

순간, 생각에 빠져 있던 의식이 날카로운 은방울 같은 목소리에 갈라졌다.

고개를 들어 정면을 본 스바루는 달려간 곳―― 녹색 방으로 이어지는 통로가 하얗게 얼어붙어 무시무시한 냉기의 바람이 마중하는 것을 피부로 느꼈다.

그리고 그 바람의 기점이 된 것은 흩날리는 다이아몬드 더스트 속에서 춤추듯이 몸을 휘돌리는 눈의 요정――이 아니라, 은발을 나부끼며 춤추는 에밀리아였다.

"――야압! 챗! 에잇에잇! 얍!"

에밀리아가 손에 든 얼음의 쌍검을 휘두르며 기합성을 지르면서 맹공을 펼친다. 왠지 맥 풀리는 기합성이지만 얼음 검이 대기를 달리는 속도에는 귀염성이 없다.

참격은 정확하게 마주한 적에게로 날아가 일격에 베어 넘기려 했다.

"저것이……."

얼음 검을 들고 춤추는 에밀리아 주위, 그녀의 전장이 된 통로는 하얗고 파랗게 얼어붙어서 모래 속의 탑이라고는 전혀 생각지 못할 별세계의 양상을 드러내고 있었다.

필시 에밀리아가 다루는 얼음 마법이 주위에 초래한 영향이다. 저것은 이 세계에서도 이질적일 정도의 강력한 힘인지, 목격한 베아트리스와 율리우스가 숨을 집어삼켰다.

하지만, 그 이상으로——.

"앗하하! 제법이야, 제법인데, 제법이잖아, 제법이셔, 제법이시고, 제법이기에, 제법 해 주기 때문에! 우리도 먹을 맛이 있다는 거지!"

에밀리아와 마주한 채 내지른 얼음 검을 가볍게 받아 흘리고 비웃은 존재의 색채가 강렬하다.

그것은, 적갈색 머리를 길게 산발로 기르고 왠지 모르게 흉악하고 음울한 기운이 서린 웃음을 띤 소년이었다.

나이는 10대 중반. 복장은 허름해서 지저분하기까지 하다. 결코 위생적이라고는 할 수 없는 모습이지만, 그 이상으로 보는 이의 혐오감을 부르는 것은 한없이 타인을 조롱하고 먹잇감으로 삼기를 주저치 않는, '인생' 에 대한 절망과 갈망이 엿보이는 눈빛이다.

한눈에 알 수 있다. 들을 필요도 없다.

저런 눈을 가진 존재가 루이 아르네브 외에도 있다는 사실이 견디기 어렵다.

"——『폭식』의 대죄주교!"

“앗하! 손님! 이 아니지! 메인 디시다, 형! 나들도 만나기를 학수고대했다고. 여동생이 신세를 진 모양이던데!”

부르짖은 스바루의 목소리를 듣고 에밀리아의 검격을 쳐낸 『폭식』의 흉악한 웃음이 깊어졌다. 『폭식』의 반응에 에밀리아가 “어?!” 하고 스바루 일행의 존재를 깨달았다.

“아, 다들! 저기, 나를 알 수 없을지도 모르지만 저쪽이 적! 나쁜 사람! 여기는 나한테 맡기고…… 나에 대해 모를지도 모르겠지만!”

등 뒤의 동료들을 깨달은 에밀리아는 자신이 처한 상황을 정확하게 파악했다.

당연히 자신의 기억이 타인에게서 사라져 충격을 받았을 터다. 잊기만 하고 잊힌 경험이 없는 스바루는 그 충격을 헤아릴 수 없다.

그러나 그녀는 당차게 람을 피신시켰을 뿐만 아니라 이렇게 『폭식』과의 싸움을 계속하면서 달려온 다른 일행도 염려하고 있다.

만감이 치솟아 스바루는 외쳤다.

“괜찮아, 에밀리아! 나는 잊지 않았어!”

“————.”

“이제, 절대로 잊지 않아! 설사 무슨 일이 있어도, 나는 너를, 잊지 않으니까!”

스바루가 주먹을 쳐들고 에밀리아의 등에 말했다.

그 말을 듣자마자 에밀리아의 눈이 크게 뜨였다가 잠시 후 가늘어졌다.

"음――!"

그때, 에밀리아의 가슴속을 스친 감정이 정확히 어떤 것이었는지는 스바루가 알 수 없다. 다만 그 직후에 띤 미소와 힘차게 『폭식』에게 덤벼드는 모습을 보면 나쁜 쪽으로 작용하지 않았음은 믿을 수 있다.

"너의 한마디가 지금, 저 소녀에게 어느 정도 영향을 주었는지 자각은 못하겠지."

"아앙?"

바로 옆에서 같은 광경을 보던 율리우스가 미소와 함께 중얼거린 말을 들었다. 참으로 의미심장한 내용으로 들려서 스바루가 돌아봤지만, 율리우스는 응수하지 않았다.

그저 그는 허리의 검을 뽑고는 아름다운 궤적을 그리며 자세를 잡았다.

그리고――.

"물을 필요도 없는 일이지만, 저 소녀가 우리의 아군이로군, 스바루."

"그래, 맞아. 저렇게 귀여운데 우리 적일 리 없잖아!"

"――알겠다."

대답하고 끄덕인 율리우스의 모습이 시야 끝자락에서 흐릿해진다. ――아니, 그것은 착각이다.

다음 순간, 내디디는 발걸음 한 번으로 가속해 얼음의 난전 속으로 뛰어든 율리우스의 찌르기가 가슴 앞에 양손을 교차한

『폭식』에 꽂혀 크게 뒤로 날려버리고 있었다.

"어이쿠쿠, 형은……."

"이 순간을 고대했다, 『폭식』――!"

율리우스의 날카로운 검격이 비릿한 웃음을 띤 『폭식』을 힘차게 찔렀다. 하지만 『폭식』은 스스로 뒤로 뛰어 충격을 죽이고, 얼음으로 덮인 벽에 발을 짚어 음침하게 목을 그렁거렸다.

"이봐, 이봐, 그렇게 덤벼들지 말아 주라고. 미안하지만 우리와 나들이 먹은 것 전부 공유하고 있는 건 아니라서. 형을 본 적이 없어. 그거 우리가 아니라, 로이가 저질렀다는 거 아니야?"

"――큭."

"뭐, 별 차이 없다고 생각할 수도 있겠지. 그렇지만 로이는 몰라도, 나들은 그다지 형에게는 흥미 없는데. 먹는 기준에 맞지 않는다는 느낌?"

"먹는 기준이라고?"

"어, 그래그래. 그건……."

두 팔을 축 늘어뜨리고, 그 손목에 고정한 단검으로 통로를 깎아 내는 『폭식』. 놈은 율리우스를 바라보며 지독히 흉흉한 식사 스타일을 설명하려 들었다. 그러나――.

"이얍――!"

"――억?!"

거기서, 에밀리아가 일절 주저 없이 두 손을 아래로 휘둘러 얼음덩이를 처박았다.

그 한 방은 그다지 넓지 않은 통로를 얼음으로 가득 메우며 가차 없이 적의 암살을 노린다. 이야기가 도중에 막힌 『폭식』은 낯빛을 바꾸며 뒤로 뛰어 가까스로 목숨을 건지고 혀를 찼다.

"치잇! 우리가 먹었으니까 알던 일이긴 한데, 주저가 없네, 에밀리아! 그런 식으로 공격하다가 무서운 사람이라고 여겨지면……."

"됐으니까 조용히 해! 내가 무서운 사람 취급받는 건 익숙해졌어. 당신은 알고 있을 거잖아! 중요한 건 내가 다른 사람들을 어떻게 생각하느냐야! 그리고……."

얼음덩이를 피해 숨을 헐떡이는 『폭식』의 안면에 에밀리아의 하얀 무릎이 꽂혔다. 그 공격을 팔로 받은 『폭식』을 배후로 날린 에밀리아가 한순간 스바루를 쳐다보았다.

"가장 기억해 주길 바라는 사람은 기억해 주었는걸. 지금, 엄—청 기운 넘쳐!"

"이러니까 감각으로 움직이는 타입은 어렵단 말이지. 제일 질색인 타입이야."

"——그런가. 하지만 나도 의견이 같다."

못마땅하게 뺨을 일그러뜨린 『폭식』, 그 배후에 훤칠한 율리우스의 몸이 스며들었다. 내리찍는 참격. 그 공격을 『폭식』은 순간적으로 팔을 뒤로 돌려 막았다.

그러나 불완전한 방어는 참격을 완전히 막지 못하고, 팔꿈치 앞쪽을 깊이 베여 피가 솟구친다. 『폭식』의 신음과 함께 여전히 연격은 이어진다.

"——한 번은 모든 것에 잊혀 자기 자신의 토대를 잃었기에 인생을 부정당한 기분도 들었지만, 내 토대를 세울 곳은 원래부터 찾아 헤맬 필요가 없더군."

"칫! 으, 끼, 꺄아!"

조용한 결의를 말로 표현하며 율리우스가 지르는 검격이 서서히 날카로워진다.

『폭식』은 그 공세를 끝까지 막아내지 못하고 끝내 가슴에 정통으로 일격을 맞아 비명을 터트렸다.

맹공을 거듭하는 율리우스와 에밀리아, 둘의 공격에 『폭식』이 방어 일변도로 몰린다. 그대로 밀어붙이며 분위기 타서 단숨에 싸움에 결판을 내고 싶지만——.

"스바루, 베티와 스바루가 끼어들어도……."

"——알아. 나로서는 저 자리에 끼어들 수 없어."

"……그걸 알고 있으면 됐어."

답답하지만 그게 현실이다. 스바루의 기량으로는 초월자들의 싸움에 참가할 수 없다. 그것은 베아트리스의 협력을 얻어도 마찬가지. ——그렇기에, 지켜볼 수밖에 없다.

에밀리아와 율리우스의 콤비가 『폭식』을 꺾을 거라고. 하지만——.

"——아이스 브랜드 아츠."

그 무예의 이름을 듣는 것은 이번이 두 번째, 그러나 이번에는 은방울 같은 목소리가 아니었다.

피를 흘리면서도 여유로운 웃음을 띤 『폭식』—— 그 입술이 기술명을 읊고 있었다.

직후, 『폭식』의 발밑에서 얼음 창이 솟구치며 이를 율리우스가 측방회전으로 회피, 에밀리아가 잡고 있던 창을 얼음 망치로 바꾸어 억지로 파괴해서 막았다.

그러나 기습은 막았어도 그것이 초래한 충격이 사라진 것은 아니다.

"지금 건, 나의——."

"하핫! 자기 특기를 당해 보는 건 어떤 기분일까! 어때, 어떤가, 어떠니, 어떤 거야, 어떨까, 어떠려나, 어떻담, 어떻대, 어떤 기분이냐니, 폭음! 폭식!"

놀란 심정을 입에 올린 에밀리아 앞에서 『폭식』은 바닥에서 새로운 얼음 무장을 뽑아냈다. 그 조형을 본 에밀리아와 율리우스는 곤혹스러워하고, 스바루는 기겁했다.

왜냐하면 그것은——.

"파, 파일벙커?!"

"아이스 브랜드 아츠 자체는 에밀리아의 기술이라도, 그것을 재현하는 건 형을 먹은 우리니까! 지식이 무기! 나들은 인텔리 대죄주교라고!"

그렇게 말한 『폭식』은 스스로 재현한 이계의 무장을 상대에게 겨누었다.

그 순간, 굉음과 함께 발사된 얼음 말뚝이 에밀리아와 율리우스를 강렬하게 날려 보냈다.

"꺄아악!"

"자, 자, 뭐해, 뭐해, 더더더더더더 간다!"

드높은 비웃음과 함께 『폭식』이 잇달아 만들어 내는 것은 이세계에 존재하지 않는 이계의 무기. 에밀리아와 율리우스는 자세를 회복해 대비하지만 『폭식』의 변화는 무기만으로 그치지 않는다.

그 무기를 다루는 전투법조차도 변환자재로, 에밀리아와 율리우스를 열세로 몰아넣는다.

"움직임이, 이렇게나 변한다고……?!"

율리우스의 경악이 타인의 기억을 흡수하는 『폭식』의 공포를 표현하고 있다.

얼음 무기를 잇달아 만들어 내는 에밀리아의 무예에 사용자의 상상력이라는 형태로 스바루가 가진 이세계의 지식이 조합되면, 그 전술의 가능성은 무한대다.

거기에다, 아마도 『폭식』은 여태까지 인생 중에서 많은 전사들을 자기 안에 흡수했고 결과적으로 여러 무인의 전투력을 끊임없이 인스톨한 상태다.

따라서 스톡 중에서 최적의 기억을 끌어내기만 해도 즉각 그 무기의 전문가로 변모해 자유자재로 공방을 거듭한다.

그리고 에밀리아와 율리우스의 기색이 불리한 원인은 그 외에도 있다.

"율리우스! 거기 안 돼!"

"크……."

에밀리아의 비명 같은 외침에 율리우스의 궁색한 제자리걸음이 겹쳤다.

그 자리에는 협력해 한 적을 무찌르기에는 너무나 엉성한 연계가 있었다.

에밀리아와 율리우스 두 명의 연계가 궁합이 좋지 않은 것이다.

그것은 에밀리아가 전투법을 센스에 맡긴 '감각파' 라는 점, 율리우스가 수련에 수련을 거듭한 '기교파' 라는 점도 크게 영향을 미친다. 물론, 그것은 둘이 서로 버릇을 알 만한 관계라면 쉽게 수정할 수 있을 테지만——.

"서러운 노릇이지. 정말로 연계할 수 있을 줄 알았었어? 상대를 아는 거랑 일단 믿는 거는, 결과적으로 같은 방향을 보고 있어도 완전 딴판이지? 생각을 알 수 없으니까 맞춰 줄 수 없고, 버릇을 모르니까 수정할 수 없어. 결국 충돌해서 방해가 된다……. 하하, 글러 먹으셨어, 두 분!"

"크……."

"지식은 힘! 기억은 유대! 추억을 제물로 우리는 높게! 나들은 강하게! 어디까지고 한없이 날개를 펼쳐 간단 말이지!"

뛰어올라 내지른 『폭식』의 발차기가 둘을 동시에 포착했다.

아직 덜 큰 몸이라 그다지 길지 않은 다리지만 그 발바닥은 멋지게 양자의 어깨를 가격해 신음을 지르는 둘을 단숨에 배후로 날려 보냈다.

"까다롭다! 교활하다! 대고전! 어때, 우리 솜씨라는 게! 거기서 보고만 있을 뿐인 형도, 답답한 감정을 맛보고 있기만 해서 만족해?"

"너 이 자식……."

"잊지 않는다고 이것저것 말하던데, 그까짓 게 얼마나 위안이 된다고? 결국 마지막에는 경험이 왕이라고. 뛰어난 견식의 축적이야말로 인생을 풍요롭게 하며 사람을 승리자로 만드는 거야. 즉, 최고인 것은 나들이라는 말이지!"

두 팔을 벌리고 날카로운 이를 보이면서 『폭식』이 제 마음대로 비웃는다.

그렇게 『폭식』이 설파한 말이야말로, 바로 녀석의 철학인가.

여동생 루이가 설파한 철학과는 또 약간 다르지만, 결국 타인의 인생을 디딤대로, 자신들을 살찌우기를 꾀하는 최악의 사상임은 공통적이다.

그것을, 스바루는 마음속 깊이 혐오스러운 사상이라고 여기며——.

"——인마, 뭘 우쭐대고 자빠졌어?"

"……엉?"

그때까지, 제 세상이라는 듯이 가가대소하던 『폭식』이, 그 목소리를 듣자마자 눈을 크게 떴다. 그리고 그 경악은 스바루 일행도 마찬가지였다.

그것은 너무나도 느닷없이, 당연한 것처럼, 당당히 이 자리에 난입해온 수라.

짚신으로 얼음 통로를 밟으며 키나가시를 펄럭이는 장신의 빨강 머리 사내. 그자가 흉악한 웃음을 띠며 『폭식』을 사이에 두고 스바루 일행 맞은편 통로에서 모습을 드러냈다.

그리고——.

"니처럼 근성 삐뚤어진 꼬마가 최고일 리 없잖아. 최고도 최강도, 최상도 최우수도, 전부 나를 위해 있는 단어니까."

그렇게 말하면서 내려올 수 없어야 할 2층에서 내려온 남자.

——레이드 아스트레아가 흉소(凶笑)를 띠며 서 있었다.

4

"————."

위풍당당, 이 자리에 나타난 빨강 머리 대장부, 레이드 아스트레아.

생각지도 못한 남자의 등장이 부른 일동의 경악을 일절 배려하지 않는 날카로운 푸른 눈빛. 그런 그의 존재 자체에 전원이——『폭식』조차도 말을 잃고 있다.

"뭘 멍 때리고 있어, 자식들아. 내가 여기 있는 건 당연한 거 아니냐, 엉?"

그렇게 경직된 스바루 일행의 모습을 바라보던 레이드가 안대로 막힌 왼쪽 눈을 손가락으로 두드리고 짚신으로 바닥을 찰싹찰싹 찼다.

"밖이든 안이든 이만큼 소란 피우면 마음 놓고 낮잠이나 퍼질러 자겠냐고. 가뜩이나 술도 없어서 심심한데 이딴 걸 참고 있을 수 없지."

"……그거야 그쪽 사정이잖아. 이쪽은 바쁜 와중이라고. 보면 알 거 아냐."

“항! 치어가 뭔 소리 나불대? 미안한데 목소리가 쥐똥만 해서 들리지도 않는다. 뭐, 들려도 들리지 않는다고 말해 줄 건 똑같다만.”

“심보 더럽게 고약하군…….”

그리고 심보만이 아니라 타이밍도 고약하다.

규탄이라고 부르기에는 허약하고, 항의라기에는 영양가가 없다. 난폭하고 가차 없는 말에 입을 다문 스바루는 자신이 레이드에게 두려움을 품고 있음을 자각해 주먹을 움켜쥐었다.

영혼이 레이드를 앞두고 떨린다. 그것은 공포가 아니다. 그 떨림은, 싸움을 앞둔 전율이다.

“——또렷하게, 네가 적이라고 내 영혼이 인정하고 있기 때문인가.”

“흐응? 좋다고, 치어. 치어에서 승격시켜 줄 마음은 없지만 내가 편리하게 등장한 원군이라고 착각하지 않은 점은 칭찬해 주마.”

“원군이니까 기뻐하라고 들어도 그냥 받아들일 수 있을 상대도 아니니까.”

“항! 말은 잘한다.”

사납게 이를 드러내며 상어처럼 웃은 레이드에게 스바루는 가슴속의 차가운 감각을 숨겼다.

지금 레이드의 선언은 어떻게 보아 절망적인 선고이기도 했다. 그러나 원래부터 스바루는 레이드를 아군이라고 생각하지 않았다.

그 생각이 긍정받았을 뿐. ——착각 따위, 하지는 않는다.

그런 스바루와 레이드의 대화가 일단락 지어졌을 때——.

"——저기 말이야, 레이드 아스트레아."

한발 먼저 제정신을 차린 인물, 『폭식』이 레이드의 이름을 불렀다.

얼어붙은 통로 한복판—— 바야흐로 스바루 일행과 레이드의 중심에 서 있는 『폭식』의 대죄주교가 부르는 소리에 레이드가 언짢게 콧방귀를 뀌었다.

"엉, 뭐냐, 꼬맹아. ……더러운 꼬맹이구만. 뭐야, 더러운 꼬맹아."

"너, 초대 『검성』이지? 그게 또 왜 여기에 있는 거야? 우리의 기억이라면 시험관인 너는 위층에서 내려올 수 없을 거잖아?"

굴욕적인 호칭을 무시한 『폭식』이 도발하는 레이드에게 물음을 던졌다.

그가 거론한 『기억』은 명백하게 스바루의 『기억』이었다는 점이 화가 치밀지만, 물음의 내용 자체는 스바루 일행이 품은 의문과 같은 내용이다.

전회차 루프에서도 일어난 일이지만, 2층 시험관일 레이드가 내키는 대로 탑 안을 활보하고 있는 이유는 일절 모르고 있다. 그냥 규격외라서 그렇다는 생각은 하고 싶지 않지만.

"묘한 내막이 있는 건지, 탑 그 자체의 규칙이라도 바뀐 건지. 어느 쪽이든 간에 네가 이러고 있는 건 계산 밖이라서 여러 가지로 코스를 다시 생각해야 돼. 전채를 먹고 나서 메인 디시, 그리고 디저트가 기본이야. 안 그래?"

"주절주절, 알아먹지도 못할 개소리 떠들지 마라, 더러운 꼬맹이 개놈아."

"――――――."

"내가 못 내려온다? 눈깔 까뒤집고 잘 봐라, 인마. 자기가 뭔 웃기는 소리 했는지 보면 알 거 아냐, 인마, 이 자식아."

레이드가 말하면서 『폭식』 쪽으로 언짢게 몸을 앞으로 굽혔다. 하얀 이를 드러내고 외눈으로 상대를 노려보는 모습은 그야말로 양아치나 다름없는 스타일이다.

그러나 공교롭게도 당사자로부터 발산되는 압박감은 편의점 앞에 어슬렁대는 양아치와는 비교가 되지 않을 만큼 강렬해서, 여파만으로도 생명을 위협받는 공포가 느껴진다.

비유하자면 그곳에 있는 존재는 호랑이와 곰과 사자와 용이 혼연일체가 된 짐승이다.

온갖 폭력의 기척을 두르며 레이드는 적의를 보였다.

"깝치지 마라, 인마. 나는 내가 하고 싶은 일을 하고 싶은 대로 한 거야. 누구 지시든 받을 리가 없잖아, 인마. 깝치지 말라고, 인마. 애초에 너야말로 뭐 하는 놈이야. 누구 허가 받고 이런 곳에서 떠들고 있어. 야, 이 자식아, 인마."

"앗하하, 굉장하네, 끝내주네, 말이 안 통하네."

『폭식』이 손에 들고 있던 얼음의 성검을 얼음 파편으로 바꾸고 긴 앞머리를 쓸어 올렸다.

천하의 『폭식』도 이렇게까지 대화가 성립되지 않는 상대는 대하기 어려운 모양이다. 다짜고짜 덤비는 에밀리아에게도 고전하는 낌새가 있었지만, 레이드는 에밀리아보다 몇 단계 더 말이 통하지 않는다.

그러나 『폭식』은 그런 궁합이 나쁜 적에게 "하지만." 하고 말을 이었다.

"사냥감으로는 극상이지. 나들의, 『미식가』의 식욕이 짜릿짜릿하게 울려! 물어라! 뜯어라! 쪽 빨아라! 모조리 맛보아라! 폭음! 폭식!"

포효하고 미쳐 날뛰는 『폭식』이 얼어붙은 바닥에 사지를 딛고 레이드를 노려보았다.

하얀 송곳니 틈새로 긴 혀를 내비치며 상궤를 벗어난, 일반인에게는 이해할 수 없는 타인의 기억을 탐닉하는 『식욕』이 명령하는 대로 침이 바닥에 뚝뚝 떨어진다.

그리고——.

"——마녀교 대죄주교 『폭식』 담당, 라이 바텐카이토스."

그 대사는 긍지인지 교만인지, 어느 쪽이든 간에 『폭식』이——아니, 라이 바텐카이토스가 이름을 밝힌 다음 순간에는 얼음의 바닥을 박차며 화살 같은 속도로 달리기 시작했다.

그것은 사나운 네발짐승의 수렵 장면으로 착각할 만큼 야성미가 서린 질주였다.

"아, 귀찮구만."

그처럼 맹돌진하는 바텐카이토스를 정면으로 응시한 레이드는 자신의 귀에 손가락을 쑤셔 넣으면서 지긋지긋하다는 듯이 투덜거렸다.

"——잘 먹겠습니다!"

"새끈한 언니가 하는 소리라면 몰라도 너한테 들어 봤자 기쁘기나 하겠냐."

순간, 입을 쩍 벌리고 육박하던 바텐카이토스의 몸이 거세게 옆으로 틀어졌다.

아무렇게나 내뻗은 레이드의 오른 다리, 그 발차기가 옆에서 바텐카이토스의 몸통을 가격해 통로 벽에 호쾌하게 충돌시켰기 때문이다.

"끄, 엑……."

"뭘 닭 모가지 조르는 소리 내고 있어, 인마. 말해 두는데 닭은 모가지 조르고 먹으면 맛있지만 나는 널 먹을 마음은 없다. 폭식인지 뭔지 모르겠다만."

"끼, 아!"

"어른에게 덤벼든 거다. 벌 받을 각오는 하고 있었을 테지, 인마!"

말하면서 레이드는 찬 발로 바텐카이토스의 몸을 벽에 누르고 그대로 얼음의 통로를 외발로 선 것 같지 않은 속도로 달리기 시작했다.

당연히 벽과 접촉한 상태로, 그것도 곳곳에 얼음의 요철이 있는 벽면을 미끄러지는 바텐카이토스는 저항하지 못한다. 그 대미지는 심대, 파괴적이다.

"끼, 까아아아아아악——!"

"야야, 이 정도로 아우성치지 마. 이러면 이야기가 안 되지. 이런 건 내 시대에는 아직 애들 장난도 못 된다고. 요즘 어린 것들은 지저분하기만 한 게 아니라 빈약해지기도 했구만, 어이, 어이, 어이, 인마!"

따분한 듯 내뱉으며 발을 멈춘 레이드가 그 자리에서 날렵하게 반회전.

교체하며 처박은 왼쪽 뒤돌려차기, 그것이 바텐카이토스의 빰따귀에 호쾌하게 꽂혀 작은 체구를 고무공처럼 날려 버렸다.

바텐카이토스가 심상치 않은 기세로 낙법도 취하지 못한 채 바닥에 튕긴다. 고속회전하며 피를 뿌리던 대죄주교는 우뚝 서 있는 에밀리아와 율리우스 사이를 지난 끝에 스바루와 베아트리스 옆을 튕기면서 통로 안쪽으로 굴러갔다.

그대로 대(大) 자로 엎어져 나뒹구는 모습에는, 직전의 위세가 조금도 없다.

죽은 게 아닐까, 그런 생각마저 든다.

"저 녀석, 에밀리아랑 율리우스가 둘이 덤볐는데 고전하던 강적, 맞지?"

"……그게 틀림없어. 다만 그 이상으로 저치가 파격적일 뿐인 것이야. 그러니까 경우에 따라서는 상황은 더 나빠졌다고 할 수 있어."

스바루와 손을 꼭 잡은 베아트리스가 후방에 쓰러져 움직이지 않는 바텐카이토스가 아니라, 전방의 레이드를 경계했다. 그것은 에밀리아와 율리우스도 마찬가지다.

이미 전황은 대(對)『폭식』전이 아니라, 새로운 강자와의 전투로 변해가고 있다.

그런 와중에도——.

"저 아이를 무찔러 줘서, 엄—청 고마워……라고, 화해하는 거면 안 돼?"

에밀리아가 맨 처음 레이드에게 우호적으로 말을 걸었다. 그녀다운 평화로운 요청에 레이드는 고개를 내젓고 어깨를 으쓱인 뒤 바닥을 찼다.

육체의 3단 활용으로 요청을 쳐내고는 머리를 벅벅 긁는다.

"항, 긴장 빠진 소리 하지 마라, 인마. ……근데, 뭐냐, 인마. 완전 새끈하잖아, 어떻게 된 거야, 장난 아니네! 겁나 새끈이잖아! 왜 이딴 데 있냐, 인마. 이런 상황에 뭐 하고 있어. 이따위 모래투성이 영문 모를 곳에서 놀지 말고 오늘 밤 술이나 따라 봐라, 인마."

"저기, 이것도 두 번째인데……."

"——안타깝지만, 이분은 당신의 술자리에 함께할 수 없다. 왜냐하면."

"오?"

"환영인 당신에게, 안식의 밤은 찾아오지 않기 때문이다."

품위 없는 발언을 가로막듯이 기사검을 들고 앞으로 나선 남자가 한 명——율리우스가 에밀리아를 감싸듯이 레이드와 대치해 검기와 시선을 날카롭게 세웠다.

그 노란 두 눈을 정면으로 본 레이드가 살짝 표정을 바꾸었다.

"……뭐야, 인마. 조금은 낯짝이 나아졌잖냐. 뭐 좋은 일이라도 있었냐, 인마. 여자냐. 여자지, 인마."

"여러 가지로 마음가짐에 영향이 미친 일이 있었음은 부정하지 않겠다. 여성의 포옹이 상처받은 마음을 치유할 때가 있다면, 가차 없는 벗의 질타가 대신할 때도 있지."

"빙빙 둘러 가는 자식이라는 점은 안 변했구만. 뭔 소리를 하고 싶어?"

"즉, 지금의 내가 이렇게 검을 쥐는 것은, 친구 덕분이라는 말이다——!"

그렇게 응수한 다음 순간, 율리우스는 날카롭게 발을 내디딘 즉시 기사검을 쳐올려 눈을 의심할 만큼 아름다운 궤적을 칼끝으로 그리며 레이드의 목을 향해 일격을 날렸다.

"————."

그 선택은 최적의 해답이다. 여유작작한 태도로 있는 레이드, 그 기선을 제압하려는 의도는 이 초대 『검성』을 공략하는 데에 적절한 일격이었다고 단언할 수 있다.

문제는——.

"——인마, 여유작작이라는 게 무슨 뜻인지 아냐? 그건 말이지, '뭘 하든 여유롭게 감당하니 무슨 수작 부려도 관계없단다, 바보야' 라는 뜻이다."

——율리우스의 선제공격을, 레이드가 손에 든 두 개의 젓가락으로 잡아냈다는 점이다.

터무니없는 기량, 마치 미야모토 무사시의 일화 같다. ——아니, 아무리 미야모토 무사시라도 적의 검을 젓가락으로 막아 내는 짓까지는 하지 않는다.

"크, 윽……."

"뭐, 나쁘지는 않은 것 아니냐? 상대가 나만 아니었으면 맞아 주기야 해 줬겠지. ――그럼, 간다."

찌르기가 막혀 신음하는 율리우스에게로 레이드가 상어처럼 웃었다.

곧장 레이드는 젓가락을 하나씩 양손에 잡고, 칼끝을 떨쳐냄과 동시에 파고들어 젓가락질을 날렸다. ――충격이 기사검을 정면으로 타격하고 경쾌한 소리가 울려 퍼진다.

"――――."

가늘뿐더러 검과 비교할 여지도 없이 길이가 짧은 나무막대기지만 레이드라는 달인의 손에 잡히자 실제 치수 이상의 흉기로 변해 파괴를 쏟아 냈다.

경쾌한 소리가 맹렬하게 울린 직후, 발생한 충격파에 율리우스의 머리카락과 옷이 펄럭이며 통로 전체의 빙결된 부분을 단숨에 깨트려 나간다.

――그야말로 규격외, 비상식, 세계의 버그라고 할 비정상의 화신.

그 역량을 여러 차례 목격했음에도 새삼 실물을 보자 스바루는 말문을 잃었다.

이런 괴물이 세계에 존재한다는 사실과, 이 괴물을 넘어설 것을 탑의 공략 조건으로 집어넣은 설계자의 악마적으로 악랄한

심보에 구역질까지 났다.

하지만――.

"――흐음, 진심으로 살짝 감탄했다."

그 젓가락의 일격에, 레이드의 전력이 얼마나 담겼었는지는 알 수 없다.

그러나 레이드는 그 일격조차 받아 내는 사태가 예상 밖이었는지 젓가락질을 온몸으로 받아 흘린 율리우스의 전의를 칭찬했다.

그 말에 입 끝에서 핏방울을 흘리던 율리우스는 눈을 가늘게 떴다.

"여하튼 내가 당신을 이기지 못하면, 우리 계산이 꼬인다고 하니까."

"이길 심산이냐, 잘 짖는데."

"그렇겠지. 하지만 어울려 줘야겠어!"

그 순간, 율리우스의 검격이 번뜩이고, 그것을 레이드가 두 젓가락으로 거칠게 받아 흘렸다.

검의 기세를 흘렸다고 율리우스의 자세가 허우적――거리는 일은 없다. 율리우스의 기사검은 그 쳐내기조차 고려했다는 듯이 선회해 일절 시간 지연 없이 다음 일격으로 검광을 연결했다. 그 뒤에도 그 공세는 연속된다.

유려하고 한 치의 낭비도 없는, 물 흐르듯이 세련된 검무가 시작되었다.

――레이드의 검세가 화염이라 치면, 율리우스의 검세는 그

야말로 흐르는 물 같다.
단순한 궁합으로 따지면 물은 불을 끄겠지만, 화염의 기세가 강하면 그야말로 달군 쇠에 물 붓기라는 격언대로 물은 단지 증발해서 무의미해질 뿐.
아마도 대다수 유수의 검사는 레이드의 화염 같은 검세에 증발당하리라.
하지만 적어도 이 순간, 율리우스는 자신이 말라붙어 사라질 것을 두려워하지 않으며 레이드에게로 굳건한 공격을 퍼붓는다.
그리고──.
"상대가 율리우스만이라고는 생각하지, 마!"
"항! 까먹지 않았어, 겁나 새끈이! 너는 까먹기에는 얼굴이 너무 좋다고!"
"칭찬해 줘서 고마워! 하지만 정말로 기억해 주고 있는 건 한 명뿐이니까!"
레이드와 율리우스의 검무에, 얼음으로 된 무장을 산더미처럼 떠안은 에밀리아가 합류했다.
이로써 레이드는 젓가락 하나를 율리우스에게, 다른 하나를 에밀리아에게 겨누었다. 그것 가지고 대책이 되겠느냐는 범용한 가치관을 레이드의 무력은 모조리 분쇄한다.
유수와 화염의 검무에 빙결이 끼어들어 전장의 향방이 다시 선명하게 변모한다.
검무의 배우를 한 명 변경해 바텐카이토스 대신에 레이드가 적이 되지만, 에밀리아와 율리우스의 어색한 연계는 지속──

아니, 그것도 변한다.

적이 강해졌기 때문인지, 아니면 잠깐 사이에 두 사람이 자신들의 전투법을 맞대어 수정한 것인지, 왠지 모르게 맞지 않던 호흡이 맞으며 불확실한 연계가 확실한 연계가 된다.

"율리우스가, 에밀리아에게 맞추고 있어."

"알아보겠어?"

"성격적인 궁합도 있는 것이야. 에밀리아의 과감성이 좋아지고, 율리우스가 어울리지 않는 움직임을 보이고 있어. 아마, 에밀리아가 맞출 마음을 잃은 게 정답일 테지."

"엄청 그럴싸한 코멘트."

하지만 그렇게 해서 잘 풀린다면 그 판단이 정답일 것이다.

결국 에밀리아는 철저히 방임하며 마이페이스를 관철하는 편이 성미가 맞으며, 율리우스는 알기 쉽게 타인의 움직임에 맞추면서 자신을 꾸미는 게 특기다.

"핫하! 좋아, 좋다고, 너희! 나도 즐거워지기 시작했잖냐!"

"야얍! 차앗! 히얍! 얍얍얍!"

둘의 맞물린 연계를 레이드가 유열과 함께 쳐내며 크게 웃었다. 에밀리아가 긴장 풀리는 기합성과, 그 기합성에서 펼쳐지는 것 같지 않을 만큼 살상력이 높은 일격을 퍼붓고 있지만 결정타가 되지는 못한다.

물과 불과 얼음이 아름답게 어우러진 환상적인 검무.

마치 정말로 춤의 한 대목이라고 착각해버릴 만큼 아름다워서——.

"——샤아아아아아!"

따라서 거기에 끼어드는 불협화음의 존재는 눈에도 귀에도 이물질이 되어 새겨졌다.

"저 자식……!"

삼자가 공방을 펼치는 공간에 라이 바텐카이토스가 서슴없이 끼어들었다.

레이드의 발차기를 맞은 즉시 반죽은 상태로 나뒹굴고 있었을 소년. 그 소년이 일어나서 기가 막히게도 피해 따위 없다는 것처럼 전장에 참전했다.

바텐카이토스는 두 손의 손목에 묶은 단검을 휘두를 뿐만 아니라 짧은 팔다리를 요령 있게 구사한 전투 기술까지 섞어 잇달아 치명적인 공격을 삼자에게 날렸다.

그 공격을 에밀리아와 율리우스, 그리고 레이드는 각각 거추장스러운 듯 막았다.

"꽤 미련이 넘치는군, 대죄주교!"

"핫하! 나들을 따돌리고 즐기겠다니, 그런 성격 고약한 짓은 그만두지그래, 형님! 만날 만날 독차지야? 치사한걸, 정말!"

"레이드! 보면 알잖아! 여기서 우리끼리 싸워 봤자 어쩔 수 없어! 도와주거나, 최소한 얌전히 있으라니깐!"

"말귀를 못 알아듣는 여자군, 겁나 새끈이. 난 지금, 그럭저럭 즐기고 있다고? 하늘에서 별님이 떨어져 내려도 내 생각은 굽힐 수 없어!"

네 명이 장렬하게 공격을 주고받으며 각자의 의지를 부딪친다.

그것은 결코 쉽게 접근할 수 없는, 알기 쉬운 타협점에 다다를 수는 없는, 피 냄새와 떼어놓을 수 없는 투쟁의 광경이다.

누가 유리하고, 불리하며, 우위이고, 열세인지, 외부에서 판단하기는 어렵다.

가능한 것은, 최소한 아군의 승리를 비는 것뿐, 하지만――.

"――윽."

"스바루?!"

그렇게 답답한 마음으로 전황을 방관할 수밖에 없던 스바루가 가슴을 움켜쥐며 제자리에 무릎을 꿇자 베아트리스가 놀랐다.

베아트리스가 고개 숙인 채 괴롭게 숨을 쉬는 스바루의 어깨를 만지며 그 얼굴을 들여다보았다.

"스바루, 스바루! 왜 그래. 무슨 일이 있었던 것이야!"

"……아니, 이건, 뭐, 지?"

"스바루?"

베아트리스의 필사적인 부름에 스바루는 자기 가슴을 잡고 연거푸 눈을 깜빡였다.

속이려 하거나 얼버무리려는 의지는 전혀 없다. 그저 스바루도 모르겠다. 기묘한 이상, 위화감―― 믿기 어려운 열이 가슴속에 발생하고 있다.

심장이 터질 만큼 맥동하고, 온몸에 흐르는 피 한 방울까지도 무언가를 호소하는 듯한, 미처 처리할 수 없는 무시무시한 감각이 뇌에 새빨간 경종을 울리고 있었다.

"――――."

모르겠다. 지금, 자신의 몸에 무슨 일이 일어나는지.

이것은, 여태까지의 루프 중에도 일어나지 않았던 현상이다. 모종의 지병, 혹은 마법 같은 것에 간섭을 받은 것인가.

자기 안에 없는 지식까지 총동원해서 최악의 가능성을 찾아 고개를 가로저었다.

아니다. 이것은 아마도, 나쁜 것이 아니다. 경종은, 이 이변을 전하고 있는 것이다.

"하, 아……."

숨을 깊게 내쉰다.

직전까지 스바루의 뇌리를 태우던 것은 눈앞에서 레이드와 바텐카이토스의 공방을 펼치는 에밀리아와 율리우스의 걱정, 만이 아니었다.

상황상 우두커니 서서 지켜볼 수밖에 없는 무력한 자신.

그런 상황에 있어서 스바루의 뇌를 태운 것은 이러고 있는 중에도 진행되고 있는 가능성이 높던, 다섯 개의 장애—— 그중 남은 두 개의 장애였다.

눈앞의, 에밀리아와 율리우스의 분투 뒷면에서 아직껏 탑을 붕괴시키려는 가능성에 대한 대처를 고민한 순간, 이 가슴은 뜨겁게 뛰며 스바루의 무릎을 꿇린 것이다.

쿵쾅쿵쾅, 강렬하게 뛰는 심장.

그 심장 소리에 의식을 겹치면서 스바루는 천천히 호흡하고 눈을 감았다. 자연히 그래야 한다고 느꼈다. 그에 따라서 눈을 감았다.

"————."

그런 스바루의 모습을 본 베아트리스가 부르는 목소리를 멈추었다.

아마도, 베아트리스도 확신은 없었을 터다. 하지만 그렇게 해주었다. 눈치가 빠른 동료를 두어서 스바루는 행운아다.

그리고 그런 스바루의 눈꺼풀 뒤에서 기묘한 감각이 샘솟았다.

——그것은 어렴풋한 암흑에 떠오르는 아련하고 흐릿한 빛이었다.

"——?"

아련히, 따뜻하고 흐릿한 빛.

그것은 스바루 바로 옆에 하나 있으며, 조금 거리를 두고 정면에 두 개 있다. 더욱 신기하게도 스바루에게는 그 빛이, 돌아보지도 않은 뒤쪽 방향에도 있음을 알 수 있었다.

뒤쪽, 그쪽에 한꺼번에 네 개나 뭉쳐서 빛이 있다. 거기서 크게 떨어진 곳에 하나 있으며, 그리고, 그리고, 그리고——.

——또 하나가, 바로 머리 위에 임박했음을 알 수 있었다.

"——베아트리스!"

"히약!"

어째선지 스바루는 그 감각을 망설임 없이 믿으며 베아트리스에게 뛰어들어 그 자리로부터 벗어났다.

스바루는 가벼운 소녀의 몸을 품속에 껴안은 채 주저 없이 돌바닥을 구르고—— 순간, 작열이 오른쪽 허벅지를 스치는 감각에 비명을 질렀다.

"꺼, 끄어어어어!"
그 작열이 다리에 입은 열상(裂傷)에서 왔음을 즉시 깨달았다. 아마도 깊이 찢어졌을 다리 상처에서 의식적으로 눈을 피한 스바루는 베아트리스를 안은 채로 뒤돌아보았다.
그리고 아픔과 눈물로 흐려진 시야를 억지로 뜨고는, 보았다.
"올 줄, 알았지, 이 망할 전갈……!"
저주스럽게 내뱉는 스바루의 정면에 나타난 것은 이 또한 두 번째 해후가 되는 거대 전갈── 검은 갑각과 붉은 광점 같은 눈동자를 가진 전갈이 그 다각을 활용해 벽을 기면서 스바루 일행을 내려다보고 있었다.
"──아."
그 끔찍한 거구를 앞두고 베아트리스가 눈을 크게 떴다.
그 시선이 향한 곳에 스바루의 다리를 깊이 뜯어낸 전갈의 집게가 있었다. 전갈은 그 집게 끝부분에 잔인하게 뜯긴 스바루의 살점을 끼우고 다량의 피를 통로에 떨어뜨렸다.
──염려하던, 거대 전갈의 난입.
극복해야만 하는 다섯 개의 장애가 여기 한곳에 집중된다.
"────."
상황 악화를 이해한 스바루는 아파서 붉게 달아오른 사고로 활로를 찾아내려고 했다.
하지만 상황을 어째야 세계가 바뀔지, 그 비전이 전혀 보이지 않는다.
바텐카이토스가 있고, 레이드가 있고, 거대 전갈까지 나타나서.

모처럼 마수 대군을 메일리와 샤울라가 막아 주고 있어도 이래서는 다른 곳에 손을 쓰지 못했다. 이래서는, 안 된다.

이 방법으로는 안 되는 것이다. 좀 더, 이게 아닌 방식을——.

"——스바루!" "스바루!" "스바루!!"

이를 가는 스바루의 고막에 세 명의 목소리가 들렸다.

베아트리스의 비통한 목소리가, 율리우스가 긴박한 목소리가, 에밀리아의 호소하는 목소리가 저마다 스바루를 부르는 게 들리고, 그리고.

바텐카이토스가, 레이드가, 거대 전갈이, 각자 움직인다.

나츠키 스바루 일행의 행동을, 앞길을 막듯이. 그러나 그보다 빨리——.

——어마어마한 기세와 충격을 동반하며 탑 전체가 거세게 흔들리고 굉음이 울려 퍼졌다.

바닥에 쓰러지던 스바루의 몸이 진동에 펄쩍 튀어 오른다. 공방을 펼치는 에밀리아와 율리우스가 날아가 버린다. 거대 전갈의 감각마저도 짓뭉개지고, 세계가 찌그러진다.

바로 옆의 조그만 몸이, 마치 스바루를 지키려는 듯이 안겨들었다. 그, 부드러운 몸을 마주 안은 스바루는 충격 속에서 눈을 부릅떴다.

「——사랑해.」

——그 순간, 그저 맹목적인 사랑만을 품은 어둠이 스바루를

집어삼키려 들었다.

5

——순간, 세계 전체가, 흑과 백이, 빛과 그림자가, 남자와 여자가, 사랑과 증오가 뒤집히는 충격과 감각이 있고, 나츠키 스바루는 윤회한다.

"——스바루."

부르는 소리, 그것을 더듬듯이 스바루는 목소리 주인을 끌어안았다.

그 즉시 "으햐앙!" 하는 비명이 터지고 품속에서 바동거리는 몸이 당황하며 스바루의 얼굴을 올려다보았다. 그것은——.

"베아, 트리스……."

"그, 그래! 갑자기 놀랐어. 딱히, 싫다는 것은 아닌 것이야. 단지 책에서 돌아온 직후라 걱정되어서…… 하지만 베티의 이름을 처음에 불러 주어서 안심했어."

"————."

품속의 베아트리스가 스바루를 향해 중얼중얼 말했다. 그 목소리를 들으면서 스바루는 두리번두리번 자기 주위를 둘러보았다.

무슨 일이 있었던가. 바로 직전까지 자신은 통로에 쓰러져 있었고 다리도 다쳤는데, 그대로 그 검은, 검은, 어둠 속으로——.

"……서고?"

"일단 잠이 덜 깼는지 그렇지 않은지, 그 점만이라도 분명히 해 주면 우리도 방도가 있겠는데, 나츠키."

대량의 서고에 둘러싸인 스바루가 멍하니 주위를 둘러보고 있으려니 그런 목소리가 날아왔다.

쳐다보자 연자색 머리를 쓸어 넘기며 쓴웃음 지은 에키드나가 보였다. 그녀의 등 뒤에는 서가에 기대어 "이제야 일어났네에." 하고 턱을 괴는 메일리도 있었다.

"와, 와와! 스바루! 스바루, 왜 그래! 역시, 몸 상태가 이상해진 것이야? 책 속에서 무엇을 봤는지, 말할 수 있어?"

"아아, 아니, 응. 그것도 해야만 하지만……."

스바루는 베아트리스의 여린 몸을 꼬옥 껴안아 온기를 만끽했다.

그리고 인정할 수밖에 없는 현실을 인정했다.

——돌아왔다. 이 순간으로.

다섯 개의 장애를 극복하려는 시도에 실패해 스바루는 이 순간으로 되돌아왔다고.

제5장 『부조리한 검의 철퇴』

1

——『사망귀환』했다. 맨 먼저 그 사실을 깊이 받아들인다.

플레아데스 감시탑을 덮친 다섯 개의 장애, 그것들에 대한 대처가 때늦어 마지막에는 탑 그 자체와 동반자살하는 모양새로, 그 무시무시한 검은 그림자에 모든 것이 망쳐졌다.

그리하여 생명은 스러지고 『사망귀환』으로 다시금 기회를 얻은 스바루——. 하지만 이번 『사망귀환』은 여태까지와는 성질이 다르다.

왜냐하면——.

"——리스타트 시점이, 지금까지와 달라졌어."

다섯 번째의 『죽음』, 그것 자체도 크게 한탄할 사항이지만 가장 큰 문제는 그 생명의 재개 지점 변경—— 레이드의 『사자의 서』, 즉 『기억의 회랑』에서 귀환한 직후로 변경되었다.

"————."

세이브 지점의 변경은 예상하던 사항이기는 했다.

기억을 잃기 전의 『나츠키 스바루』도, 똑같이 『사망귀환』을 구사하고 있었을 터다. 그렇다면 기억을 잃은 직후부터 시작되는 지금까지의 개시 지점은 명확하게 이질적.

모종의 형태로 세이브 지점이 갱신되지 않는 한, 녹색 방에서 재출발하는 건 있을 수 없다.

그렇기에 세이브 지점의 갱신 자체에는 놀라지 않는다. 문제는——.

"최악의 상황 직전에 돌아와서, 잔재주를 부릴 만한 시간이 거의 없어……!"

『기억의 회랑』에서 귀환한 직후라는 말은, 이미 다섯 개의 장애는 진행 중—— 엉덩이 밑에서 희미하게 느껴지는 진동은 탑에 육박하는 마수 웨이브의 증거다.

그 말은 즉, 그만큼 제한 시간이 짧게 설정되었다는 말이나 다름없다.

마수의 웨이브, 레이드 아스트레아, 의문의 거대 전갈, 두 명의 『폭식』과, 탑을 집어삼키는 흉악한 그림자, 그것들에 대처하기 위한 시간이, 시간이, 시간이——.

"——진정하는 것이야!"

"아흐악!"

볼을 때리는 강렬한 충격이 수렁에 빠지려던 스바루를 되돌렸다. 베아트리스가 두 손 사이에 스바루의 뺨을 세게 끼운 채 동그란 눈으로 곧게 바라보고 있었다.

베아트리스는 스바루의 뺨을 짓누르며 숨결이 닿을 거리에서 말을 이었다.

"책 속에서 무슨 일이 있었는지 얘기해, 스바루. 제대로 얘기하고 같이 생각하자. ――그것이 우리의 강점인 것이야."

"――――――――."

혼란과 후회에 지배당하려던 사고가 베아트리스의 말로 맑아지기 시작한다.

그렇게 사고가 맑아지면 혼란과 후회 너머에서 맞서야 할 적이 뚜렷하게 보인다. 동시에 떠오르는 것은 자신이 직전에 드러낸 꼴사나운 심경.

불과 얼마 전에도 제자리걸음하는 스바루를 북돋아 주던 질타가 있었는데――.

"―― '일어나요'."

"응?"

"아니, 재확인한 거야. 나는, 얼마나 진보가 없는 바보 자식이냐고 말이지."

그렇게 대꾸한 스바루는 눈이 동그래진 베아트리스를 안은 채로 일어났다.

서고에 있는 것은 에키드나와 메일리, 다른 멤버가 어디서 무엇을 하고 있는지는 대강 알고 있다. 그녀들이 지금 어떤 곤경에 처해 있는지도.

그렇기에――.

"짤막하게 간다. 『사자의 서』에서 레이드의 기억을 보는 건 실패했다. 훼방꾼이 끼어들었어. 책은 오드 라그나라는 존재가 있는 데로 이어졌고, 거기서 성가신 녀석과 맞닥뜨렸어."

스바루의 빠른 설명에 세 명이 당황한 듯이 눈을 크게 떴다.

그런 식으로 일행의 마음이 따라잡을 시간을 주지 못하는 것을 속으로 사과하면서, 스바루는 결정타가 될 한마디를 덧붙였다.

그것은——.

“——『폭식』의 대죄주교, 루이 아르네브가 우리에게 선전 포고했어.”

2

“그건 그렇고, 이런 동쪽 끝까지 와서 또 대죄주교인가. 갈수록 나츠키와 그들 사이에는 끊으래야 끊을 수 없는 인연이 있다고 보이는걸.”

이는 스바루의 설명을 다 들은 에키드나가 중얼거린 이유였다.

그 말투로 보아, 스바루가 관계된 대죄주교는 『폭식』 단독이 아닌 모양이다. 아마도 일곱 명 있을 대죄주교, 그중에서 가장 최악인 종류라고 여기고 싶지만——.

“스바루를 둘러싼 악연을 한탄하는 건 일단 뒤로 미루지. 필요한 것은…….”

“그래, 우선 샤울라의 지원이야. 메일리, 부탁해도 될까?”

율리우스의 말을 받아서 스바루가 탑 밖에서 밀어닥치는 마수의 웨이브—— 이에 대응하는 샤울라와의 공동전선을 메일리에게 맡겼다.

『타이게타』의 서고에서 나눈 대화를 신속하게 마무리 짓고, 3층에 궁지를 알리러 돌아오는 중이던 율리우스와 합류한 차다. 율리우스가 품은 초조의 원인이 마수 무리에 있다고 알고, 스바루의 요구를 받은 메일리가 "흐응?" 하고 소악마 같은 웃음을 지었다.

"오빠도 차암, 잘난 척하더니 금방 나한테 의지하다니 한심해애. 하지만 솔직하게 말했으니까 지금은 맡아 줄게. 감사해 주라아."

"물론, 엄청 감사하지! 사랑해!"

"싸구려 같아……."

스바루의 사랑 고백에 메일리는 넌더리 내는 표정으로 마수 대처를 쾌히 승낙. 내키지 않는다는 태도지만 메일리 딴에 쑥스러움을 감추려는 행동임은 숨겨진 발코니로 달려가는 등을 보면 일목요연하다.

이걸로 다섯 개의 장애 중 하나는 클리어. 남은 건——.

"스바루, 메일리 양을 혼자서 보냈잖아. 무언가 노림수가 있을 테지."

"이해가 빠른 녀석이군. 『폭식』이 와 있다는 얘기는 한 직후겠지."

"——그래. 너의 어젯밤 『기억』을 빼앗은 것도, 여럿 있는 가운데 한 명이라고. 그렇다면 너는 나에게 설욕할 기회를 주겠다는 말인가?"

『폭식』과의 인연을 가진 율리우스가 허리의 기사검을 만지며 목소리를 낮추었다.

그의 힘이 필요한 것도, 설욕을 해 주어야만 하는 것도 사실이다. ——단, 스바루가 율리우스에게 맡기고 싶은 적은 『폭식』이 아니다.

"그렇지, 복수전을 달성해 줘. 근데 그 상대는 『폭식』이 아니야."

"뭐? 하지만 이 상황에서 『폭식』보다 우선할 상대는……."

"——레이드가 내려온다. 그 녀석의 난입을, 네가 막아 줬으면 해."

"————."

그 이름을 듣자마자 경악이 율리우스의 미간에 주름을 새겼다.

율리우스에게 인연의 상대라는 의미로는 『폭식』에 필적하는 인물의 이름이다. 그것도 본래라면 이 상황에 있을 수 없는 행동을 취할 규격외의 존재.

"이 야단법석 속에 가장 바라지 않는 짓을 할 녀석인 것이야. 그 녀석이 나오면 산통이 다 깨질 거라는 건 베티도 동감해."

"나도 같은 의견이야. 하지만 그 남자가 탑 안을 자유롭게 나다닌다는 건 믿기 어렵다……기보다 믿고 싶지 않은 정보인걸. 나츠키, 그 정보의 출처도?"

"——그래. 『폭식』에게서 들은 이야기야."

스바루는 한순간 망설였다가 에키드나의 질문에 당당히 거짓말했다.

실제로 레이드의 행동에 『폭식』은 아마도 관여하지 않았다. 그것은 양자가 격돌하고 바텐카이토스가 참패한 경위를 보아도 명확하다.

따라서 스바루가 여기서 거짓말한 것은 『사망귀환』을 경유하지 않으며 동료가 정보를 믿도록 하기 위한 고육지책. ——『사망귀환』을 동료에게는 밝힐 수 없다.

——어째서 그렇게 생각하는지, 스바루 본인도 근거는 설명할 수 없었지만.

“————.”

“율리우스, 현재 보이는 위협에서 너를 떼어 놓고 잠재적인 위협 쪽으로 보내는 데에 저항감이 있는 건 나도 마찬가지야. 하지만 나츠키의 말은 무시할 수 없어.”

내면에 걸리는 것을 느끼는 스바루 옆에서 에키드나가 레이드의 존재를 경계하는 의견에 찬동한다. 그 말에 율리우스도 “알고 있어.” 하고 끄덕였다.

“이 상황에 이르러 스바루의 말을 진지하게 받아들이지 않는 우행은 못하지. 솔직한 말을 하면 나 자신의 원수이기도 한 『폭식』과 싸우지 못하는 건 분해. 하지만——.”

거기서 말을 끊은 율리우스의 노란 눈이 스바루를 바라보았다. 그 시선을 받은 스바루는 깊이 끄덕여 율리우스의 각오를 긍정했다.

“아까도 말한 대로야. ——레이드 아스트레아는, 너밖에 맡길 수 없어.”

“……내가 이기지 못하면 계산이 꼬인다고 그랬지. 나 원, 더없이 유혹적인 권유문이군.”

계산이 꼬여 톱니바퀴가 어긋나면 터무니없는 비극으로 직결된다.

진지한 스바루의 검은 눈에서 그 미래를 엿보았는지 율리우스는 깊이 탄식했다.

"약속하지. 레이드는 내가 맡겠다. ——하나 만약 그 남자가 2층에서 움직이지 않는다면 그쪽에 합류하겠어. 이견은?"

"없어. 레이드가 나다니지 않고 네 손이 빈다면 더할 나위 없지. 판단은 너에게 맡기겠지만 레이드에게 이기는 것도 네 역할이라고."

"알았다고 해 두지. 에키드나, 베아트리스 님, 뒷일을 맡기겠습니다."

"나한테 맡겨라……."

자신이 아니라 다른 두 명에게 맡기는 발언에 스바루가 얼굴을 구기자 율리우스는 아니꼬운 웃음을 남기고 그대로 바람처럼 2층으로 가고자 망토를 휘날렸다.

그 등을 지켜보던 스바루가 뒤돌아선 순간.

"네가 확신을 얻은 방법에 관해서는 깊이 묻지 않겠어. 나와 율리우스의 신뢰를 배신하지 않는다면."

에키드나의 귀엣말에 스바루는 가볍게 숨을 죽였다.

당연하지만 사려 깊은 그녀는 『폭식』과 레이드의 관계성이 낮기에, 그 『검성』이 탑 안을 활보하기 시작한다는 정보의 출처에 의심을 품고 있다.

그래도 에키드나가 그 허점을 지적하지 않는 것은 스바루의 지금까지 언동에 일정한 신뢰를 두고 있기 때문이다. ──그 믿음에 부응해야만 한다.

"──으."

그렇게 생각한 순간에 스바루는 자신의 가슴속에 타들어 가는 열을 느꼈다.

전회차 루프 마지막, 그림자에 삼켜지기 직전에도 느낀 기묘한 열이었다. 심장 고동이 빨라지며 목이 마르는 초조에 내몰려 눈을 감는다.

눈꺼풀 뒤에 떠오른 것은 옅게 덧없게 일렁이는 빛── 그것은 스바루의 품속과 바로 옆, 그리고 통로 아득히 앞에 뜨문뜨문 보였다.

"스바루?"

"──괜찮아. 우리는 우리대로 에밀리아 쪽과 합류하겠어! 서두르자!"

굳어진 스바루의 옆얼굴을 들여다보는 베아트리스. 스바루는 그녀에게 고개를 내젓고 그 손을 끌어다가 에밀리아와 합류하고자 발을 서둘렀다.

──아니, 엄밀히 따져 서두른 것은 에밀리아와의 합류가 아니다.

왜냐하면 이 시점에서, 이 통로를 나아가 맞닥뜨리는 사람은 에밀리아가 아니라──.

"──바루스! 일어났구나!"

"람!"

통로 앞에서 뛰쳐나온 것은 조금 전과 같은 조합── 파트라슈 등에 타서 렘을 안고 있는 람이다. 그녀는 날렵하게 파트라슈의 등에서 뛰어내리고 그 고삐를 스바루에게 던졌다.

"일어나는 게 늦어! 렘을 맡길게! 다치게 하거나, 이상한 데 만지면 용서 못 하니까 죽을 마음으로 지켜. 람은──."

"잠깐 잠깐 잠깐, 여러 가지로 빨라! 말은 이해하겠지만 진정해! 너는……."

"『폭식』의 대죄주교가 와 있어! 에밀리아 님께서 응전하고 계시지만 상황이 불리해. 당장에라도 람이 돌아가지 않으면 늦어 버려!"

"────."

그때, 스바루의 가슴에 오간 감정은 복잡했다.

싸우러 가려는 람에 대한 우려, 증오스러운 바텐카이토스의 존재를 확신한 분노, 그러나 가장 큰 것은 람이 에밀리아의 이름을 불렀다는 사실에 대한 안도다.

지금까지의 길을 서두른 가장 큰 이유는 에밀리아가 바텐카이토스에게 『이름』을 먹히는 사태의 저지와, 그에 따른 람의 전선 이탈을 막는 것이었다.

그것이 이루어졌다는 확신을 얻은 스바루는 받아든 고삐를 에키드나에게 떠넘겼다.

"에키드나! 렘과 파트라슈를 안전한 곳으로 부탁해! 발코니와 2층은 안 돼! 녹색 방도 지금은 접근할 수 없어. 아마 『타이게타』가 제일 나을 거야!"

“나츠키, 너는?!”

“나랑 베아트리스는 람과 같이 대죄주교한테 간다!”

고삐를 맡아 놀란 에키드나가 스바루의 지시를 듣자 눈을 크게 떴다. 그사이, 스바루는 파트라슈의 목을 어루만지고 그 등의 렘을 눈에 새겼다.

“아까 네가 말했지. 신뢰를 배신하지 말라고. 나도 같은 말을 너에게 부탁한다. 렘을 맡기겠어. 이 아이는 『나츠키 스바루』에게 빠트릴 수 없는 아이야.”

“……묘한 표현을 하는군. 너도 나츠키 스바루일 텐데.”

“……너라면 살짝, 내 마음을 알 수 있을지도 모른다는 기대도 한다고.”

임시 육체에 깃든 에키드나의 목적은 그 몸을 본래 주인에게 돌려주는 거라고 들었다. 그것은 어떻게 보아 지금의 스바루와 『나츠키 스바루』의 관계와 가까운 것이다.

그런 스바루의 말을 들은 에키드나가 퍼뜩 정신이 든 표정을 지었다.

“나츠키, 설마 너는…….”

“——부탁하자.”

에키드나의 말이 전부 나오기 전에, 스바루는 일행을 남기고 달리기 시작했다.

함께 데려가는 것은 스바루를 혼자만 둘 수 없다고 벼르는 베아트리스, 그리고 앞서 달려 나간 람 두 명뿐. 람이 힐끔 스바루를 돌아보았다.

"왜 온 거야, 바루스. 렘은……."

"렘은 자신에게 상관하기보다 할 일을 하고 오라더라! 책 속에서 설교받았어!"

"——! 렘에게? 무슨 소리야?"

옆에 나란히 달리는 스바루의 말에 람이 연홍빛 눈을 동요로 떨었다. 다만 『기억의 회랑』에서 있던 사건을 시시콜콜 자세히 설명할 여유는 없다.

그러니까 스바루는 가장 중요한 사실만 짤막하게 전했다.

"렘은 싸우고, 되찾고 오라더군. 그러니까, 나도 같이 간다!"

"물론, 베티도 있으니까 잊으면 안 돼."

"——지금은, 그걸로 됐어. 나중에 백 배로 캐물어 볼 거야."

"백 배라니 무섭네?!"

람의 경우, 그것이 농담으로도 들리지 않아 스바루는 전율했다. 그러나 중요한 사항은 아무것도 설명하지 못한 스바루에게 그 말만으로 끝마쳐 준 것은 그녀의 아량이었다.

그리고 그 태도는 그럴 필요가 있는 사태가 눈앞에 임박했다는 증거이기도 했다.

"——아이스 브랜드 아츠!"

다음 순간, 하얗게 얼어붙은 통로 앞에 얼음의 무장을 들고 춤추는 에밀리아의 등이 보였다. 그녀가 상대하는 것은 왜소한 몸집의 대죄주교, 라이 바텐카이토스——.

"에밀리아 님!"

람의 외침이 최악의 사태를 저지했음을 스바루에게 확신시켰다. 그와 동시에 이름이 불린 에밀리아는 "어, 람?!" 하고 동료를 알아챘다.

"왜 돌아왔니?! 그리고 스바루랑 베아트리스까지, 무사해서 다행이다……. 근데! 그래도 지금 엄—청 위험해! 물러나! 떨어져!"

"렘은 안전한 곳에 피난시켰습니다. 지금부터 람도 조력하겠습니다."

우려하는 에밀리아에게 대답한 람이 자신의 허벅지에 찬 가느다란 지팡이를 뽑았다.

소위, 마법사가 드는 이미지의 짧은 지팡이다. 언뜻 보아 아무 특이점도 없는 것으로 보이지만 람이 들면 기이한 압박감이 구체화된다.

에밀리아로부터 거리를 둔 『폭식』이 람의 참전 의지를 보고 비웃었다.

"핫하! 뭐야, 뭐야, 돌아와 버렸네, 언니! 어떡해, 사나이다워! 세상에 언니는 어쩜 그렇게 멋있나요? 진짜, 언니는 멋지세요!"

"——시끄러워. 죽여 주마, 대죄주교."

직설적으로 적의가 넘실대는 말을 던진 람이 바텐카이토스에게로 전진했다. 그 등에 스바루는 순간적으로 "이봐!" 하고 손을 뻗었다.

『폭식』이, 에밀리아와 율리우스의 콤비와 겨룰 수 있는 실력자임은 지난번 루프에서 판명되었다. 따라서 여기서 람의 폭주를 허용하면 에밀리아의 『이름』이 먹히지 않았다는 이점이 단숨에 뒤집힐지도 모른다.

그렇게 염려해 스바루는 람의 어깨를 잡으려 했지만——.

"——대체 누구한테 충고야, 바루스. 빠져 있어."

스바루의 손끝이 허공을 가른 것과 람의 모습이 사라진 것은 동시였다.

"허엇?!"

그때, 사라진 람이 나타난 곳은 바텐카이토스의 눈앞이었다.

미간에 들이댄 지팡이 끝을 보고 교차한 두 팔의 단검으로 막은 바텐카이토스가 눈을 부릅뜨며 쉿소리 같은 쾌재를 터트렸다.

"앗하하하, 방금 그거 진짜야?! 자기 발바닥에 바람을 만들다니, 그러고서 용케 발이 날아가지 않으셔. 보통은 무서워서 못 한다고, 그거!"

"보통 같은 하잘것없는 척도에 람을 끼워 맞추는 건 그만둬. 애초에."

"——엇?!"

"이걸로 끝인 줄 알다니, 람의 분노도 얕보였어."

말을 끊은 람의 눈동자가 가늘어진 직후, 지팡이 끝에 바람 칼날이 발생했다.

그 예조를 알아채 반사적으로 몸을 튼 바텐카이토스지만 늦었다. 발생한 바람 칼날이 공간을 둥글게 도려내며 『폭식』의 흉악한 낯짝에도 할퀸 자국을 냈다.

"끼, 까아아악!" 하고 비명과 함께 안면의 왼쪽이 찢긴 바텐카이토스가 궁색한 발길질로 람을 뒤로 쳐낸다. 하지만 그것도 계산한 바이다.

"나도 있으니, 까——!"

피를 흘리는 바텐카이토스의 등 뒤에서 얼음 대검을 든 에밀리아가 엄습했다. 람의 거리가 떨어진 만큼, 사정없이 풀 스윙을 갈기는 자세다.

예리함에 관계없이 일격에 전투 불능을 노린 위력이 바텐카이토스의 등에 육박하여——.

"——권왕의 손바닥."

"꺅?!"

풀 스윙 도중에 끼어든 검은 손바닥이 그 얼음 대검을 설탕 조각품처럼 부수었다.

예상 밖의 파괴에 자세가 무너진 에밀리아. 몸을 지탱한 발이 『폭식』의 뒷발질에 튕기고 비명을 지르는 미모의 아래위가 반전, 그 얼굴로 발끝이 솟구친다.

하마터면 에밀리아의 세계 제일로 귀여운 얼굴이 박살 나기 직전, 그때——.

"얼굴은 에밀리아 님의 몇 없는, 토 달 구석 없이 뛰어난 면이셔."

한 번 물러났던 람의 다리가 에밀리아의 안면을 노린 발끝을 위에서 짓밟았다. 바로 람은 왼팔의 팔꿈치로 바텐카이토스를, 오른손을 뻗어 에밀리아를 각각 대처해 바텐카이토스를 날려 버리고 넘어지는 에밀리아를 구해냈다.

"와, 차, 차…… 람, 고마워! 하마터면 땅바닥에 쿵할 뻔했어."

"조심하세요, 에밀리아 님. ……뭔가, 성가신 기술을 쓰는군요."

"응, 그런가 봐. 아까 손바닥, 뒷목이 엄청 찌릿찌릿했으니까."

"손바닥도 그렇습니다만……."

손을 맞잡고 바텐카이토스를 경계하면서 말을 주고받는 두 사람. 그 앞에서 바텐카이토스는 한순간에 10미터 가까운 거리를 벌리고 있었다.

그야말로 정녕코 눈 깜짝할 사이에 말이다.

"——『도약자』 도르켈의 축지."

"거창한 이름을 다 붙였어. 그냥, 이쪽저쪽 왔다 갔다 할 뿐인 재주잖아."

"아하하, 이게 말이 돼? 한 번 힐끔 곁눈질한 것만 가지고 본질을 파악하다니 반칙이 따로 없잖아."

바텐카이토스가 상처에서 흐르는 피를 혀로 핥아내면서 전율로도 감탄으로도 볼 수 없는 한숨을 흘렸다. 겉보기만큼 깊은 상처는 아닐 성싶지만, 육체적으로 준 대미지 이상으로 한순간의 공방이 놈의 정신에 초래한 영향은 큰 것 같다.

그리고 그것은 지금 대화를 아연하게 지켜볼 수밖에 없던 스바루도 마찬가지였다.

"바, 방금 그건……."

"앞뒤 생각 안 하면 람은 원래 저 정도는 하는 녀석인 것이야. 『폭식』의 괴상한 권능도 원래 실력이 차이 나면 짓밟히는 부류의 능력이고."

스바루의 손을 잡은 베아트리스의 고찰은 『폭식』을 상대하는 인식으로서 정확하다.

실제로 온갖 달인의 무예를 흡수해 변환자재의 전술을 이용하는 바텐카이토스도, 레이드와 대치한 순간에는 한 방에 나가떨어지는 꼬락서니였으니까.

"다만 설마 람이 그에 필적하는 전력이라고까지는 생각지 않았어."

웨이브를 샤울라와 메일리에게 맡기고, 레이드와의 결판을 율리우스에게 맡긴 이상, 『폭식』과의 전투는 지금 있는 멤버로 도전하는 게 전제였다. 하지만 그것도 어디까지나 에밀리아가 주력이며, 스바루와 베아트리스, 그리고 람은 지원으로 빠지는 이미지였다.

스바루의 그 계산이 꼬였다. 그것도 바람직한 방향으로.

"이거라면……!"

"푸, 크크크, 아하하하하! 과연 대단해, 언니! 『육식동물』 하이넬가의 재현으로, 이 상처! 이 치명상! 좋은데. 좋아. 좋을지도. 좋고말고. 좋잖아. 좋다마다. 좋겠지. 좋겠고말고. 좋겠으니까! 폭음! 폭식!"

승산이 높아졌다고 주먹을 쥐려던 스바루의 기세를 꺾는 『폭식』의 갈채.

바텐카이토스는 얼굴 왼쪽 절반을 피로 물들이고서도 아픔을 느끼지 못한 눈치로 박수를 치고는 람을, 그리고 스바루를 번갈아 쳐다보았다.

그 형형히 빛나는 두 눈에 맺힌 빛은 무섭도록 열정적인 집착이었다.

"진짜, 언니랑 형이 함께 와 주다니 못 참겠어! 과거의 동경과 현재의 동경…… 두 사람은 우리에게 구세주인걸! 온몸이, 온 세포가, 온 정신이, 온 영혼이! 끓어올라! 흐뭇하게 웃어! 배가 울어!"

"……동경이라니, 람은 몰라도 나까지 들어가냐?"

"뭘 모르네! 형…… 아니, 스바루 군은 특별하다니까요!"

자신의 마른 몸을 안고서 끈적거리는 목소리로 호소하는 『폭식』── 그 몸짓과 언동이 끔찍스러운 대죄주교의 모습과 감히 함께할 수 없는 우상을 겹치게 했다.

타인의 『기억』과 『이름』을 먹고 그 안에 방대한 인생을 축적한 『폭식』. 그 인생의 트레이스는 딱히 유사시의 전투법에만 국한하지 않는다.

일상의 예절, 말씨, 버릇과 습관── 종국에는 그 감정마저도 재현한다.

에밀리아의 얼음 대검을 깨트린 검은 손바닥의 『권왕』도, 순식간에 거리를 벌린 『도약자』의 이능도, 바람 칼날을 경상으로 멈춘 『육식동물』도, 놈의 배후에 겹쳐 보인다.

그러나 그 왜소한 몸에 지금, 가장 여실히 반영된 『인생』은──.

"네가, 그 아이 흉내를……!"

"그거야, 형! 형은 기억해 주고 있어. 나들에게 쏠려야 할 향긋한 증오! 냄새를 풍기는 집착! 싱싱한 격정! 우리가 맛보아야 했을, 걸쭉한 감정을 졸인 새까만 수프! 그것을 남김없이 날름하고!"

말하면서 두 팔을 펼친 바텐카이토스가 도취한 눈으로 스바루

를 보았다. 그 도취는 진심으로 스바루를 애타게 연모하는 아가씨처럼 홀딱 반한 몰골이다.

그 열정을 스바루는 모르지만, 『나츠키 스바루』는 분명히 알고 있었다.

"형은 구세주…… 아니지, 구태여 이렇게 단언할까! 형은 나들의 영웅이야! 사랑스럽고, 열심이고, 곁에 있어 주지 않으면 불안하고, 심술궂고, 생각하면 생각할수록 가슴이 따끔따끔 아프고 아픈데, 심지어 그럴 수 있게 허락해 주는 영웅……!"

"————."

반짝반짝 눈을 빛내며 이야기하는 바텐카이토스의 모습에 스바루는 말문을 잃었다.

그 모습이 절대로 있어서는 안 될 모습과 겹쳐서 보였다. 그것은, 그 절망적인, 자기 자신을 닫아 버릴지도 몰랐던 스바루의 등을 힘차게 두드려 준 그녀와.

그렇게 겹치고 만 순간, 스바루의 온몸이 소름과 분노에 사로잡혀 움직이지 못하게——.

"어때! 지금이야말로 그 감동의 순간을 재현해 볼까! 지금부터 시작하자고, 형! 하나부터, 아니…… 제."

결코 더럽혀져서는 안 될 『성역』이 더럽혀진다.

——그 순간이었다.

"——에이얍!"

"푸걱?!"

『기억』을 재현하느라 열중한 나머지, 스바루 말고 다른 사람에 대한 주의가 벗어난 바텐카이토스.

그런데도 방심할 수 없는 람에 대한 경계를 빠트리지 않았을 테지만, 여기서 『폭식』이 주의를 기울여야 할 상대는 말이 통하는 스바루와 람이 아니었다.

그것은——.

"——무라크, 인 것이야. 그리고."

"몰래 다가가서, 쾅이야!"

그렇게 내뱉으며 함께 끄덕인 것은 베아트리스와 에밀리아 둘이었다. 두 명의 연계가 낳은 성과로 뒤통수를 얻어맞은 바텐카이토스가 혼절했다.

『폭식』의 대죄주교는, 몰래 다가간 에밀리아의 얼음 망치에 호쾌하게 맞고 눈이 허옇게 뒤집혔다.

그것을 어안이 벙벙한 기분으로 보던 스바루가 갈라진 숨소리와 함께 중얼거렸다.

"……엥, 이겼어?" 하고.

3

"————."

나자빠져서, 눈이 허옇게 까뒤집힌 바텐카이토스.

그렇게 만든 작전 입안자 에밀리아는 "해냈어!" 하고 기운차게 끄덕이고, 베아트리스에게로 달려가 소녀와 손뼉을 마주치며 하이터치 했다.

그 모습에 상황을 따라가지 못하던 스바루가 람 쪽을 쳐다보고 물었다.

"어, 음, 요컨대……?"

"베아트리스 님의 무라크…… 음(陰) 마법으로 체중을 지우고, 에밀리아 님께서 몰래 상대의 뒤로 돌아간 거야. 에밀리아 님다운, 방식이지만……."

『폭식』 격파 방법을 해설하던 람이 피로를 느낀 듯이 미간을 주물렀다. 람의 모습을 알아챈 에밀리아가 쭈뼛쭈뼛 그녀의 눈치를 살폈다.

"저기, 이러면 안 됐어?"

"——아니요, 훌륭하셨습니다. 네, 정말로, 훌륭하셨어요."

복잡한 감정을 눌러 삼킨 람이 에밀리아의 공을 칭찬하고, 대신에 쓰러진 바텐카이토스에게 실망의 눈길을 보냈다. 그 기분은 쓰라리도록 이해한다.

설마, 원수라고 여기던 바텐카이토스가 이토록 쉽게 격파당할 줄이야.

"베티와 에밀리아의 화려한 연계야. 탄복한 것이야?"

"아니, 돌발 사고 같은 거지. 아무튼 에밀리아랑 베아트리스, 굿잡! 얼른 이놈을 묶어 놓고 다음 트러블을 치우러 가자!"

"잠깐만. 이걸 살려 둘 셈이야? 불안 요소밖에 되지 않아."

공로상 감인 베아트리스의 머리를 쓰다듬으면서 지시한 스바루의 말에 람이 눈살을 찌푸렸다.

그 염려는 지당하다. 스바루도 불안 요소를 남기는 건 피하고 싶다. 그것이 살인으로 얻을 수 있는 평온이라 쳐도 말이다.

"하지만 죽이는 게 싫으니까 붙잡자고 하는 말이 아니야. 우리가 이 감시탑에 온 것은, 이 녀석들에게 인생을 빼앗긴 사람들을 구하기 위해서라고 그랬지."

"그건 그래. 그렇기 때문에……."

"이 녀석들을 죽인다고 먹힌 것이 돌아온다는 확증은 없어. 그렇지? 오히려 캐물을 방법이 없어질 수 있어. 나는 그게 무서워."

"――――."

이미 루이 아르네브에게 『기억의 회랑』에서 먹은 『기억』 및 『이름』의 취급에 대해서는 캐물었다. ――모른다. 그것이 루이의 답변이었다.

하지만 그것은 루이의 답변이다. 그녀의 두 오빠도 그와 같다고는 단정할 수 없다.

"당장 캐낼 방법이 있으면 좋겠지만 그게 없다면 그쪽에 매달릴 여유가 우리에게 없어. 문제는 산적했다고. 그놈 말고도."

"……탑의 진동과, 율리우스 쪽이 없는 건 신경 쓰였지만."

스바루의 설득에 람이 못마땅한 표정으로 생각에 잠겼다.

"람, 나는 스바루에게 찬성. 일단, 얼음의 족쇄로 움직이지 못하게 해 둘 테니, 이야기를 듣는 건 나중으로 미루자."

사색에 잠긴 람을 대신해 에밀리아가 스바루에게 찬동의 뜻을 표시했다.

그 자세를 표명하듯 에밀리아가 팔을 휘두르자 공기에 금이

가는 소리가 울리고 쓰러진 바텐카이토스의 손발이 얼음 족쇄로 구속된다.

손발이 단단히 얼음으로 갇혔으니, 저래서는 몸을 뒤척이는 것도 어려울 것이다.

"어때? 이거라면 괜찮아 보이지, 람."

"……알겠습니다. 단, 이야기를 듣는 건 람이 직접 하게 해 주십시오."

"——? 응, 알았어. 람이 이야기 나눠 봐."

미묘하게 에밀리아와 람이 말하는 '이야기'의 뉘앙스가 어긋나지만, 스바루는 그 도랑을 메울 의미도, 람의 심문을 말릴 이유도 찾을 수 없었다.

『폭식』에게 동정할 여지는 없다. 그것이, 스바루의 결론이다.

"그래서 스바루, 이쪽 『폭식』은 정리했지만 다음은 어떻게 할 거야. 샤울라와 메일리에게 가세할 것이야? 아니면……."

"아아, 그렇지. 잠깐만 기다려 줘. 지금, 생각 중이야."

베아트리스의 물음에 스바루는 이후 방침을 결정하고자 머리를 굴렸다.

다섯 개의 장애 가운데, 마수의 웨이브와 레이드에게는 아군을 이미 배치했다. 그리고 『폭식』의 난입은 생각 못 했던 에밀리아와 베아트리스의 연계로 격파에 성공했다.

남은 장해는 정체불명의 거대 전갈과, 탑조차 짓뭉개는 종언의 그림자—— 그리고 스바루의 마음에 걸리는 것은 아직껏 모습을 보이지 않는 또 한 명의 『폭식』이었다.

“아마, 루이 녀석은 라이니 로이니 그랬었으니까…… 바텐카이토스가 라이라면, 다른 한 명은 로이일 터. 그 녀석이, 아직 한 번도 모습을 보이지 않았어.”

그렇지만 탑 곳곳에 문제가 발발한 상황이다. 이걸로 아직 스바루가 모르는 미지의 장해가 있다고는 생각하기 어려우며 하고 싶지도 않다.

실제로 탑 곳곳에 흩어진 동료들 근처에 『폭식』의 그림자는 없는 것처럼 느껴진다.

탑을 둘러싼 마수 무리와 싸우는 메일리, 렘과 파트라슈를 피난시키고자 『타이게타』로 가는 에키드나. 그리고 2층에서 격렬한 움직임을 찾아볼 수 있는 율리우스 등, 상황은 꽤 극적인 변화를 보이고 있어서――.

“――율리우스가 고전하고 있군. 이거, 상대는 역시 레이드인가?”

“스바루? 대체, 무슨 말을 하고 있어. 어디를 보고, 무슨?”

“어디를 보냐니, 뭔 소리야. 베아트리스. 그거야…….”

쳐다보는 베아트리스와 시선을 주고받던 스바루는 자신이 중얼거린 말의 기묘함을 깨달았다.

확실히 지금, 자신이 대체 무엇을 보고, 어째서 그런 발언을 한 것인지 자기 자신도 뚜렷하게 단언할 수 없었기 때문이다.

다만――.

“뭐지, 이거? 모두가, 어디서 뭘 하고 있는지 알 수 있어? 보인다고……?”

스바루는 가슴을 세게 거머쥐고 그 감각── 어렴풋이 은은하게 빛나는 것을 감지하는 기이한 지각, 그것을 인식해 나가고 있었다.

그것은 지난번 루프 한복판에서 스바루에게 존재를 주장하던 감각── 뭐라고 부르면 될지 모르겠지만, 탑 안의 동료의 존재를 느끼도록 해주는 제6감이다.

"────."

그 자각 없는 제6감은 람 일행과 망설임 없이 합류해 낸 시점부터 조짐이 있었다. 단지 그것을 날 때부터 지닌 세 번째 팔처럼 자연스럽게 받아들이고 있었을 뿐이지.

하지만 세 번째 팔을 자연스럽게 타고났을 리는 없다.

"──욱."

그 사실을 자각하자마자 스바루는 자신의 부자연스러운 상태를 자각하고, 그 수용하기 어려운 끔찍함에 토악질 같은 감각을 느끼고 신음했다.

"스바루!"

휘청거리는 스바루의 어깨를 베아트리스가 부축하며 소리를 질렀다. 이변을 깨달은 에밀리아와 람도 달려오지만, 스바루는 이들을 손으로 제지했다.

"괘, 괜찮아. 잠깐, 머리가 어지러웠을 뿐……."

"괜찮다니, 안색이 심각해. 레이드의 『사자의 서』를 읽은 탓일지도 모르고, 스바루도 어딘가에 숨어 있는 편이 나은 게."

"그렇게 아까운 방식으로 써먹지 말아 줘. 지금 업데이트 중이니까, 나."

"업데트……?"

들어본 적 없는 외래어에 갸웃한 에밀리아, 그 몸짓조차도 사랑스럽게 여기면서, 스바루는 내면에 움튼 제3의 팔을 필사적으로 길들이려고 들었다.

이유는 모르겠다. 하지만 이 제6감을 놓칠 수는 없다. ——동료가 죄다 흩어진 이 상황에, 싸우지 못하는 스바루가 몸이 달아오르도록 애타게 바라는 권능.

"냉큼, 얌전히, 내 것이 돼라——."

이 부자연스러운 제3의 팔은, 나츠키 스바루의 영혼에 호응해 나타난 것이다.

——그렇다면 스바루의 부름에 답하지 않을 이유는 없다.

"————."

그렇게 바란 직후, 스바루 안에서 세 번째 팔이 고착했다.

그것은 스바루의 지각을 믿을 수 없을 만큼 크게 넓혀 이 탑 안에 흩어진 동료들의 위치를 옅은 빛으로 관측시켰다.

"모두와 위치와, 무사한지 아닌지를 어렴풋이 알 수 있어……. 이거라면."

이 상황을 타파하기 위해서 스바루도 아직 도움이 된다. ——그렇게, 생각한 순간이다.

"——아아, 형은 진짜로 치사하네."

땅을 기는 목소리가 나서 스바루 일행의 주의가 그리로 쏠렸다. 그것은 바닥에 엎어져 손발이 얼음으로 구속된 바텐카이토스의 원한 어린—— 아니, 선망 어린 목소리였다.

그리고 의식을 되찾은 바텐카이토스에게 모종의 액션을 일으키기보다 먼저 바텐카이토스가 한쪽 눈을 감았다. ——순간, 그 모습이 사라졌다.

"뭣."

"——나츠키 스바루."

눈 깜짝할 새의 소실에 경악하는 배후, 허공을 넘나든 바텐카이토스가 입을 쩍 벌리고 있었다. 그 송곳니로 즐비한 입이 스바루의 이름을 읊조리고 붉은 혀를 날름대며 떨어진다.

창졸간의 반응, 늦는다. '먹힌다' 고, 본능이 포식자의 접근에 겁먹었다.

그대로, 바텐카이토스의 입이 스바루의 목덜미에 육박해서——.

"잘 먹겠습니——."

——한 줄기 섬광이, 스바루의 어깻죽지를 지나 『폭식』의 입에 꽂혔다.

"————."

한순간에 벌어진 일에 스바루도, 에밀리아와 람도 움직이지 못했다.

단지 스바루의 목덜미에 이를 꽂지 못한 채 뒤로 날아간 바텐카이토스만이 자기 몸을 꿰뚫는 충격에 "어으?" 하고 동요한 목소리를 흘리고 있었다.

바텐카이토스의 안면, 람에게 찢겨 피 범벅이 된 왼쪽이 아니라, 오른쪽이 심대한 피해를 입고 있다. ──그런 표현은 어설프다. 얼굴 오른쪽이 날아가 있었다.

오른쪽 뺨부터 오른쪽 눈에 걸쳐서 날아가고 타 버린 상처에서는 피도 흐르지 않았다. 그렇게 만든 것은 여전히 허공에 있는 바텐카이토스를 향해 연속적으로 발사되는 하얀 빛──.

──하얀 빛이 잇달아 『폭식』의 온몸에 꽂혀서 존재를 소멸시킨다.

손발이 구속당한 채 공중에 떠 있는 바텐카이토스는 그 공격을 회피하지 못한다. 구명줄인 순간 이동도, 기점이 뭉개졌는지 기능하지 않고 사지가, 몸통이, 머리가, 빛에 삼켜진다.

"어라? 죽음이란, 좀 더──."

마지막에, 바텐카이토스가 무슨 말을 하려 했지만, 그것도 미처 끝마치지 못했다.

그저 가까이 다가온 '죽음'에 대해, 모종의 본의 아닌 코멘트를 남기려 했었다고 생각한다. 하지만 그 답은 영원히 알 수 없어졌다.

몸의 태반이 소멸당해 고기 조각이 된 바텐카이토스가 통로에 뿌려졌다. 그 최후를 지켜보던 스바루는 "하." 하고 잊고 있던 호흡을 떠올렸다.

그러자마자 심장이 펄떡이며 자기주장하기 시작했다. 죽을 뻔했다, 빼앗길 뻔했다, 그 사실을 스바루에게 가르치듯이 세차고 세차게 쿵쿵 뛰기 시작했다.

"위, 위험, 위험한 순간이었어. 방금, 먹힐 뻔한, 순간에……

살았어."

자칫하면 무릎부터 힘이 빠질 것만 같아서 스바루는 안도로 얼굴에 느슨해졌다.

상궤를 벗어난 『폭식』의 집념, 그것을 만만히 본 결과였다. 다행히 그 대가는 바텐카이토스 본인이 생명으로 치르는 결과가 되어서——.

"살려 두고 싶었지만 사치 부릴 수는 없지. 아무튼 살았다, 샤울라."

"……샤울라?"

이마를 닦은 스바루의 말에 베아트리스가 유난히 험악한 목소리로 말했다. 그 반응에 의아해진 스바루는 "베아트리스?" 하고 쳐다보았다.

"왜 그래? 그렇게 묘한 표정으로. 확실히 위험했지만……."

"그게 아니야, 그게 아닌 것이야. 스바루, 무엇을 근거로 저걸 샤울라라고."

"무엇을, 근거라니……."

베아트리스가 던진 물음의 의미를 알 수 없어 스바루는 곤혹스러워졌다.

무엇이 근거냐고 그래도, 알 수 있으니까 아는 것이다. 고착된 제3의 팔——동료의 위치를 알리는 제6감이 통로 저편에 있는 존재를 스바루에게 가르쳐 준다.

왜, 이곳에 있는지는 모르겠다. 샤울라는 메일리와 함께 발코니에서 밀어닥치는 마수 웨이브에 대처하고 있었을 텐데, 그런데도.

어째서 샤울라가 여기에 있으며, 『폭식』의 식욕으로부터 스바루를 지켜 주었는가.

"스바루, 물러나."

"에밀리아짱? 너까지 무슨…… 왜, 그런 표정으로……."

스바루를 손으로 제지하며 뒤로 감싸려는 에밀리아. 그 옆에 말없이 나란히 선 람이 지팡이를 들고 하얀 빛이 날아온 통로 안쪽으로 연홍빛 눈을 날카롭게 떴다.

그 동료들의 경계가 이상하다. 이해할 수 없다.

왜냐면 동료들의 시선이 가는 방향에서, 통로 안쪽에서 느끼고 있으니까. ――희미한, 빛을.

스바루의 동료라는 증거, 제6감이 알려 주는 아군의 존재, 그 빛이 켜져 있다.

켜져 있는 것이다.

"――샤울라?"

"――――."

――통로 안쪽, 붉은 겹눈을 빛내는 거대 전갈이 희미한 빛과 겹쳐서 보이고 있었다.

4

――처음 샤울라의 이름을 들었을 때, 아무 생각도 없었던 것은 아니다.

특별한 감정이입이랄 정도는 아니다. 그저 들은 적이 있었던 것이다.

『샤울라』란, 스바루가 아는 밤하늘에 빛나는 별의 이름—— 전갈자리를 의미하는 단어.

전갈자리의 이름을 지닌 인물의 정체가 칠흑의 거대 전갈이라니, 실로 반전 없는 심플한 답이다. 지나치게 반전이 없어서 이름 지은 인물의 센스를 의심하고 싶어진다.

현재, 그 센스가 부족한 작명자 후보는 『스승님』 취급인 나츠키 스바루지만.

"샤울라, 인 거냐……?"

그런 현실 도피적인 사고도 눈앞의 광경 앞에서는 몇 초의 망아(忘我)조차 이루지 못했다.

살육을 위해 진화한 집게를 불길하게 마찰하며 붉은 겹눈으로 깔아보는 칠흑의 거체—— 거대 전갈은 이 탑을 엄습한 다섯 개의 장애 중 하나다.

적어도 스바루는 그렇게 세고 있었고, 여태까지의 루프 중에서 거대 전갈은 여러 번 앞길을 막으며 스바루와 동료들을 괴롭히고—— 때로는 목숨조차 빼앗았다.

베아트리스와 에키드나 두 명을 살해당한 무력감은 도저히 잊을 수 없다. 그, 용서하기 어려운 소행을 저지른 대적이, 기가 막히게도 한편이었을 샤울라라니——.

"——스바루, 진정해. 우선, 심호흡하는 것이야."

"————."

혼란에 사고가 흐트러져 평정을 잃으려던 스바루에게 제동이 걸렸다. 쳐다보니 부드럽게 손을 잡은 베아트리스가 스바루를 진정시키려고 등을 쓰다듬고 있었다.

그 감촉이 스바루에게 자기 자신을 되찾게 했다. 천천히 숨을 들이마시고, 내뱉었다.

"진정, 했다……고 생각해. 아직 혼란스럽기는 하지만."

"그거면 돼. ——저게 샤울라라는 건 틀림없는 것이야?"

"그래, 틀림없어. 저 녀석에게서 샤울라의 반응을 느껴. ……깜빡 실수로 저 전갈에게 샤울라가 통째로 삼켜지기라도 하지 않은 한은."

"그러고도 태연할 것 같은 게 그 아이의 무서운 점이야."

궁색한 스바루의 넉살을 베아트리스가 입 끝에 웃음을 띠며 받아주었다. 그걸로 기분이 나아질 턱이 없지만, 무거운 현실과 마주 보기에는 필요한 절차였다.

그렇지 않고서는 견딜 수 없다. 천진난만하고, 천연덕스럽고, 스바루에게 조금도 사양하거나 배려한 적이 없었던 샤울라에게—— 그녀에게 속았다는 사실에.

그 웃음도, 말도, 태도도 뭐고 죄다 만들어진 가짜였느냐고.

샤울라는 스바루 일행을 속인 배신자였느냐고.

"그럼, 그걸 본인에게 확인해 보자."

"에밀리아 님?"

스바루 안에서 팽팽히 맞서는 신뢰와 의심, 그것을 보다 못한 에밀리아가 앞으로 나섰다. 그리고 람이 불러도 대꾸하지 않고

서 크게 숨을 들이마셨다가 물었다.

"저기, 당신! 당신은 샤울라? 아니면 샤울라가 아니야?"

"――――."

"……아, 그렇구나. 혹시 말할 수 없을 수도 있겠네. 그럼 샤울라라면 오른손을 들고, 샤울라가 아니라면 왼손을 들어 봐! 그러면 알 수 있으니까."

침묵을 고수하는 거대 전갈을 배려해 에밀리아는 최초로 대화를 청했다.

바텐카이토스에게 무자비한 일격을 휘둘렀지만, 기본적으로는 평화주의라고 하니, 그 인간성에는 신비가 가득하다고 할 수 있으리라.

그리고 그런 에밀리아의 물음에 대한 대답, 그것은――.

"――큭, 베아트리스 님!"

"알고 있는 것이야!"

순간적으로 위기를 감지해 뒤돌아본 람에게 베아트리스가 응답했다. 그리고 베아트리스가 쳐든 팔에서 빛이 뿜어져 보라색 빛을 두른 결정이 허공에 떠올랐다.

그 순간, 결정이 정면으로 육박하는 하얀 빛에 부서져 빛이 통로를 강렬하게 난무했다.

"으어어어어어?!"

"머리 숙이고 있어! 직격당하면 위험한 것이야!"

반짝이는 하얀색과 보라색의 빛이 미쳐 날뛰며 유리 깨지는 소리가 아름답게 연쇄한다.

그 눈을 태우는 것만 같은 호화현란한 광경과 정반대로, 거대 전갈로부터 발사되는 섬광—— 아니, 그 날카로운 꼬리침의 일격은, 가차 없이 『폭식』을 죽인 실적을 가진 빛의 흉기다.

밀어닥치는 살의의 화살, 아니 화살 비를 베아트리스가 엮은 마법의 힘으로 받아 흘리고 쳐내고, 튕겨냄으로써 스바루를 지켜주고 있다.

그 압도적인 물량이 어째선지 스바루 한 명에게로 집중적으로 쏟아지고 있었다.

"저 녀석! 나한테 원한이라도 있는 거냐?!"

"스바루가 줄곧 대충 건성으로 차갑게 대한 탓일지도 몰라! 사과하는 것이야!"

"미안! 잘못했다! 사과하마! 용서해라! 어때?!"

충격파에 온몸이 시달리면서 맞고함 치듯이 스바루와 베아트리스가 몸을 맞댔다. 귀중한 조언에 따라서 사죄의 목소리를 날리지만 답례의 하얀 빛은 약해질 줄 모른다.

하지만 그렇게 스바루에게로 공격이 집중한다는 말은——.

"——스바루만 노리고, 약한 사람 괴롭히는 건 비겁해!"

그렇게 외치면서 통로를 달려 나가 얼음 장검을 걸머진 에밀리아가 거대 전갈을 베었다.

그 공격을 거대 전갈이 집게로 쳐내고 여러 다리를 굼실거려 고속으로 후퇴. 그러나 에밀리아는 놓치지 않겠다고 거체를 따라붙어 아름다운 얼음의 무예가 번뜩였다.

"찻! 에잇! 으랴압!"

생성된 얼음 장검, 쌍검, 창, 거대 망치가 경쾌한 소리와 함께 잇달아 박살 나며 반짝반짝 얼음조각이 날리는 중에 에밀리아가 은발을 휘날렸다.

그 얼음의 무용에 대한 거대 전갈의 전술은 심플한 것이었다. 타고난 집게와 꼬리침을 폭풍처럼 휘둘러 에밀리아의 무기를 부수고 그녀 자신을 찢어발기고자 한다.

사람과 사람 아닌 존재의, 혹은 요정과 괴수의 이종 격투기전이라고 해야 할 싸움이 펼쳐져 일진일퇴, 5대5의 공방이 이어진다――.

"그런데, 일진일퇴라면 그 균형은……."

간단히 무너질 거라고 말하려던 순간에 스바루는 깨달았다.

에밀리아와 거대 전갈의 공방에, 본래라면 가담하고 있어도 이상하지 않은 전력이 부재중이다. 그리고 그 답은 선뜻 벽에 기댄 람의 모습이 가르쳐 주었다.

이마에 땀을 흘리며 고통스럽게 숨을 쉬면서 지팡이를 잡은 팔을 떨고 있었다.

"람?! 왜 그래, 어디에 맞은 거야?! 상처는?!"

"……큰 소리로 부르지 마. 머리가 지끈거려. 그리고, 맞지는 않았으니까."

"맞지 않았다니, 그렇다면 왜 그렇게 힘겹게……."

내미는 스바루의 팔을 거부한 람이 고개를 가로저었다. 그 말마따나 언뜻 보기로 상처를 입은 흔적은 없다.

"어차피 베티와 에밀리아의 치료로는 임시 방편일 줄 알았지만……설마 이렇게까지 버티지 못할 줄은 몰랐어."
"——! 베아트리스, 사정을 알아?"
"……쉽게 말해, 람이 싸울 수 있는 시간에는 한도가 있는 것이야."
사정을 아는 눈치인 베아트리스가 짤막하게 설명하고, 스바루는 그 답변에 숨을 집어삼켰다.
바텐카이토스와의 전투에서 보인 람의 남다른 전투 센스——어쩌면 에밀리아나 율리우스에 밀리지 않을 전력이라 기대했는데.
"시간제한이 있을 줄은. 무조건 좋기만 한 얘기는 없다는 뜻인가……. 더 일찍 말해 줬으면."
"람이 바루스에게 스스로 약점을? ……어림도 없지."
"이 상황에서 빈정거릴 수 있는 건 대단해, 영차!"
입심이 여전한 람에게 대꾸하면서 스바루는 그 호리호리한 몸을 억지로 안아 들었다. 공주님 안는 모양새가 되어 안긴 람이 얼굴을 찌푸렸다.
"내려놔. 엉큼하긴."
"그런 소리나 할 때냐! 방전되고 말았으면 얌전히 운반당해! ——베아트리스!"
"알아!"
허약하게 저항하는 람의 입을 막고 스바루가 베아트리스의 등에 외쳤다. 그러자 스바루의 뜻을 참작한 베아트리스는 손바닥을 정면에 겨누며 마법의 힘을 해방했다.

죽음의 하얀 빛을 막아낸 보라색으로 빛나는 결정이 또다시 전개된다. 끝부분을 날카롭게 세운 그 결정 무리가 노리는 것은 에밀리아와 격돌하는 거대 전갈이다.

본래라면 여기서 거대 전갈을 해치우는 게 최선이지만――.

"스바루는, 포기가 더딘 점이 장점인 것이야."

"미안……. 폐를 끼친다."

"그건 말하지 않기로, 했어!"

생각지도 못한 거대 전갈의 정체가 스바루에게 격파를 주저케 한다.

말로 꺼내지 않아도 그 마음을 알아차린 베아트리스는 너그럽게 스바루의 약함을 용서하고, 전개한 보라색 화살의 융단폭격으로 거대 전갈의 격파―― 아니, 에밀리아의 원호에 전념했다.

"에밀리아! 맞추는 것이야!"

"응! 대충 감대로 해 볼게!"

그 애매모호함이 도리어 든든한 대답이 나오고, 베아트리스가 발사한 보라색 화살에 에밀리아의 빙결 전투 기술이 연계, 공기가 얼어붙는 소리와 멈춘 시간이 깨지는 소리가 겹쳤다.

보라색 화살이 박힌 통로가 형용하기 어려운 소리와 함께 딱딱해지고, 거대 전갈의 덩치가 들어갈 공간을 한정한다. 거기서 대충 감대로 뛰어든 에밀리아가 여태까지 본 것 중에서 가장 두께가 얇은, 그야말로 살얼음으로 이루어진 검을 연성해 참격을 날린다――.

"————."

너무나 예리한 참격은, 바람 소리와 비슷해진다.

옛 검호가 그런 말을 남겼는지는 확실하지 않지만, 적어도 이 순간, 에밀리아가 지른 참격은 스바루에게 바람 소리로밖에 들리지 않았다.

관절 이음매에서 절단된 거대 전갈의 집게가 녹색 체액을 뿌리면서 날아갔다. 그것은 묵직한 소리와 함께 통로에 떨어져 눈에 보이는 전과를 그 자리에 남겼다.

눈에 보이는, 전과를——.

"더 이상, 아프기 싫으면 얌전히——."

"——에밀리아! 자절(自切)이다!"

"어?!"

한쪽 집게를 빼앗고 항복을 종용하려던 에밀리아에게 스바루의 필사적인 목소리가 날아갔다.

거대 전갈의 부위 파괴는 전전회차에서 겪은 최악의 결말을 당긴 방아쇠였다.

"————."

스바루의 호소와 무관하게 거대 전갈이 다족을 굼실거리며 후퇴했다. 그 움직임도 전전회차 루프에서 보인 퇴각과 동일——그렇다면 그에 이어지는 사건도.

자절이라 듣고 반사적으로 위험을 알아차릴 수 있던 것은 람과 베아트리스 두 명. 람이 없는 여력을 쥐어 짜내서 바람을 일으키고, 베아트리스가 남보라색 장벽을 전개했다.

"에밀리――."

자기 방위를 호소하는 목소리도 끝까지 말할 수 없었다.

――다음 순간, 선물로 두고 간 절단된 집게가 빛과 함께 폭렬했다.

"――――――."

빛에 시야를, 충격에 천지를, 굉음에 고막을, 각각 마음대로 희롱당한 스바루는 필사적으로 품속의 감촉만을 끌어안아 전신의 고통을 버텨냈다.

발이 떠서 나뒹굴다가, 먼지가 뭉게뭉게 자욱하게 깔린 가운데 천천히 몸을 일으켰다.

"켁, 콜록…… 다, 다들…… 끄엑."

"어디를 만지고 있어."

눈물을 찔끔거리면서도 손을 더듬던 스바루의 턱을 손바닥이 가볍게 쳐올렸다. 엉겁결에 혀를 깨문 스바루가 더욱 눈물을 글썽거리고 있으려니 때린 장본인이 말했다.

"람도 바루스도 간신히 살아 있는 모양이야."

"어, 어어, 그런가 보군. 미안, 어디 이상한 데 만졌냐?"

"그래. 어깨를 만졌어."

"생각이 닿는 한, 가장 무난한 부분!"

괜히 맞아 손해 본 턱을 문지르며 스바루는 그 자리에서 일어섰다. 그리고 손을 내밀려다가, 몸 상태가 마땅치 않은 람을 다시 안아 들었다.

"쯧."

"혀 차지 마! 다른 둘은…… 에밀리아! 베아트리스!"

귀엽지 않은 람의 반응에 뺨을 일그러뜨리던 스바루는 시야 속에서 다른 둘을 찾았다.

거대 전갈의 자절 폭탄—— 그 파괴력은 심대해서 탑의 4층이 받은 피해는 크다. 스바루 일행이 있던 통로 바닥과 천장에는 커다란 구멍이 뚫렸으며 벽은 당장에라도 무너질 성싶다.

"에밀리아! 베아트리스! 부탁해, 대답해줘!"

"——콜록콜록, 괜찮아, 스바루. 나도, 베아트리스도."

뭉게뭉게 먼지가 자욱한 저편, 바닥에 뚫린 구멍 앞에서 대답이 있었다. 직후, 흙먼지를 헤치며 머리카락과 옷이 흐트러진 에밀리아가 모습을 보였다.

그녀의 팔에는 베아트리스가 안겨 있어서, 공교롭게도 스바루 쪽과 같은 상황이었다.

"다행이다……. 둘 다 이상 없어?"

"응, 괜찮아. 폭발하기 직전에 람이 바람으로 폭풍을 빗겨내어 주었으니까. 덕분에 허겁지겁 꺼낸 얼음벽이 늦지 않았어."

"그것도 꽤 아슬아슬하던 건 틀림없어. 간발의 차이였던 것이야."

베아트리스를 안은 에밀리아가 폴짝 구멍을 뛰어넘어 다가왔다. 언뜻 보기로 두 명 모두 눈에 띄는 부상은 없는 모양이라 스바루는 안도한 숨을 내쉬었다.

그런 뒤에 이 대참사를 불러놓고서 잽싸게 도주한 범인에게 입술을 깨물었다.

"집게 하나로 이 위력……. 선물 두고 갔다고 웃어넘길 게 아니라고. 꼴을 보니 그 밖에 무슨 기술을 익히고 있을지 알 노릇이 아니군."

"그쪽의 편집적인 면은 스승님을 본받았다고 해야 할까."

"———."

스바루의 중얼거림을 주워듣고 그렇게 야유한 람의 한마디에 침묵한다.

이렇게 거대 전갈을 물리치고 새삼 사색할 시간을 얻으니 의문이 끝이 없다. 그중에서도 가장 큰 초점은 역시——.

"……저기, 정말로 저건 샤울라였던 걸까."

에밀리아의 물음이 그 자리에 있는 전원의 총의였다고 할 수 있다. ——아니, 총의가 아니다. 스바루는 별개다. 부정하려 해도 부정하려 해도, 확신이 있었다.

"나는, 확신하고 있어. 게다가 그 녀석은 나를 노렸었어."

"확실히 샤울라는 스바루에게 찰싹 붙어 다녔지만…… 그래도 저런 방식, 스바루가 죽어 버릴 걸 알았을 텐데."

"하지만 에밀리아 님도 눈치채셨을 테지요. 저 빛을 날리는 공격은 아우그리아 사구에서 저희를 노린 것과 같은 공격이라고."

"그건…… 그렇긴, 한데."

람의 엄격한 지적에 에밀리아가 눈을 내리깔고 침묵했다. 에밀리아도 인정하고 싶지 않을 뿐이지, 본심으로는 잔혹한 현실을 깨닫고 있는 것이다.

그 거대 전갈의 정체가 샤울라이며, 자신들의 적으로 돌아섰다고.

다만, 그거라면 설명이 되지 않는 점이 있다.

"————."

그 희미한 위화감의 답을 찾아 스바루는 제6감의 지각 정보를 넓혔다.

품속에 람, 바로 눈앞에 에밀리아와 베아트리스. 『타이게타』로 짐작되는 지점에 에키드나와 렘, 그리고 파트라슈가 있으며, 약간 떨어진 아래층에 요제프가 느껴진다.

그리고 4층의 발코니로 의식이 닿으면, 메일리의 존재가 확실히 있었다.

"역시, 메일리는 지금도 발코니에서 싸우고 있어……."

"……그렇다면, 그 아이는 샤울라에게 습격받지 않았다는 뜻인 것이야."

"그런 셈이지. ……샤울라 그 녀석은 도대체 무슨 생각을 하고 있는 거지?"

모순된다. 샤울라의 행동은 너무나도 이치가 통하지 않는 점이 많다.

애초에 스바루는 웨이브에 대처하고자 발코니에서 마수 무리를 막아 내는 샤울라를 직접 본 적이 있었다. 그 뒤로, 샤울라에게 어떤 심경 변화가 있었는지 모르겠지만, 메일리를 해치지는 않았다.

"저기, 둘 다. 아까부터 당연한 것처럼 얘기하고 있는데……."

"람도 신경 쓰였어. ——바루스, 뭐가 보이는 거야?"

태연히 제6감을 전제로 이야기를 진행하는 스바루와 베아트리스, 그 둘의 대화에 에밀리아와 람이 제동을 걸었다. 당연하다면 당연한 반응이다.
오히려 이상한 것은 이야기를 맞추는 베아트리스 쪽이었다.
"샤울라를 느꼈다는 게 바루스의 헛소리가 아니라면, 무언가 근거가 있을 터. 베아트리스 님과의 희한한 신종 마법이거나…… 설마 가호라고는 하지 않겠지?"
"희한한 신종 마법이란 말은 섭섭한 것이야. 그리고 가호는 아니야. ……권능이지."
"권능……?"
살짝 떫은 표정을 지은 베아트리스의 답변에 에밀리아와 람이 갸웃했다.
두 사람은 들은 적이 없다는 반응이지만 스바루는 그 『권능』이라는 말이 유난히 와닿았다. 마치, 그렇게 불리는 게 당연한 힘이라는 양.
"베아트리스, 그 권능이란 게 뭐야?"
"――가호의 상위 호환 같은 것이라고 생각하면 돼. 스바루는 후천적으로 그것을 내려받고 있는 중인 것이야."
"가호의 상위 호환, 말인가요."
생각에 잠긴 듯 중얼거린 람이 품속에서 스바루의 얼굴을 올려다보았다. 하지만 연홍빛 눈에 어떻게 질문받아도 스바루도 뚜렷한 답은 돌려줄 수 없다.
할 수 있는 말은, 베아트리스의 설명이 틀리지 않았으리라는 것뿐.

"자세히는 모르겠어. 하지만 베아트리스의 말대로 이 권능이란 힘의 효과로 탑 안에 있는 모두의 위치를 어렴풋이 알 수 있어. 그래서……."

"굉장해……. 아, 그런데 그 힘으로 샤울라와 그 거대 전갈이 겹쳤으니까?"

"그런 거지."

감탄과 우려를 한데 묶어 눈에 떠올린 에밀리아의 물음에 스바루는 힘없이 끄덕였다.

――권능, 제6감. 호칭이야 아무래도 좋지만 그것이 느끼는 샤울라로 짐작되는 빛은 일단 스바루 일행으로부터 멀찍이 떨어진 곳에서 대기하고 있다. 그것이 집게를 잃은 대미지를 치유하기 위해서인지, 그 외의 꿍꿍이가 있는지 여부는 모르겠다.

다만, 한 가지만 할 수 있는 말이 있다면――.

"――그 녀석은 아마 나를 노릴 거야."

"――――."

그것은 기묘한 확신이었다.

거대 전갈의 정체가 샤울라인지 아닌지, 그것을 인정하는 데에는 시간이 걸렸는데, 그 거대 전갈의 표적이 스바루라는 점은 바로 수긍할 수 있었다. 자신 외의 동료가 표적이 아니라면 그것은 충분히 파고들 빈틈이라고 할 수 있었다.

"그래, 그리고 권능이라고 하면……."

자신의 몸에 깃든 권능, 그 출처는 알 수 없으며 지금은 중요하지 않다. 그 이상으로 신경 써야 할 사항은, 스바루 외의 권능――다시 말해 『폭식』의 권능이다.

자절 폭탄으로 붕괴한 통로, 그곳에는 이미 산산이 날아간 바텐카이토스의 주검조차 흔적도 없다. 확인할 필요도 없이 『폭식』은 스바루 일행 앞에서 사망했다.

그렇다면 『폭식』이 이 세계에 새긴 권능의 상흔은 어떻게 되었는가.

"람, 너의 『기억』은……."

"――렘의 기억이라면, 떠올리지 못했어."

"――――."

품속에서 람이 고개를 가로저어 스바루의 덧없는 희망을 부정했다. 시선을 돌리니 에밀리아와 베아트리스도 역시 『기억』에 변화는 생기지 않은 기색이다.

슬금슬금 시간을 들여 잃어버린 것이 돌아올 가능성도 있지만.

"『폭식』을 그냥 쓰러뜨려 봤자, 빼앗긴 것은 되찾을 수 없다……."

"성가신 적이야. ……가증스러워."

두려워하던 사태의 실현에 스바루와 람이 동시에 씁쓸한 표정을 지었다.

어쨌든 간에 바텐카이토스의 죽음은 되돌릴 수 없다. 『폭식』에게 빼앗긴 것을 되찾기 위한 선택지가 하나, 눈앞에서 사라진 것은 확실하므로――.

"――안 돼, 그렇게 어두운 얼굴을 하면."

"——에밀리아?"

그 칙칙해지려던 분위기를 한 걸음 거리를 좁힌 에밀리아가 쳐부수었다. 그녀는 남보라색 눈에 진지한 빛을 드리우며 스바루와 람을 번갈아 쳐다보았다.

"여러 가지로 뒤죽박죽이라 힘들 때야말로, 야무지게 해야지. 지금도 에키드나와 율리우스가 힘내 주고 있을 테니까."

"————."

"그리고 샤울라와도 제대로 이야기를 나눠 봐야 해. 그렇지?"

긍정적이고, 한결같으며, 멈출 줄 모르는 에밀리아의 의지가 온갖 사태에 주저앉을 것만 같은 스바루를 잡아 일으켜 세웠다.

그것은 꼭 이번만이 아니다. 전회차도, 전전회차도, 어쩌면 스바루만이 아니라 『나츠키 스바루』마저도 똑같이.

"응, 좋아! 기합을 넣자! 베아트리스, 뺨 부탁해!"

"뺘, 뺨? 어쩌라는 거야?"

"때려 줘!"

"야입, 인 것이야!"

그런 스바루의 감개를 아랑곳하지 않고 에밀리아가 베아트리스에게 당찮은 요구를 했다. 하지만 베아트리스는 고분고분 받아들여 그 두 손으로 에밀리아의 뺨을 끼우듯이 때렸다.

마른 소리가 나고, 에밀리아가 "웅~." 하고 목을 그렁거렸다.

"좋아, 고마워, 베아트리스. 나도, 답례할까?"

"에밀리아에게 당하면 베티의 목이 빠지니까 사양하겠어."

"후훗, 베아트리스도 참."

에밀리아는 농담을 들은 것처럼 웃지만 베아트리스의 눈은 진솔했다.

어쨌든, 그런 둘의 대화를 보면서 스바루도 어느 틈에 어깨에서 쓸데없는 힘이 빠진 자신을 깨달았다.

최저한의 긴장감까지 빠져도 좋을 리는 없지만, 지나치게 딱딱해지는 것도 해롭다.

"에밀리아 님께서는 자연체야. ……그렇지 않을 때가 없지만."

"너도 남 말은 할 수 없다고 생각하는데…… 아얏!"

"실례되는 말은 그만둬. 그래서, 다음은 어떡하려고?"

지근거리에서 스바루의 목을 꼬집은 람도 람다운 면을 되찾았다. 그녀의 질문에 스바루는 "아아." 하고 찔끔 눈물이 맺힌 채 대꾸하며 다시 지각에 의식을 맡겼다.

샤울라와의 대화를 마련하고 싶다. 그 말에는 찬성이지만 지금은 최우선시할 수 없다.

최우선 사항은 비전투원인 에키드나 일행과의 합류, 아니면 샤울라 이탈 전후의 상황을 확인하기 위해서 메일리가 있는 곳에 가는 것이다. 그러기 위해서도——.

"——아?"

확대하는 제6감, 탑 안에 흩어져 있는 동료들의 반응을 탐색하던 스바루가 멍해졌다.

각각, 담당 장소에서 움직이지 않는 동료들은 됐다. 스바루 일행으로부터 거리를 두고 아마도 상처를 치유하고 있을 거대 전갈=샤울라도 이해할 수 있다.

하지만, 이 맹 스피드로 탑 안을 이동해 쏜살같이 접근하는 반응은.

"——위."

"물러나, 바루스!"

소름이 쭈뼛 돋는 감각이 안아 든 람의 경고를 통해 확신으로 바뀐다.

그 경고에 따라 뒤로 뛰는 것과, 우러러본 머리 위—— 폭발로 금이 가 붕괴가 진행되던 천장이 대각선으로 양단된 것은 거의 동시였다.

한순간 늦게, 관통한 충격파가 감시탑을 구성하는 석재를 산산이 박살 내며 날려 버렸다. 겨우 가라앉은 연기가 다시 휘날리며 시야가 하얗게 닫혔다.

파괴는 불가능하다고, 그런 선전 문구가 붙었을 감시탑의 튼튼함이 종적도 없다. 거대 전갈의 자절과 칠흑색 그림자의 압착, 그리고 이번 파괴의 정체는——.

"스바루……! 그리고, 에밀리아 님도."

"율리우스?!"

하얀 연기를 뚫고 스바루 일행 곁으로 뛰쳐나온 것은 하얀 복장을 피로 더럽힌 율리우스였다. 순간적으로 한쪽 무릎을 꿇은 그는 입가에서 흐르는 피를 손등으로 닦고 마찬가지로 먼지로 뒤덮인 스바루 쪽을 쳐다보고는 말했다.

"헤어지고 불과 몇 분 지난 것 같지만, 그쪽도 상황이 급박했나 보군."

"말 그대로 탑을 가로지른 너 정도는 아니지."

스바루를 멍하게 한 반응, 그것은 사납게 탑 안을 뚫고 나타난 율리우스다. 그것은 탑의 벽과 바닥, 그런 물리적인 장애물을 무시한 3차원 이동—— 스바루가 아는, 율리우스의 인상과 동떨어진 행동인 것은 틀림없다.

"틀림은 없지만…… 부탁이니까, 레이드의 목은 치고 왔다고 말해줘."

"사실과 다른 보고를 하는 건 기사로서 매우 괴로운 선택이라고 할 수밖에 없어."

"……이미, 그 말이 답변이 된 것이야."

스바루의 절실한 소원은 율리우스의 차분한 표정에 부정당했다. 그리고 씁쓸한 베아트리스의 중얼거림을 긍정하듯이 파편을 밟는 발소리가 들렸다.

특징적인, 짚신의 발소리가.

"항! 여자들이 떼로 마중하다니 뭘 좀 알잖아, 인마. 살짝 놀이가 지루해지던 차였어. 니네가 날 상대하겠냐, 앙?"

"……최악의 전개야."

람의 짧은 감상이 이 자리에 있는 일행의 총의였다.

연기 속에서 천천히 나타난 것은 붉은 장발에 한쪽 옷소매를 키나가시에서 뺀 장신, 사나운 귀기를 온몸에 두른 그 남자는 그야말로 신의 부조리한 철퇴——.

"——레이드 아스트레아."

"카카카, 인마, 그렇게 싫은 티 내지 마라, 치어. 이 탑이 박살

난다 싶어서 와 봤을 뿐이잖아. 나도 너라서 헛물 켰다고."

"그렇다면 그대로 뒤돌아서 대기실로 돌아가면 어때? 약자 괴롭힘 같은 성격 고약한 짓, 절대적 강자가 하면 주가가 떨어진다고."

"미안한데 말이다, 태어나서 지금까지 약자밖에 괴롭힌 적이 없어. 여하튼 이 세상의 어디를 내다봐도 나보다 약한 놈밖에 없거든."

거만하고도 오만한 발언, 그러나 레이드에게는 그 말을 부정하지 못할 강자의 풍격이 있다. 그 사실을 정면으로 실감하며 스바루는 숨을 집어삼켰다.

잇달아서 문제가 여봐란 듯이 막아선다. 그것도 서서히 그 까다로움을 끌어 올리는 징글맞은 방식으로.

"레이드…… 당신, 어떻게 여기에? 그 방에서 나올 수 없는 것 아니었어?"

"야야, 웃기지 좀 마라, 겁나 새끈이. 나는 가고 싶은 데 가고, 베고 싶은 걸 베고, 안고 싶은 여자를 안는다. 남의 관습 따위에 따라 줄까 보냐."

"그렇게 자기 멋대로, 엄—청 이기적이야."

절박한 사태에 이를 가는 스바루 앞에서 에밀리아가 레이드와 대치했다.

온후하고 평화주의이며, 살짝 분위기를 지나치게 누그러뜨리는 면이 있는 에밀리아지만, 레이드의 방약무인한 철학에는 눈살을 찌푸릴 수밖에 없다.

레이드도 세계 제일로 귀엽게 생긴 에밀리아와의 대화는 싫지 않은지, 명백하게 스바루와 대화할 때보다 신나게 응수하고 있다. 그사이에——.

"상황은 최악으로 보이지만, 율리우스, 좋은 보고와 나쁜 보고와 나쁜 보고가 있다."

"나쁜 보고가 하나 많군. ……좋은 보고부터 들려다오."

"탑에 쳐들어왔던 『폭식』 중 한쪽, 바텐카이토스는 죽었어. 시체는 산산조각 났다."

"그건……."

호흡을 가다듬는 율리우스가 스바루의 보고에 노란 눈을 크게 떴다. 그 뒤로 금세 그는 자신의 가슴을 만지며 크게 떴던 눈을 감았다.

"……그럼, 나쁜 보고 중 하나는 빼앗긴 『기억』이 돌아오지 않는 점인가."

"그래. 『폭식』이 죽어도 『기억』이 돌아오지 않아. 나도 렘도, 네 것도. 그래서, 또 하나의 나쁜 보고가, 샤울라가 적이 되었어. 정확히는, 잠정 적."

"겉모습도 변했으니까 구별은 하기 쉬워. 커다란 전갈을 발견하면 적이야."

"내 귀가 망가졌다고 믿고 싶은 내용이군."

정보의 연사에 율리우스가 우아한 옆얼굴을 굳히면서 일어섰다. 그 옆에 붙은 스바루가 맹수의 주의를 끌지 않도록 목소리를 낮추었다.

"좌우지간, 그게 이유로 『폭식』 퇴치는 신중하게 해야만 해. 우선, 와 있을 또 한 명을 찾는 것부터 해야 하지만……."

"――스바루, 그 건에 관해서는 내게서 낭보와 비보가 있어."

"유유상종……."

스바루를 가로막은 율리우스의 발언에 람이 들어 넘기지 못할 소리를 중얼거렸지만, 그 소리를 들어 넘기고 율리우스의 복수 같은 발언의 뒷부분을 채근했다.

"그럼, 나도 낭보부터 들려줘."

"네가 찾는 『폭식』의 한쪽 말인데, 그 위치는 내가 알고 있어."

"――음, 정말이야? 그렇다면 어디에 있어? 다른 녀석들 쪽에 가기 전에 잡아 놓지 않으면 위험해."

"그것이, 너에게 전해야만 하는 비보의 답이야."

미발견된 『폭식』의 존재를 시사한 율리우스에게 몸을 내밀어 반응하는 스바루. 율리우스는 그 행동을 막으며 험악한 표정으로 고개를 가로저었다.

그리하여 그는 천천히 손에 든 기사검을 털더니 그 칼끝을 들어서――.

"――『폭식』의 대죄주교, 로이 알파르드는 저기에 있다."

"……아?"

진지한 음성과 함께 기사검의 끝을 정면에 겨누었다.

"――――."

그 칼끝이 가리키는 곳에 서 있는 것은, 사나운 상어의 웃음을 지은 대장부 한 명. 그 밖의 무언가와 착각할 여지도 없이, 빨강 머리의 폭력 장치를 가리켰다.

그리고 멍해진 스바루 일행에게 율리우스는 거듭 말했다.

“눈앞에 있는, 초대 『검성』 레이드 아스트레아. ——저 남자가 『폭식』의 대죄주교, 로이 알파르드 본인이야.”

5

그 발언의 소리를 삼키고, 뜻을 곱씹느라 몇 초의 시간이 필요했다.

“레이드가, 로이 알파르드……?”

생각도 못한 이야기를 들어 스바루의 사고가 이해 일보 직전에서 멈추었다. 그것은 어떻게 해독하려 해도 해독할 수 없는, 이국의 문자로 적힌 책처럼.

아예 모종의 수수께끼라고 듣는 편이 이해하기 쉽지만.

“————.”

기사검을 들고 레이드를 응시하는 율리우스의 표정에 그런 기척은 없다.

원래부터 목숨을 건 도박판에서 함부로 혼란을 초래할 타입이 아닐 터다. 그것은 한 번은 그에 대해 잊었다가, 다시금 그를 알게 된 스바루의 율리우스 평.

따라서 이것은 거짓말도 농담도 아니다. 그렇기에 사태는 심각했다.

“단순하게 생각하면, 저 레이드는 알파르드라는 녀석이 변신했다는 말이…….”

“——어이, 기다려, 인마. 그건 재미없는 착각이란 거다, 자식아.”

“뭐?”

“되는 소리를 해라, 인마. 야, 인마. 인마 너. 너, 내가 딴 동네 얼간이가 변신했다느니, 그딴 재미없는 결론 믿지 말라고, 인마.”

스바루의 중얼거림을 듣고 그때까지 그쪽을 무시하던 레이드가 콧잔등에 주름을 잡았다.

언짢은 기색을 표명한 그 태도가 레이드 유래의 것인지, 변신한 『폭식』의 연기인지 스바루는 판단이 가지 않는다. 다만 그 분노는 자신의 정체를 숨기기 위해서가 아니라, 더 심플한, 어린애 같은 짜증이 원인으로 보인다.

“나는 나인 게 당연하잖냐. 그 점을 굽힐 수 없으니까 나는 여기서 이러고 있다고. 내 말이 틀려? 인마, 내 말이 틀리다는 거냐? 엉?”

“————.”

레이드가 왼쪽 눈의 안대를 만지며 날카로운 이를 드러내듯 스바루에게 자아를 주장했다.

그 말에 여전히 곤혹감이 깊어지는 스바루의 품속에서 람이 뒤척거렸다. 그녀는 그 연홍빛 눈에 자그맣게 놀란 감정을 띠더니 “설마.” 하고 조그맣게 중얼거렸다.

“베아트리스 님, 확실히 말씀하셨지요. 수문도시에서 싸운 『폭식』의 대죄주교는 그 모습을 자유롭게 바꾸고 있었다고."
"……베티도, 너와 같은 생각을 한 것이야."
람의 차분한 물음에 베아트리스도 사랑스러운 뺨을 굳히면서 끄덕였다. 두 사람이 어떠한 의견을 통일했지만, 스바루와 에밀리아의 이해는 따라잡지 못했다.
그런 둘의 반응을 답답하게 여기듯이 람이 짧은 한숨을 쉬고 말했다.
"이전, 다른 장소에서 목격된 『폭식』은, 자신의 모습을 자유롭게…… 아니, 아마도 『기억』을 먹은 상대의 모습으로 변화했었어."
"정신만이 아니라, 육체까지 재현한다니 어처구니없는 힘이야. 그런 짓하다가 영혼이 혼란에 빠지면 원래대로 돌아갈 수 없어져도 이상하지 않은 것이야."
"즉, 기술만이 아니라 그것을 사용하는 몸도 복제할 수 있다? 그거야, 확실히 그럴 수 있는 편이 카피 능력자로서는 최선이겠지만……."
타인의 능력을 모방하는 능력자가 그 힘을 완전히 다루지 못해 패배하는 건 흔한 이야기다.
따라서 람과 베아트리스가 예상한, 원래 주인의 육체까지 재현한다는 방식은 자타의 오차를 메울 수단으로서 납득이 가는 방법이라고는 생각한다.
"그걸 잘 해내고 있는 게 『폭식』…… 해냈었다고, 해야 할까."
"해냈었다? 과거형이라면, 설마."

람에게 결론까지 인도받은 스바루는 눈을 부릅떴다. 그리고 그 답을 요구하듯이 율리우스를 보자, 그는 천천히 잘생긴 턱을 주억거렸다.

그리고 그 노란 눈으로 다시금 레이드를 응시하며 말했다.

"람 여사와 베아트리스 님의 결론대로야. ──눈앞의 저 남자, 그 육체는 로이 알파르드의 것이야. 하지만 그 정신은 달라."

"──정신."

"로이 알파르드는 레이드 아스트레아의 『기억』을 먹고 그 『기억』에 자기 영혼의 주도권을 빼앗겼어. 따라서 저 남자는 제한 없이 2층에서 내려와 여기에 서 있지."

"────."

황당무계하게 여기던 가능성이 긍정받자 스바루는 말문을 잃을 수밖에 없었다.

그런 일이 있겠느냐고. 하지만 그걸로 레이드에 얽힌 의문은 모조리 설명이 되었다.

본래 탑의 시험관으로서 2층에서 떠날 수 없어야 할 레이드가 어떻게 이 혼란 중에 자유를 손에 넣어 탑 안을 활보할 수 있게 되는가.

그것은 탑을 습격한 『폭식』의 육체를 점유해 멍에로부터 달아났기 때문이다.

"『기억』의 재현, 그 가장 두려운 함정에 빠졌다는 것이야."

"즉, 자아가 강한 쪽이 이겼다는 뜻이지. ……불리한 승부를 다 했어."

강렬한 자아를 가진 레이드, 그에게 도전한 알파르드의 무모를 람이 은연중에 야유했다.

그러나 스바루도 같은 의견이다. 레이드와 알파르드, 어느 쪽이 공략의 난이도가 높은지는 알 수 있는 이야기가 아니지만, 스바루 일행의 사정에 불리한 것은 틀림없이 레이드.

그 실력도, 스바루 일행이 알고 싶은 정보를 알고 있는지도 포함해서 그가 다섯 개의 장애 중 하나로 막아서는 것은 재난 말고 아무것도 아니다.

왜, 알파르드는 그토록 무모한 것을 바랐는가——.

"——그것이 『폭식』의 습성이라고, 로이 알파르드가 말하더군."

"……『폭식』과 얘기해 본 거야?"

"너의 지시로 2층에 올라간 순간에 말이지. 마침 로이 알파르드와 레이드가 대치하던 상황이었어."

일의 경위를 돌아보며 율리우스가 자신이 목격한 것을 술회했다.

2층의, 그 하얀 공간에서 레이드와 알파르드가 마주 보다가, 결과적으로 레이드 아스트레아라는 초월자를 삼키고, 알파르드의 영혼은 모조리 잡아먹히는 상황을.

"……네가, 용케 얌전히 먹힐 마음을 먹었군그래."

"그 얘기를 할 거면 그놈이 용케 나를 먹을 마음이 들었다고 해야 할걸. 결국 습성이란 건 아무도 굽힐 수 없어. 그 꼬맹이는 거기에 목숨을 던진 거지."

"하나 당신도 알파르드의 식사에 저항하지 않았지. 그건, 상

대의 자아를 가로챌 수 있다는 확신이 있었기 때문인가?"

"그런 똑똑한 이유는 없어. 내 확신은 하나뿐이지."

율리우스의 물음에 얼굴을 찌푸린 레이드가 귀를 손가락으로 긁었다. 그리고 사납게 이를 드러내며 그 상어 같은 웃음을 보인 뒤.

"——내가 나라는 것뿐이다."

그렇게 단언했다.

아마도 그것이 레이드 아스트레아라는 영혼의 답이며, 로이 알파르드가 오인한 답의 모든 것. ——인간 말종은 괴물에게 송두리째 잡아먹혔다.

그리고 그것은 단적으로 말해서 한 가지 사실을 가리켰다.

그것은——.

"저기, 음, 잠깐 물어봐도 돼?"

그렇게 어느 정도의 사정을 정리된 차에 지금까지 오간 대화에 참견하지 않고 내내 침묵을 고수하던 에밀리아가 거수했다.

말허리를 끊지 않겠다고 침묵하던 그녀는 그 남보라색 눈으로 레이드를 쳐다보며 물었다.

"지금 이야기라면…… 레이드는 되살아났다는 걸로 봐도, 되는 거지?"

"오냐. 이걸로 너와도 멀쩡한 곳에서 같이 잘 수 있다고, 겁나 새끈이. 오늘 밤 술잔 따라 봐라, 인마. 그거 말고 딴 것도 차차 교육해 줄 테니까."

"——? 같이 외출 가자고 해 주는 거야? 하지만 나, 『데트』는 팩이랑 스바루밖에 해본 적 없으니까, 미안해. 그리고.”

스바루 입장에서는 흘려들을 수 없는 발언이 나왔지만, 그 내용을 파고들 분위기가 아니라는 점과 에밀리아가 제대로 대화에 따라오고 있다는 점이 약간 놀라웠다.

그런 스바루의 놀람을 아랑곳하지 않으며 에밀리아는 눈썹 끝을 살짝 올리고 말했다.

“자유롭게 다닐 수 있게 된 것도 엄—청 축하하지만…… 당신을 먹으려다가 당신이 먹어 버린 아이에게 중요한 용무가 있어. 그러니까…….”

“그놈한테 몸을 돌려주란 거냐? 아아, 너희 상황은 알아, 겁나 새끈이. 되찾고 싶은 게 있는 거 아냐. 켁, 이 몸의 조그만 꼬맹이가 묘하게 박식해.”

“——잠깐, 알파르드의 『기억』을 열람할 수 있는 거냐?! 그렇다면.”

“힘을 빌려 달라고? 야야, 웃기지 좀 마라, 인마.”

내뱉은 레이드가 못마땅하게 자신의 배에 두른 천을 잡았다.

아무래도 레이드는 단순한 부활로 모자라 로이 알파르드의 기억—— 즉, 『폭식』의 권능 일부를 엿볼 권한까지 빼앗은 모양이다.

그러나 그것은 그의 미의식상 양립할 수 없는 것 같아서——.

“이놈을 내줄 마음도 없고, 너희에게 힘을 빌려줄 의리도 없어. 애초에 너희는 겁나 새끈이 말고 아무도 내 『시험』을 돌파하지 못했잖아.”

"이 상황에서, 아직도 『시험』에 구애되는 거냐?"

"아니지. 내가 구애되는 건 『시험』이 아냐. ——일의 조리다."

이를 드러낸 레이드의 대꾸가 스바루 일행과의 절대적인 단절의 의지를 표명하고 있었다.

알고 있던 사실이다. 여태까지 지난 회차에서 아무리 큰 대참사가 플레아데스 감시탑을 뒤흔들더라도, 레이드의 행동을 흔들지는 못했다.

자유를 얻어도, 시험관의 역할을 완수하겠다——. 아니, 레이드가 완수하려는 것은 직함이 아니다. 레이드 아스트레아를 완수하겠다는 것이리라.

어쨌든 간에——.

"——그래. 동의해 주지 않겠다면 어쩔 수 없어."

'안타깝지만' 이라는 뉘앙스를 머금은 한숨을 남기고 에밀리아가 레이드를 공격하도록 결단시키기에는 충분한 회답이었다.

"미안해."

그것은 상대하는 레이드가 아니라 품에 안겨 있던 베아트리스에게 건넨 말이다.

몸을 돌린 에밀리아의 팔에서 던져진 베아트리스가 "어." 하고 입을 벌린 채로 포물선을 그려 통로에 생성된 얼음의 의자에 부드럽게 수납되었다.

——그 순간, 통로를 화살같이 내달린 에밀리아의 얼음 검이 레이드의 목으로 한 줄기 섬광을 그었다.

"——항!"

하겠다고 마음먹으면 주저하지 않는 에밀리아, 그 기습을 레이드가 웃으며 받아냈다. 받아낸 것은 그가 키나가시 안에서 뽑은 두 자루의 젓가락—— 또, 저거다.

레이드가 젓가락을 무기로 삼는 모습을 보는 것은 처음이 아니다. 하지만 비정상은 익숙해지지 않는다.

그 젓가락의 검압으로 에밀리아와 붕괴하려던 통로를 날려버리는 모습은, 특히 더.

"항! 역시, 이해가 빠르군, 겁나 새끈아! 그런데 인마, 알고 있는 거냐? 네 『시험』은 끝났다고?"

"그렇다면! 다른 사람들도 합격시켜 줘!"

"야야, 무슨 논리로 말하는 거야. 그래 줄 이유가 없잖아."

"부탁할 테니까!"

"조르는 게 귀염성이 없다. 일단 옷이나 벗어, 인마."

얼음의 검무를 추면서 던지는 에밀리아다운 간청에 레이드는 귀도 기울이지 않는다.

그대로 시작되고 만 전투는 언뜻 보면 공격의 물량이 앞서는 에밀리아가 압도하는 것처럼 보이기까지 했다. ——하지만 그 실상은 다르다.

『폭식』 및 거대 전갈과 맞서는 에밀리아의 실력은 과장 없이 스바루가 백 명 있어도 당해내지 못하는 영역에 있다. 그것이, 레이드 앞에서는 애들 장난이나 다름없다.

불과 몇 합 주고받기만 해도, 에밀리아는 저런 조잡한 젓가락에 패배한다. 문외한 눈으로도 알 만큼 현격하게 벌어진 실력차, 그것이 두 사람 사이에 놓여 있었다.

"에밀리아 님……! 큭, 바루스!"

"알아! 율리우스! 베아트리스! 힘을 빌려줘!"

람의 눈에도, 에밀리아가 패배하는 미래가 똑같이 보인 것이리라. 언성을 높인 그녀에게 마주 소리친 스바루는 총력전에 임할 각오를 굳혔다.

생각지도 못한 매치 메이킹——. 본래 이리 되지 말아야 했던 전장이지만 상황은 시시각각 변화한다. 임기응변으로, 최선을 다할 수밖에——.

"——그건, 네 싸움법이 아니지, 인마."

"————."

스바루의 속마음을 읽어낸 것만 같은 한마디가 젓가락보다 먼저 스바루를 베었다.

그리고 레이드 아스트레아의 선언이, 나츠키 스바루의 치졸한 임기응변을 양단하기까지는 별반 시간이 필요하지 않았다.

——불과 1분 뒤에는 레이드 말고 통로에 서 있는 자는 한 명도 없었다.

"으, 으윽……."

신음을 내며 어떻게든 일어서려는 에밀리아. 그 다리는 애처로운 색으로 변색되어 그 고상한 의지를 일으킬 힘으로 변환하기를 거부하고 있었다.

"————."

조금 떨어진 곳에서 엎어져 움직이지 못하는 베아트리스는 의식이 없다. 탁월한 마법의 고수라도 겉모습대로 소녀다운 몸놀림밖에 취하지 못해선 400년의 세월을 넘어 소생한 전설의 검호, 그 검풍에 대항할 방법이 없었다.

"굴욕, 이야……."

밉살스럽다는 말을 뇌까린 입에서 피를 흘리며 벽에 기댄 람은 가장 선전했다. 너덜너덜한 상태로, 거의 고갈한 여력을 쥐어 짜내어 레이드에게 생채기를 입힌 그녀야말로 이 전장에서 가장 칭찬받을 만한 용사였다.

그리고——.

"잔재주 부려봤자 소용없지만, 잔재주 부리는 편이 그나마 낫다고, 인마. 뭐, 치어로는 뭘 하든 달라질 게 없지. 이렇게 된 시점에서 짐작했다마는."

"빌어, 먹을……."

레이드의 짚신에 차여 바닥에 머리가 짓밟힌 스바루가 신음했다.

분하지만 삐걱거리는 전신의 고통과 레이드의 업신여기는 말이 모든 것을 표현하고 있다. 이판사판의 돌격 따위 시도해 봤자 궁지에 몰린 쥐가 고양이를 무는 정도의 성과도 기대할 수 없다.

스바루가 쥐라면, 레이드는 용이었다. ——존재의 급에서 그 정도까지 차이가 있었다.

승산이 없었다. ——아니, 그렇지 않다. 승산을, 만들지 못했다.

"애초에 숫자의 문제가 아니라고. 그 부분을 너희는 도통 알아먹지를 못했어. ——이봐, 너도 그렇게 생각하지?"

"────."

땅바닥에 기는 스바루 위에서 레이드가 외눈을 돌린 것은 마지막에 남은 적. ──누구 하나 서 있지 못한 상황에 가까스로 무릎을 꿇고 있는, 율리우스 유클리우스.

그 노란 시선에서는 아직껏 전의가 사라지지 않았다.

"왜……."

"앙?"

율리우스의 짧은 중얼거림에 레이드가 한쪽 눈썹을 세웠다. 그 모습을 시야에 담으면서 율리우스는 입가를 닦고 후들거리는 무릎으로 일어섰다.

그리고 다시 레이드를 곧게 응시하고 말을 이었다.

"왜, 당신은 나에게 얽매이지?"

"아앙? 내가 너한테 얽매여? 웃기지 마. 멀쩡한 낯짝에 입만 산 사내자식은 내가 제일 싫어하는 생물 아니냐. 그딴 놈한테 내가 왜 얽매여?"

"그렇다면……."

"──나한테 얽매일 이유가 있는 건 네 쪽이잖냐. 아니면 너, 진심으로 내가 빠져도 좋다고 여기는 거냐?"

"────."

율리우스의 물음에 레이드의 답변은 명쾌하다고는 할 수 없다.

그 본인부터 매사 전부를 말로 표현하는 데에 가치를 느끼지 못하는 타입의 인종이다. 그 때문에 그의 대꾸는 감각적인 것이 대부분을 차지하고 있어서 이해하기 까다롭다.

"너도 그래, 치어. 저기 저 자식과 똑같이 너도 알아 처먹질 못해. 너 자신의 검을 휘두르는 법이 글러먹었다고. 그 따위로는 즐길 수가 없어."

"나, 는…… 검은, 쓰지 않…… 끼악."

"네 임기응변 따위는 되는 대로 막 사는 거랑 다를 바 없다고. 상승무패는 강한 놈의 특권이다? 그러니까——."

거기서 말을 끊은 레이드가 뺨을 일그러뜨리며 젓가락을 휘둘렀다.

그 순간, 레이드의 볼에 육박하던 하얀 빛이 날카로운 소리와 함께 젓가락질에 튕겨 났다.

"적까지 써먹자는 속셈은 나쁘지 않아. 너무 늦기야 했다만."

쳐낸 하얀 빛의 출처, 그쪽으로 외눈을 돌린 레이드가 콧방귀를 뀌었다. 전장으로 변한 통로 저편, 어둠에 떠오른 붉은 복안은 한 차례 물리쳤던 위협의 증거.

스바루의 제6감에도 걸리던 그것이, 기사회생을 위한 최소한의 가능성이었지만.

"——쯧, 귀찮은 녀석이 와 버렸군."

"끄엑."

말하면서 레이드가 밟고 있던 스바루를 걷어차 공격 범위에서 치웠다. 직후, 빗발치는 하얀 빛의 폭풍이 직전까지 스바루가 있던 위치를 허허벌판으로 만든다.

그리고 레이드는 빗나간 화살을 쳐내면서 초대하지 않은 난입자를 조준하고——.

"스, 스바루……."

걷어차여 굴러간 곳, 마침 맞닿을 위치에 쓰러진 베아트리스가 스바루를 불렀다. 의식을 되찾아 얼굴이 해쓱해진 소녀의 부름이 스바루의 가슴을 찔렀다.

그 얼굴을 굳히는 불안과 공포를 어떻게든 걷어 내고 싶다고.

"아직, 아냐, 베아트리스……. 지금부터, 어떻게든 만회할 방법을 찾아내서……."

"그게, 아니야…… 아닌 것이야! ——와!"

"온다?"

눈을 부릅뜬 베아트리스의 피를 토하는 듯한 호소에 스바루는 거대 전갈의 존재를 생각했다.

위협이라는 의미라면 레이드나 거대 전갈이나 얼굴을 맞댄 상태다. 이미 두려운 녀석들이 모인 최악의 상황에, 이제 와서 무엇이 온다고——.

"——설마."

"그러니까 말했잖아. 귀찮은 녀석이 와 버렸다고."

스바루의 뇌리에 스친 생각, 이를 긍정하듯 레이드가 말했다.

그 말투는 진심으로, 이 상황을 소화불량으로 느끼는 것처럼 여겨졌다.

——그 직후, 치솟은 충격이 격진으로 화해 플레아데스 감시탑을 흔들었다.

과장 없이 몸이 떠오르는 충격을 받은 스바루의 천지가 뒤집혔다.

"――――."

속수무책으로 날아가는 스바루. ――그런 스바루의 시야에 판타지 세계의 주민들은 저마다 놀랄 만한 움직임을 보이고 있었다.

허공, 에밀리아가 부러진 다리로 버텨 서기를 포기하고 궁색한 자세로 마법을 행사―― 스바루를 노리며 집중적으로 발사된 하얀 빛을 잇달아 막았다.

율리우스는 비스듬히 기우는 세계를 내달려 혼신의 찌르기로 레이드의 전의에 응답했다.

그리고 베아트리스는 반사적으로 스바루에게 조그만 손바닥을 겨누었다.

"――무라크!"

영창한 순간, 스바루는 충격에 삼켜진 것과 다른 부유감에 휩싸였다고 이해했다. 중력의 멍에에서 풀려나와 무중력의 세계로 던져진 감각.

천지가 뒤집힌 것조차 이 상황이라면 별다른 영향이 없다.

각자가, 각자가 할 수 있는 최선의 행동을――.

"――아."

그, 최선을 비웃는 것처럼 방대한 양의 칠흑의 그림자가 탑을 통째로 집어삼켰다.

"――――."

무시무시한 압착음이 울려 퍼지고 흔한 석재 같지 않은 강도를 자랑하는 감시탑이 찌그러진다. 그것은 본래 질량을 가지지 않아야 할 그림자에 의한 포학.

이미 단순한 파괴라고는 말 못 할, 천재지변에 가까운 충격의 방문은 이 세계에서도 초인이라고 불릴 만한 실력의 주인들조차 맥없이 집어삼켜 씹었다.

거대 전갈에 저항해 동료의 안전을 확보하고자 빌던 에밀리아도.

기사검을 휘둘러 스바루가 맡긴 소원에 응답하고자 하던 율리우스도.

스바루를 지키고자 자신의 몸을 뒷전으로 마법을 쓴 베아트리스도.

그야말로 눈 깜짝할 만한 찰나에 뻗어 올라온 그림자에 휘감겨 시야에서 사라졌다.

"————."

소리도 없이, 여운도 없이, 동료들의 모습이 소실했다.

그들의 신변에 일어난 한순간의 사건을 무어라 부르면 될지, 스바루의 내면에 적절한 말을 찾을 수 없다.

단지 분명하게 할 수 있는 말이 있다.

"——실패했다."

「——사랑해.」

현실을 받아들인 것과, 거무칙칙한 사랑의 속삭임을 들은 것은 동시였다.

귓전에 속삭이는 듯한, 혹은 입맞춤을 받으면서, 혹은 온몸을 포옹받으면서, 혹은 영혼을 애무받으면서, 무섭도록 직접적으로 와닿은 사랑의 언령.

즉시 알 수 있었다. 다섯 개의 장애 중에서 가장 큰 문제.

대처법이 정말로 있는지 의심스러워지는, 모든 것을 집어삼키는 그림자가 온 것이다.

이 그림자를 보는 것은 세 번째, 그리고 맞닥뜨릴 때마다 스바루는 생명을 잃었다.

그것은 이번 회차도 예외가 아니라 이 그림자가 나타나 닿은 시점에서——.

"——너, 뭔 졸린 생각하고 있냐, 이봐."

그 순간, 스바루를 둘러싼 칠흑의 그림자가 번뜩인 섬광에 쓸려나갔다.

"——말도 안 돼."

"눈깔 부릅뜨고 똑바로 봐라. 말이 안 되긴 뭐가 안 돼, 인마. 너, 눈 뜨고 다니는 거냐. 뜨고서 똑바로 봐라, 인마. 내 어디가 말이 안 된다는 거야?"

아무렇게나 기사검을 휘둘러 그림자를 베어 넘긴 레이드가 부르짖었다. 그가 그 손에 쥐고 있는 것은 율리우스가 들고 있었을 기사검이었다.

소유자를 잃은 검이 『검성』의 손아귀에서 마음껏 휘둘러지는 것은 얄궂다고밖에 할 수 없다. 하지만 그런 운명의 얄궂음에 대한 감상을 품을 여유는 없다.

"────."

베아트리스의 마법 효력이 남아 스바루의 몸은 무중력에 잡힌 채다. 그, 바닥도 벽도 천장도 없어져 원형을 잃은 탑 속에서 스바루는 보았다.

──아직도 그림자에 삼켜지지 않고 남은 람의 존재를.

"──윽."

몸을 틀어 파편을 밟고 필사적으로 그 호리호리한 몸에 달려들었다. 손끝이 스친 몸을 끌어당겨서 정신없이 끌어안았다.

이미 감시탑의 구조는 붕괴해 어디가 벽이고 어디가 천장인지 상실했다. 스바루 주위에 있는 것은 온통 검은 하늘, 온통 검은 바닥, 검은 세계.

모든 것이 알 수 없어진 세계에서 유일하게 품속의 체온만이 진짜였다.

"──으."

의식이 없는, 혼절한 람의 뜨거운 몸만이 그 존재를 주장하고 있었다.

"──큭."

어금니에 힘을 주어 입술을 물어뜯어서 자기 자신에게 힘을 불어 넣었다.

지금, 모든 것이 다 검게 칠해지려는 순간, 스바루는 상황의 이해를 포기하고 종말에 몸을 내맡기려던 게 아닌가.

그런 짓은, 이 순간을 전력으로 살아가는 생명 앞에서는 허용되지 않는다.

"——아직, 무엇인가."

이런 상황일지라도 얻을 수 있는 게 있을 터다.

여태까지 두 번, 스바루는 이 칠흑의 마수(魔手)에 삼켜져 목숨을 잃었다. 하지만 두 번의 종말은 모두 갑작스러워서 이럴 시간은 없었을 터.

그 시간을 얻은 것은, 지금도 가느다란 생명을 주장하는 람의 존재가 있다는 것과——.

"——항."

스바루와 같은 그림자 속, 사나운 웃음을 띤 레이드의 조력이 있었기 때문이다.

물론, 그것을 감사하지는 않는다.

멋대로 휘둘린 온몸은 비명의 대합창을 지르고, 애초에 그림자가 감시탑을 삼키기 전까지 남은 시간제한이 바닥난 것도 다 짜고짜 방해하러 나온 레이드 탓이다.

그렇기에——.

"너도, 반드시 때려눕히겠어. ——우리 중 누군가가."

"거기선 인마, 끝까지 제대로 너라고 폼을 잡아라, 치어."

눈 아래, 기사검을 거꾸로 잡은 레이드가 스바루를 겨누었다. 거리가 있지만, 레이드가 보자면 몇 미터 거리쯤 있어도 없는 격이리라.

그리고 스바루에게 적의를 조준한 레이드에게로 칠흑의 그림자가 기세를 더하며 밀어닥쳤다. 그조차도 레이드의 검기는 아랑곳하지 않는다.

자각은 없었지만, 이 순간, 스바루는 보았을지도 모른다.

과거, 400년 전에 있었다는 『마녀』와 『검성』의 전설 속 한 장면을.

그러나 그런 것조차 능멸하며 부조리한 파괴와 폭력, 다시 말해 '죽음' 이라 불리는 것이 스바루에게 닥쳐든다——.

"최소한."

1초라도 길게, 살아 줬으면 한다.

그런 소원을 담아 스바루는 품속의, 람의 몸을 끌어안았다.

다음 순간, 검광이라고는 생각할 수 없는 빛의 분류가 스바루를 집어삼키고——.

6

——잃을 때마다, 다시 시작할 때마다, 요구받을 때마다, 돌고 돌아서.

몇 번이나, 반복하고 반복하며, 한 번밖에 없어야 할 최후를 거듭하다가.

"————."

문득, 생각한다.

늘, 최후의 순간, 누군가가 곁에 있 어준 것은 행복한 일일지도 모른다고.

최후의 순간을 홀로 맞이하지 않으며 뻗은 손가락이, 미덥지 못한 영혼이, 누군가와 함께할 수 있어서, 그것이 자신에게 일어날 힘을 준다면.

"———."

다만 동시에 이렇게도 생각한다.

어째서 늘, 나츠키 스바루는 닿지 못하는가.

어째서 늘 최후의 순간에 함께해 주는 누군가를, 나츠키 스바루는 구해내지 못하는 것이냐고.

"———."

모래먼지가 닿지 않아야 할 머나먼 상공까지 솟아오른다.

플레아데스 감시탑의 발코니, 최상 수백 미터 높이부터 내려다볼 수 있는 대지에는 마수 무리가 사납게 밀어닥쳐 감시탑을 무너뜨리겠다는 듯이 돌격하고 있다.

그 웨이브를 막아내고 있는 것이, 마수를 조종하는 힘으로 분투하는 메일리다. 탑 안의 곳곳에서 일어나는 재앙에 맞서 율리우스는 2층의 레이드에게로.

그리고 바텐카이토스와 조우한 에밀리아 일행을 구하기 위해 스바루는 한시라도 빨리 그곳으로 달려가야만 하지만——.

"——스승님? 괜찮으세요?"

등 뒤에서 스바루를 부른 그녀가 길고 검은 머리채를 찰랑이며 갸우뚱했다.

직전까지의 분투도 뭐냐는 듯 끝없는 체력을 과시하는 그녀는 태연한 모습이며, 그 손을 막아 세운 스바루에게도 주저 없이 따랐다. 그러는 그녀의 표정에는 초조나 불안은 느껴지지 않으며 속이려는 교활한 빛도 털끝만큼도 찾아볼 수 없다.

그것이 의태에 의한 것인지, 아니면 그녀의 본심인지 확실하지는 않지만——.

"스승님, 듣고 계세요? 저랑 스승님 외의 사람들도 귀찮은 일에 휘말린 듯싶은데…… 저, 스승님을 위해서 할 수 있는 일 있나요?"

"아아, 그렇지. ……날 위해서 할 수 있는 일이라."

"네입. 저, 스승님의 소원이라면 설령 불 속이든 물 속이든, 대폭포에도 기운차게 플라이 어웨이! 임다."

기운차게, 악의 없이 그렇게 말하며 두 손을 쳐든 인물——샤울라. 그 티 없는 웃음을 정면으로 응시하며 스바루는 작게 숨을 죽였다.

"————."

돌아왔다. 또다시, 이 시간으로 돌아올 수 있었다.

해야 할 일은 변하지 않는다. 구하고 싶은 상대가 있으며, 쓰러뜨려야 할 적이 있고.

그렇기에 스바루는 망설임 없이 자신이 해야 할 일을 확정하기 위해서 필요한 의식을.

그것은——.

"샤울라, 너는 내가 하는 말이라면 뭐든지 들을 거냐?"

"물론입죠! 스승님의 부탁이라면 뭐든지 들어요! 스승님이 조른다면 살짝 과격한 일이라도 들어드리죠. 아, 아, 아, 혹시 스승님, 저의 다이너마이트 바디에 드디어 인내심의 한계예요? 그래서 다른 사람들과 멀어져서 단둘이 된 거예요? 아유, 요거요거요거! 스승님도 참——."

"——샤울라."

샤울라가 꿈지럭꿈지럭 자기 두 뺨을 손으로 짚고서 스바루의 말에 얼굴을 붉혔다.

하지만 스바루는 그런 그녀의 말을 상대하지 않은 채 곧게 그 얼굴을 쳐다보았다.

그리고——.

"——넌 내가 죽으라고 하면, 죽어 줄 거냐?"

제6장 『일편단심의 별』

1

——붕괴하는 탑 안, 레이드의 참격을 받아 나츠키 스바루의 생명은 불타 버렸다.

말 그대로 불탔다는 게 정확한 최후였다.

애초에 무너지는 탑 안에서 무슨 수로 발판을 확보하고 있었냐든가, 닥쳐드는 그림자의 밀도에 어떻게 대항하고 있었냐든가, 그 뒤에는 어쩔 심산이었냐든가, 여러 가지로 하고 싶은 말도 확인하고 싶은 사항도 있지만 그런 건 전부 내던졌다.

그저 확실한 것은, 레이드의 마지막 한 칼이 스바루를 집어삼켜 증발시킨 사실.

아픔은 없었다. 그럴 것이다.

물론 그것이 레이드의 자비였다고는 털끝만치도 생각지 않지만, 『죽음』의 순간에 아픔도 공포도 따르지 않은 것은 단기간에 여러 번 죽어본 스바루에게도 드문 일이었다.

그렇다. 아픔도 공포도 없었다. ——그저, '분노' 만이 있었다.

"——나는."

도대체 몇 번, 무의미한 『죽음』을 거듭한 것이냐고.

가지고 돌아갈 수 있는 것이, 타개하기 위한 힌트가, 그것들이 있는 한, 스바루의 『죽음』은 무의미하지 않으며 거듭되는 『죽음』은 헛수고가 되지 않는다.

그것은 터무니없는 기만이었다.

그런 것은 자신의 무력함에 눈을 감고 싶을 뿐인 변명이다.

무의미하게, 무력하게, 무작위하게, 무정하게, 무위하게 죽었다고 생각하고 싶지 않을 뿐.

그렇기에 거저 죽은 것이 아니라고, 자신의 『죽음』에 이유를 필요로 했다.

약하지 않았더라면, 좋았다.

더 현명했더라면, 좋았다.

이런 자신이 아니라, 강하고 영리하고 당찼더라면, 좋았다.

"하지만……."

약하고 바보에 한심한 나츠키 스바루밖에 여기에 없으니까.

그런 스바루를 언제나, 누구나 홀로 두려고 하지 않았으니까.

그것이 지금의 자신이 품은 상처투성이 각오를 밀어 주고 있었으니까.

"그러니까, 나는——."

그러니까, 나츠키 스바루는——.

2

"――넌 내가 죽으라고 하면, 죽어 줄 거냐?"

내뱉은 순간 망설임이 없었던 것은 아니었다.

그것은 이 물음을 받은 순간, 상대가 어떤 반응을 할지 예상할 수 없었기 때문――아니, 예상뿐이라면 할 수 있었다.

몇 가지 패턴을 예상했고, 그중 하나이겠거니 생각하고 있었다.

그렇다면 물음을 던진 순간에 느낀 망설임은, 도대체 무엇을 주저한 것인가.

어느 쪽이든 간에――.

"――? 스승님이 죽으라고 하면 죽을 건데요?"

뺨에 손가락을 세우고서 덤덤하게 대답한 샤울라에게 가슴이 아팠다.

마치 찔린 것처럼, 금이 갈 만큼 애처롭게 가슴속에서 비명이 터진다.

"――――."

스바루는 지끈지끈 상처가 났다는 착각이 드는 가슴을 부여잡고 깊게 숨을 내뱉었다.

스스로 상처 입으러 갔으면서 건방지게 아파하는 자신이 몹시 우스꽝스러웠다. 그런 스바루의 모습을 본 샤울라는 이상하다는 듯이 눈을 동그랗게 떴다.

악의 없이, 오늘 저녁밥 메뉴를 묻기에 대답했다. 그런 느낌으로 말하는 샤울라의 태도.

그 반응은, 스바루가 예측하던 패턴 중에 최악에서 두 번째였다.

아무 생색도 없이, 자기 생명의 포기를 명령하는 선택을 받아들이는 샤울라.

그것이 거짓말이나 농담이 아니고, 틀림없는 그녀의 본심이라고, 그 곧은 눈을 보면 한눈에 알아 버린다.

차라리 음험한 타산이나 의도가 엿보이는 편이 스바루의 마음은 구원받았을지도 모른다.

그러나 현실은 스바루에게 그런 도피처를 제공하지 않았다. 그것이 자비인지 무자비인지, 지금 단계로는 구별조차 할 수 없지만——.

"……그러, 냐."

"스승님, 제가 죽어 주길 바라세요? 으—음, 스승님 부탁이라면 뭐든지 들어드리고 싶으니, 저로서는 얼마든지 상관없는데요, 또 꽤 이상한 타이밍에 결심했네요? 지금 탑 안이 난리도 아닌데……."

"알아. 알고 있어."

갈라진 스바루의 대답을 들은 샤울라가 볼에 손가락을 짚은 채로 갸우뚱했다. 그 목 움직임에 맞추어 그녀의 긴 머리채—— 스콜피온테일이 찰랑거렸다.

스콜피온테일. 생각해보면 이것도 얄궂은 이름이었다.

전갈자리를 의미하는 『샤울라』와 같이 이름은 실체를 상징한다는 말을 체현한 그녀다. 그것은 아마 이름만이 아니라 여러 부분에서 당당히 나타나 있을 것이다.

그것은 필시, 그녀에게 숨길 의도가 없기에.

그렇기에——.

"——샤울라, 너, 커다란 전갈로 변신이 가능하진 않냐?"

속 터지게 에두르는 표현 없이, 스바루는 직설적으로 상대의 품속으로 치고 들어갔다.

플레아데스 감시탑을 덮치는 다섯 개의 장애——. 그중 하나인, 칠흑의 거대 전갈. 그것이 샤울라라고, 스바루는 확신을 품고 있다.

하지만 어디까지나 그것은 스바루에게도 정체를 알 수 없는 힘인 권능, 그것이 초래한 제6감을 거친 감각적인 답에 불과하다.

그 감각적인 답을 확신과 연결 지으려면, 직접 캐묻는 게 제일 빠르다.

물론 시간이 있으면 더 다른 방법을 택했을지도 모르고, 상대의 답변을 신용할 수 없으면 역시 다른 수단을 모색해야 했을 것이다.

하지만 스바루의 질문에 샤울라는 갸우뚱한 채로 말했다.

"변신한다는 말하곤 좀 뉘앙스 다르지만, 가능하죠~. 아—, 하지만 프리티함이 없어서 별로 안 좋아해요. 저는 어머니와 스승님이 디자인해 준 이 모습이 제일이라 생각해서요."

뚱딴지같은 질문이었음에도, 샤울라는 이번에도 망설임 없이 선뜻 대답했다.

"――――――."

샤울라에게는 무언가를 숨기려는 의도가 없다.

그렇기 때문에 여기서 튀어나온 말도 의심할 필요가 없다. 역시 탑 안에 출현한 거대 전갈은 샤울라이며, 그녀는 스바루 일행의――.

"……적, 인가."

"스승님? 괜찮으세요? 안색이 좋지 않아요? 제 무릎베개라거나, 팔베개라거나, 가슴베개라거나, 안는 베개라거나, 그쪽을 써서 리프레시할래요?"

"……긴장 풀리는 소리 하지 마라. 애초에 그럴 여유는 없다고 너도 말했잖아."

"탑이 난리통인 건 사실이지만, 제 입장으로는 스승님 쪽이 우선순위가 훨씬 위라서, 그 외의 사정은 전부 싹 다 뒷전입죠. 그러니까 스승님이 난리를 틈타 저랑 엎치락뒤치락하고 싶다면 대환영이에요. 활활 불타올라요."

"안 불타. 물이나 끼얹어 둬라."

"스승님은 심술쟁이~."

입술을 삐죽이며 토라진 표정을 짓는 샤울라.

그녀와의 대화와, 그 표정만 떼어내면 지금의 일행이 처한 상황이 마치 평화로운 것이라고 착각할 지경이다.

"――――――."

그러나 현실은 일행에게 전혀 다정하지 않다. 평화와 동떨어졌다.

이렇게 스바루와 샤울라가 느긋하게 말을 주고받는 중에도 에밀리아와 람은 『폭식』을 막기 위해서 분주하고, 베아트리스가 거기에 원군으로 더해졌다.

율리우스는 2층에서 레이드=로이와 충돌, 에키드나는 파트라슈와 합류해 렘과 『타이게타』로 피난하고 있을 터다.

그리고 메일리는 마수의 웨이브를 막고자 지상에서 자신이 거느린 마수들을 지휘하고—— 다섯 개의 장애에 대한 현재 최선의 수가 놓였다.

단, 그조차도 샤울라와의 대화를 위한 기만에 불과하다.

왜냐하면 이번에, 나츠키 스바루는——.

"스, 스승님? 본격적으로 어째 이상하지 않아요? 그렇게 늠름한 눈으로 바라보시면 400년이나 대기를 명령받은 저는 참을 수 없어진다구요……?"

빤히 바라보는 스바루의 시선에 샤울라가 자신의 몸을 팔로 안았다. 어째서인지 평소 태도를 가장하고 있지만 평소와 같지 않다.

샤울라는 실제로 스바루의 태도에 불안을 느끼는 기색이다. 어울리지 않는—— 아니, 그렇지 않다. 아마도 그것은 샤울라의 진의일 것이다.

스바루에게 죽으라는 말을 들어도 동요하지 않지만, 스바루가 이상한 모습을 보이면 놀랍도록 나약하게 마음이 흔들린다.

——마치, 천진하게 부모를 따르는 아기 새 같다.

"————."

샤울라에게 첫 질문을 던졌을 때, 스바루 안에는 몇 가지 가능성이 있었다.

그중에서 최악의 가능성은 스바루로부터 몰인정한 말을 듣자마자 샤울라가 변모해서 본성을 드러내 그 충동대로 스바루를 살해하는 것이었다.

그것은 여태까지 샤울라가 보이던 태도 전부가 연기이며, 그녀를 구성하는 모든 것이 거짓이었을 경우의, 가장 최악의 예상이었다.

——완전히 있을 수 없는 이야기는 아니었다.

거대 전갈의 정체가 샤울라였다고 고백받은 지금, 샤울라에게는 스바루 눈앞에서 베아트리스와 에키드나를 살해한 실적이 있다. 혹은, 스바루가 산 자를 찾아내지 못한 이전 참극에도 거대 전갈로 변한 샤울라가 관여했을 가능성은 높다.

그렇기에 처음 질문은 스바루에게도 도박이었다.

말한 뒤 샤울라가 그 질문을 이해한 다음 순간, 스바루의 머리가 증발했어도 이상하지는 않은, 그런 도박—— 그 도박에는 이겼다……고 할 수 있다.

하지만 도박은 한 번으로 끝나지 않는다.

스바루가 무의식중에 쌓은 부채, 『폭식』과 플레아데스 감시탑이 준비한 판돈, 여태까지 손실분을 되찾으려면 작은 승리를 쌓기만 해서는 부족하다.

크게 이기려면, 크게 걸어야만 하는 것이다.

따라서——.

"샤울라, 질문만 해서 미안하지만 묻고 싶은 게 있어. 들은 이야기로는, 이 플레아데스 감시탑의 『시험』에는 몇 가지 규칙이 있을 테지?"

"제가 몸이 단 이 타이밍에 물어요?! ……그야 있죠? 스승님이 변기에 머리 부딪히기 전에도 얘기했지만……."

"그걸 말해 줘."

가슴 앞에 손가락을 맞대고 토라진 태도를 숨기지 않는 샤울라. 하지만 그녀는 스바루가 질문하자 그 맞대던 손가락을 세우고서 "어디 보자." 하고 중얼거렸다.

"하나, 『시험』을 끝내지 않고 떠나는 것을 금지한다. 둘, 『시험』의 규정에 반하는 것을 금지한다. 셋, 서고에 대한 불경을 금지한다. 넷, 탑 자체에 대한 파괴 행위를 금지한다. ──임다."

샤울라가 손가락을 꼽으면서 유난히 유창한 음성으로 설명했다.

물론 쓸데없는 이야기라면 잘 떠드니까 그렇게 술술 설명한 것은 이상하지 않다. 그렇지만, 마음에 걸리기는 했다.

그것은 샤울라가 어울리지 않게 성실한 어조였다는 점에서도 그랬지만── 손가락을 꼽는 동작 마지막, 다섯 번째 손가락에 손을 댔다가, 그것을 꼽지 않은 점도 그렇다.

"──다섯 번째는?"

"……없어요. 스승님, 못 들었어요? 저, 네 개까지밖에 안 말했잖아요. 스승님, 숫자도 못 세게 됐어요? 그건 안 되죠~. 저도 숫자는 특기가 아니지만 그쯤은 셀 수 있으니까……."

"샤울라."

"————."

슬금 소리를 내며 스바루가 한 걸음 샤울라와의 거리를 좁혔다.

원래, 곧게 정면으로 마주 보던 두 사람이지만 그 거리가 손을 뻗으면 서로 잡을 수 있을 거리로 가까워졌다. ——이 행위는 스바루에게도 도박이기는 했다.

물론 한 걸음의 거리가 비어 있다거나 좁혀졌다거나 하는 걸로 어떻게 할 수 있을 만큼 피아의 전력 차가 작은 것은 아니지만.

"스승님…… 혹시, 제 마음을 희롱하는 거예요? 제가 먼저라면 몰라도 스승님 쪽에서 이렇게 다가와서, 만약 제 입을 벌리고 싶다면, 그거예요. 이대로 기세 타고 껴안아 주거나 하면……."

"그걸로 정말 네가 입을 열어 줄 거면 그러겠어. 부수입이라고도 할 수 있으니. ……하지만 나의 못 믿을 감을 믿어 보자면, 그렇지 않다고 생각해."

"————."

"샤울라, 다시 묻겠어. 탑의, 다섯 번째 규칙은 뭐지?"

샤울라의 부드러운 거절을 받으면서 스바루는 재차 물었다.

그것은 물리적인 거리가 아니라 그녀의 마음으로 파고드는 행위였다. 그 답례가 혹시 통렬한 것이라고 해도 기필코 물어야만 했다.

그런 각오를 품고 주먹을 쥔 스바루 앞에서 샤울라가 작게 숨을 쉬고는 말했다.

"——NG예요."

"……NG?"

샤울라가 고개를 가로젓고 풍만한 가슴 앞에 팔을 교차해 X자를 만들었다.

몸짓 자체는 어린애 같지만 그녀의 눈은 진지하다는 수준이 아니었다.

"────────."

위태로운 위치에 선 스바루를 빤히 바라보는 샤울라의 눈에 걱정이 차오른다.

그 고요하지만 한없이 깊은 걱정은 애원이라고 할 만한, 여리고 덧없는 것이었다.

그녀는 다시 도리질하며 말했다.

"NG예요. 싫어요, 얘기 안 할래. 다섯 번째 규칙? 그딴 거, 아무래도 좋잖아요. 저랑 스승님의 밀월하고는 아무 관계도……."

"관계없을 리 있겠냐. 나도, 모두도, 이 탑의 『시험』에 도전하고 있어. 『시험』의 규칙을 알 수 없는데 괜찮다고 낙관할 수는 없어. 그러니까, 샤울라."

"……싫어요."

"샤울라!"

말귀를 못 알아듣는 어린애처럼 샤울라가 귀를 막고 고개를 돌렸다. 샤울라의 그 태도에 스바루는 기세를 높여 다그쳤다.

어깨를 거머쥐고 그녀가 가리려는 비밀을 폭로한다. 그러기 위해서.

"너는 너대로 이 탑에서 역할이 있을 거야. 탑의 별지기였나? 그걸 줄곧 해 왔잖아. 사실인지 아닌지 모르겠지만, 400년이나! 그렇다면──."
"──4일, 이에요."
"……아?"
속삭이듯이 흘린 목소리가 스바루의 사고를 짧게 멈추었다.
스바루의 캐물은 햇수와 비교도 되지 않을 만큼 짧은 시간, 설마, 그녀의 언설이 거짓말이고 샤울라가 감시탑에서 지낸 시간은 훨씬 짧다는── 말일 리가, 없다.
"4일……? 너, 무슨 소리를 하는 거야? 너는 더 오래 이 탑에 있었고, 그래서."
"……아직, 고작 4일이라구요. 스승님네 일행이, 이 탑에 와 주고 나서."
"──아."
허약한 샤울라의 목소리를 듣자 스바루의 목에서 갈라진 숨이 흘러나왔다.
그것은 생각지도 못한── 아니, 생각을 해보려고도 하지 않던 샤울라가 떠안은 쓸쓸함.
그것이 그녀의 눈을 적시는 일이 있다고는, 상상도 하지 못한 것이 무엇보다 큰──.
"4일, 이라구요."
샤울라는 눈에 애원을 담은 채로 그 입술을 달싹이며 말을 이었다.
"아직 스승님 일행이 탑에 온 지 고작 4일째예요. 그중에 처음 이틀은 스승님이 드러눕고 있었으니까, 저랑 스승님이 만나고,

얘기하고, 달라붙은 건 이틀…… 400년이나 기다렸는데! 고작 이틀이란 말이에요…….”

“샤울라…….”

“한순간이면, 한 번만 보면 좋다고 생각했었어요.”

샤울라는 눈을 내리깔아 시선을 밑으로 떨어뜨리는 것을 바로 그만두었다. 마치, 스바루를 한순간이라도 시야에서 떼는 게 아깝다는 듯이.

——아니, 생각해 보면 그러했다.

스바루의 생각이 미치는 한, 샤울라가 스바루와 같은 곳에, 같은 공간에 있을 때, 언제나 그녀는 스바루를 보고 있었다. 그것은 스바루의 일거수일투족을 감시한다, 같은 메마른 목적 때문이 아니라, 필시——.

“400년 동안, 탑에서 줄곧 스승님을 기다렸었어요. 한 번만 볼 수 있으면 그걸로 만족한다고 생각했어요. ——하지만, 그런 건 거짓말이었어요.”

“————.”

“그도 그럴 게, 스승님은 제 모든 것이란 말예요. 스승님의 모든 것으로, 스승님을 그리는 모든 것으로 제가 이루어졌어요. 400년의 모든 것을 쓴다 해도 스승님한테 다 전할 수 없어요. 그것이, 고작 이틀 만에…… 그런 건 싫어요.”

“……그러니까, 나에게는 다섯 번째 규칙을 말할 수 없다?”

통렬한 마음이, 샤울라의 온몸을 감싸고 그녀라는 존재를 형성하고 있다.

400년——. 글자만으로 파악하던 그 말의 무게가 스바루에게 비로소 확고한 실감이 되어 느껴진 느낌이다.

그야 400년을 논하기에는 너무나도 태도가 가벼웠기에.

어쩌면 샤울라에게는, 괴롭다거나 힘들다거나 슬프다거나, 그런 감정을 품기 위한 기관이 존재하지 않는 게 아니냐고.

마음까지, 정신까지 그 전갈처럼 무기질적인 게 아니냐고, 생각해서.

"저는 규칙을 말하고 싶지 않아요. NG예요. 왜냐면, 이걸 말하면……."

"————."

"이걸 말하면, 스승님은 『시험』의 클리어 방법을 알아챌 거예요. 그러니까, 이걸 말하면, 말해 버리면…… 나랑, 스승님의 시간이, 끝나 버려."

샤울라가 자기 몸을 껴안고 스바루를 향해 절실하게 심정을 토로했다.

피를 토하는 듯한—— 아니, 오열을 참는 듯한 그녀의 음색이 스바루의 마음을 쑤셨다.

예상, 하지 못하던 대답이었다.

첫 질문과 마찬가지다. 스바루는, 이 질문에 대한 샤울라의 답변에도 몇 가지 패턴이 있으리라 예상하고 있었다.

샤울라가 플레아데스 감시탑의 규칙을 숨기는 진의. ——이 성격 고약한 탑의 규칙을 만든 인물과 공범이라면, 샤울라에게도 모종의 의도가 있는 게 아니겠느냐고.

어쩌면 그런 음험한 의도와는 무관하게, 샤울라가 규칙을 설명하지 않은 것은 단순한 변덕이나 건망증이고, 이렇다 할 의미는 없을지도 모른다고도.

하지만 진상은 양쪽 다 아니었다.

샤울라에게는 탑의 규칙을 말하고 싶지 않은 의도가 있었다. 그리고 그 의도는 탑을 만든 『현자』라는 치의 생각과 무관한, 더 애틋한 소원이었다.

——400년, 고독한 시간을 보내며 기다리는 사람과의 재회를 애타게 그리던 샤울라.

그 소원이 이루어지자 기뻐져서, 그래서 그 시간이 조금이라도 길게 이어지길 바란다.

그런, 자그마한 욕심을 이루기 위해서라면——.

"스승님, 거짓말한 제가, 싫어졌어요?"

"————."

"싫어져서, 얼굴도 보고 싶지 않다고…… 그렇게 생각하세요?"

어째서 죽어 달라는 소리를 들었을 때보다 더 괴로운 표정을 짓는단 말인가.

어째서 자기 목숨보다 스바루에게 미움받을지 말지가 더 중요하다는 듯이 행동한단 말인가.

——어째서 400년이나 기다렸으면서, 거기서 전부 골인처럼 여긴단 말인가.

"……싫어질 수가, 없지."

"————."

"네가 입 다물고 있었던 탓에 아마 엄청 힘든 일을 겪었을 거고, 솔직히 이런 식으로 궁지에 몰릴 일도 없었을 거라는 생각도 해."

침묵한 샤울라를 향해 스바루는 솔직한 자신의 속내를 밝혔다.

여기에 거짓말은 없다. 본심이다. 샤울라가 의도적으로 정보를 감추던 바람에 아마 필요한 고찰을 못하고 답에 다다르지 못한 결과, 스바루는 여러 번 끔찍한 죽음을 맞았다.

스바루만이 아니다. 스바루 외의, 에밀리아와 베아트리스를 비롯한 다른 이들도.

그 순간의 절망을, 실망을, 무력감을 잊을 수는 없다.

그렇기에 그 순간을 초래한, 모든 악의 근원 같은 존재가 있다면 필시 스바루는 그 상대를 용서할 수 없을 거라고 여겼었다.

그렇다면, 지금 이렇게 눈앞에 있는 샤울라에게 같은 생각을 할 수 있는가.

"——아니."

샤울라를 미워하는 건, 불가능하다.

고독한 400년을 보내던 끝에 얻은 단 이틀을, 태어난 의미를 충족했다고 여길 만큼 만끽하던 그녀를 모든 악의 근원이라고 여길 수 없다.

모든 악의 근원이 있다면, 그것은 이 세상의 부조리 그 자체이며, 그럴 수밖에 없는 상황을 만들어낸 누군가이고, 샤울라에게 400년을 명령한 『스승님』이자——.

"——아."

갑자기, 샤울라의 입술에서 갈라진 숨소리가 흘러나왔다.

"샤울라?"

"아, 아…… 아아, 아……."

눈앞에서 샤울라의 모습에 이변을 느낀 스바루가 이름을 불렀다. 그러나 샤울라는 스바루의 부름에 반응하지 않고, 손바닥으로 자신의 얼굴을 가렸다.

그 목에서 샤울라답지 않은, 애처롭게 떨리는 목소리가 새어나왔다.

"안, 돼…… 안 돼요……. 스승님! 스승님, 스승님 스승님 스승님 스승님……!"

"샤울라?! 샤울라, 무슨 일이야?! 이렇게 갑자기……."

"——누군가가, 규칙을 어겼어요."

떨리는 하얀 어깨를 흔들려던 스바루의 팔이 도리어 잡혔다. 그리고 샤울라는 그 가녀린 팔로 아플 만큼 스바루의 손목을 잡고 말했다.

스바루는 그렇게 말한 샤울라의 눈을 정면으로 바라보고 숨을 집어삼켰다.

"————."

——샤울라의, 검은 눈에 가까운 눈동자에 기묘한 변화가 발생하고 있다.

그 동그란 눈에서, 안구의 검은자위 부분이 셋으로 분열되어 불긋불긋 맥동하기 시작했다. 좌우의 안구에 동시에 일어난 변모, 그것은 검은자위가 여섯 개로 분열했음을 의미한다.

——좌우 세 개씩, 여섯 개의 겹눈.

"스승님……! 지금이라면, 아직 늦지 않아요……!"

"늦지 않는다?"

"지금이라면, 스승님이 명령해 준다면, 저는…… 저는, 저를 죽일 수 있어요."

안구가 붉게 맥동하는 샤울라, 그 온몸에 하얀 증기가 피어오르기 시작한다. 그녀의 하얀 피부가 서서히 붉은빛을 띠며 비정상적인 체온의 상승이 잡힌 팔을 통해 전해졌다.

원리는 불명이다. ——하지만 샤울라의 몸은 발열하며 변화를 일으키고 있다.

아마도, 거대 전갈의 모습으로 변하려는 초기 단계.

"변화하면 늦어 버려요. 저는 피도 눈물도 없는 킬링 머신이 되어 스승님을 죽일 거예요. 왜냐면, 이렇게나 스승님을 원하니…… 스승님을 원하고 원해서 못 견디겠어……. 그러니까."

"그렇게 되기 전에."

"저에게 죽으라고 말해 주세요. ……그러면 저, 스승님을."

죽이지 않고 끝난다고, 샤울라는 뒷말을 잇지 못했다.

그저 말 대신에 눈이, 떨리는 목소리가, 전심전력의 영혼이, 같은 말을 하고 있었다.

"————."

으스스스. 스바루의 온몸에도 비유할 길 없는 공포심이 치솟기 시작했다. 그것은 분명히 이 세상 것 같지 않은 공포를 앞둔 인간의 본능적인 반응이다.

나츠키 스바루라는 '인간' 이, 눈앞의 샤울라라는 '괴물' 을 두려워하고 있다.

그렇기에, 스바루는——.

"샤울라, 다섯 번째 규칙을 말해 줘."

"스승님, 그럴 때가……."

"그걸 들으면——!"

애원하는 샤울라의 말을, 스바루가 큰 목소리로 가로막았다.

그 서슬에 샤울라의 어깨가 떨렸다. 그 떨린 어깨를 움켜쥔다. 뜨겁다. 손바닥이 타버릴 만큼 샤울라의 체온은 이미 불꽃처럼 높아졌다.

하지만 손을 떼지 않는다. 지금, 샤울라의 심신을 태우는 것을 놓지 않는다.

"그걸 들으면, 명령해 주마. ——안심해. 네가 괴물이 되기 전에, 내가 너에게 명령해 주마."

"————."

스바루가 곧게 던진 말을 들은 샤울라가 눈을 크게 떴다.

그리고 그녀는 "스승님." 하고 스바루를 불렀다.

"스승님은, 여자의 천적."

"완전 억울한데……."

"그럼, 스승님은 샤울라 천적이에요. 저만 잡는, 천적……."

옅은 미소와 함께 샤울라는 살며시 자신의 어깨를 잡은 스바루의 손에 자기 손을 포갰다.

그리고——.

"——다섯, 『시험』의 파괴를 금지하지 않는다……예요."

"————."

"이것 봐요, 눈빛이 바뀌었네. ——제가 좋아하는 스승님 눈빛으로."

그렇게 말한 샤울라가 스바루의 가슴을 떠밀었다.

그 생각 이상의 위력에 스바루는 그녀의 어깨를 잡아두지 못하고 뒤로 물러났다. 가볍게 기침하고 정면을 보니, 샤울라는 자신의 몸을 안고서 그 자리에 웅크리고——.

"아, 아…… 아아, 아아악……!"

온몸에서 피처럼 붉은 증기가 오른다. 증기는 색을 바꾸어 위험한 징후로. 샤울라의 눈도 검은자위를 잃고 어느덧 눈동자는 새빨간 색으로 변화했다.

"스, 승님…… 빨리. 제가, 제가 아니게 되기 전에……."

"————."

"말해, 주세요…… 죽으라고! 스승님이 말해 주면, 저는……."

『시험』을 끝내고 스바루 일행이 탑을 떠나는 게 싫었다고 애원하던 입으로, 샤울라는 자신의 생명을 끝내어 스바루 일행을 ——스바루를 죽이지 않고 끝낼 길을 제시한다.

그런 샤울라의 필사적인 목소리를 듣고 스바루는 숨을 내뱉었다.

그리고——.

"샤울라—— 미안하다, 아까 한 말은 뻥이야."

"네?"

스바루가 고한 말에 샤울라가 눈을 부릅떴다. 샤울라의 반응을 지켜보던 스바루는 숨을 멈추고는, 그대로 크게 뒤로 뛰었다.

샤울라에게 떠밀린 것은 불행 중 다행이었다. ——만약, 샤울라에게 손목을 잡힌 채였으면 이런 짓은 절대로 할 수 없었으리라.

——스바루의 몸이 발코니 테두리를 넘어 공중에 튀어 나갈 짓은.

"스——."

창졸간에 터진 샤울라의 목소리가 맹렬한 모래바람에 삼켜져 한순간에 사라졌다. 그대로 스바루의 몸은 아무 기댈 곳도 없는 채로 수백 미터 아래까지 논스톱으로 떨어진다.

살아날 방책이라곤 준비하지 않았다. 스바루가 한 짓은 온전한 투신이다. 이런 짓, 절대로 하고 싶지 않았고, 말하고 싶지도 않았지만, 처음부터 이럴 작정이었다.

이번에는, 이 행동이 용납된다면, 반드시 그럴 작정이었다.

왜냐하면, 이로써 스바루는 자신의 선택을 망설임 없이 믿을 수 있으니까.

왜냐면——.

"——스승님!"

샤울라가 본인도 똑같이 발코니에서 뛰쳐나와 스바루를 쫓아왔다.

그 눈을 부릅뜨고 필사적으로 손을 뻗으면서 샤울라가 추락하는 스바루를 쫓았다. 자신의 손으로 죽이려는 게 아니라, 그 생명을 구하고자 뛰어들었다.

——거대 전갈의 정체는 샤울라였다.

——샤울라는 의도적으로 탑의 규칙을 숨기고 있었다.
——샤울라는 스바루나 동료들을 몇 번이나 죽이고, 다섯 개의 장애 중 하나로서 막아선다.
하지만——.
"——나는, 너를 구해도 되는 거구나."
바라지 않는 변모가 이루어지면서도 스바루를 죽이지 않기 위해서 마지막의 마지막까지 죽으라는 명령을 내려 달라고 애원한 그녀의 모습을 잊을 수 없다.
질 나쁜 이야기지만, 그 사실을 확인하고 싶었다.
누구를 구하고, 누구를 구하지 않고, 누구를 쓰러뜨리고, 누구를 지키고, 누구를 사랑할지.
그것을 확인하지 않고서는, 더 이상 나츠키 스바루는 나아갈 수 없다고 생각했기에.
누구를 사랑하면 되는지, 더 이상 헤매지 않는다.
"——스승니이이이이이이임!"
손을 뻗어 스바루를 따라잡으려는 샤울라의 모습이 공중에서 변한다.
뻗은 팔이 비대화하며 칠흑의 갑각을 두른 집게로 변모. 하얀 피부는 흔적도 없이 이 또한 거친 갑각에 뒤덮이며 내부로부터 터지듯이 육체가 팽창한다.
그 순간, 혈육이 폭발한 듯한 애처로운 육체의 변모, 그것이 테이프를 역재생한 것처럼 수속되며 급기야 불길한 괴물——거대 전갈이 완성된다.

그리고 거대 전갈의 꼬리가 재빠르게 스바루를 겨눈다.

아마도, 그 하얀 빛 같은 꼬리침이 저곳에서 발사되어 한순간에 스바루의 생명을 불사르게 되리라. 공중의 스바루에게 그 공격을 피할 방법은 없다.

하지만——.

"——샤울라가 우니까, 너에게는 죽어 줄 수 없어."

꼬리침이 발사——되기보다 먼저, 낙하의 종점이 온다.

사납게 모래탑에 밀어닥치려던 마수 무리 위로 스바루와 거대 전갈 양쪽이 떨어진다. 그 결과를, 스바루는 지켜볼 수 없다.

수백 미터에서 떨어진 착탄에 나츠키 스바루라는 존재는 버티지 못한다.

터지고, 목숨은 스러진다.

그러나 목숨이 스러지기 직전에, 단 한마디만——.

"——반드시, 구해 주마."

——거대 전갈에게는 전해지지 않는 메시지를, 모래바람이 낚아챌 시간은 잠시나마 있었다.

《끝》

후기

『Re: 제로부터 시작하는 이세계 생활』 TV 애니메이션 제2기 방송 중!

이라고 초장부터 더할 나위 없을 만큼 들뜬 기분으로 인사드리는, 나가츠키 탓페이입니다! 네즈미이로네코입니다!

여러 가지 일이 있어서 방송 개시가 늦어진 리제로 애니메이션입니다만, 현재 무사히 방송 중입니다! 이번에도 와타나베 감독님을 비롯해 스태프 여러분의 힘을 빌려서 전력으로 애니화 착수했습니다! 마침 이 후기를 쓰고 있을 타이밍 직전, 스바루가 리제로 사상 제일 끔찍한 방식의 죽음(토끼)을 맞은 참이었습니다!

어쨌든, 서적 상황도 애니메이션 방송 중의 폐쇄적인 4장과 막상막하의 6장입니다. 이쪽도 슬슬 역전할 분위기를 내면서, 스바루의 기억 상실 및 탑의 혼란 상태는 지속 중.

스바루의 기억과 탑의 동료들, 혹은 적과의 인연은 어떻게 결판이 날지 6장의 클라이맥스를 부디 기대해주세요!

이번에도 어김없이 벌써부터 지면의 한계가 와 버렸기에 늘하는 감사의 말로!

담당자 I님, 이번에는 사전에 "제일 불안한 한 권입니다." 하고 중압감을 주셔서 감사했습니다. 스스로도 어떻게 정리할지 고심했습니다만, 한 권으로서는 정리가 잘 된 듯합니다. 조력 감사합니다!

일러스트의 오츠카 선생님. 이번에는 글 중의 삽화로 이것저것 번거롭게 해드렸습니다! 표지 일러스트의 메일리도 "배경, 지렁이 부탁할까……?" 하고 고민하던 차에, "지렁이 그리고 싶었어요!"라는 힘찬 말씀을 받아서 안심했습니다!

디자이너 쿠사노 선생님. 미소녀와 지렁이라는, '라이트노벨 사상 첫 시도 아닌가?' 싶은 조합인 일러스트를 힘차게 디자인해 주셔서 감사했습니다!

만화판 관계로는, 「월간 코믹 얼라이브」에서 아토리 선생님 &아이카와 선생님의 4장 만화판과, 노자키 츠바타 선생님의 『검귀연가』가 연재 중입니다. 「망가 UP!」에서는 츠카하라 미노리 선생님의 『빙결의 인연』이 연재되고 있어서, 어느 작품도 문장으로는 미처 표현할 수 없는 정감을 미려한 필치로 그려 주시고 있습니다! 이쪽도 감사합니다!

그리고 MF 문고 J 편집부 여러분, 검열 담당자님 및 각 서점의 담당자님, 영업 담당자님과 많은 분들께 신세를 지고 있습니다. 앞으로도 부디 잘 부탁드립니다!

그리고 현재 방송 중이자 1월부터 나올 2쿨째도 대기하고 있는 TV 애니메이션! 와타나베 감독님과 캐스트, 스태프 여러분에게는 크나큰 신세를 지고 있습니다!

그리고 마지막으로, 늘 응원해 주시는 독자 여러분께도 감사를.

소설에 애니메이션, 만화에 게임, 아직 더 넓어지는 리제로 세계, 부디 즐겨 주시라!

그럼 다시, 다음 권에서 만나 뵐 것을 기대합니다! 앞으로도 리제로의 이야기에 탐닉해 주세요, 고마워요!

2020년 9월

《자, 슬슬 멈춰 있던 시간을 움직일까 벼르며》

CHARACTER DESIGN
샤울라
SHAULA
집게
Scissors
다리
Foot
꼬리
Tail
샤울라
Shaula
보통 눈
Normal eye
??의 눈
?? eye
전갈
SCORPION
레이저 포인터
Laser pointer
헬즈 스나이프
Hell's snipe

샤울라

"그렇게 되어서어, 다음 권 공지인데에…… 반라 언니는 왜 또 그렇게 훌쩍거리고 있대애?"

"흑흑~, 괴로워요, 힘겨워요! 제 눈앞에서! 스승님이!"

"아아, 진짜, 울지 마아, 확실히 오빠는 터무니없는 사람이지이, 나도 울려 버렸고, 반라 언니 마음도 알아."

"오오, 꼬맹이…… 알아주는 겁니까! 말이 통하는 꼬맹이임다! 지금부터 꼬맹이 2호는 1호로 승격해 주겠어요!"

"그거, 그냥 순서가 아니었구나아? 깜짝 놀랐어."

"그건 그렇고 스승님은 진짜 나쁜 남자에요. 샤울라 울리기 대장이에요. 여자 울리기 대장이라면 저 말고도 추파를 던지는 것 같으니까 샤울라 울리기 대장."

"갈등이 있나 보네에. 하지만 괜찮아, 그런 오빠에게는 마침 방송 중인 TV 애니메이션 2기에서 내가 혼쭐을 내 주었으니까아."

"진짜임까, 따끔하게 해 줬슴까! 스승님께 손찌검하다니 괘씸한 녀석이야! 스승님은 제가 지킵니다! 쉭쉭."

"어머, 긁어 부스럼이었어. 그래도 있지, 나를 혼내 주려고 한들 그건 2021년 1월부터 시작되는 후반 쿨로 넘어갔을 거야아. 안됐네에."

"캬웃임다! 어쩜 못된 꾀를 부리는 꼬맹이래요! 하지만 저는 굴하지 않아요. 애니로도 소설로도 부족하다면 이미 오픈한 스마트폰 게임 『Re: 제로부터 시작하는 이세계 생활 Lost in Memories』에서 흠씬 두들겨 주겠다구요!"

"……반라 언니, 그거 알아? 그 게임에서도 언니 출연은 없는데에? 그러니까 그건 무리라니깐."
"아— 아—, 안 들려요! 그리고 이 게임은 스승님 탈을 쓰고 스승님의 선택으로 이야기가 분기되는 스타일이죠! 즉, 이 게임을 플레이하고 있는 동안, 저는 스승님 그 자체…… 스승님과 일체화합니다! 코피 나왔어!"
"어떡해애, 닦아, 닦아, 제대로 해야 돼애? ……하아, 지쳤다."
"지쳐도 코피 철철 흘러도 저는 건강합니다! 그런 상심에 빠진 저랑, 저의 하트를 싹둑 상처 입힌 스승님이 무엇을 하는지, 궁금해지는 다음 25권은 12월 발매 예정입죠! 드디어 플레아데스 감시탑 편도 클라이맥스예요!"
"클라이맥스라아. 제대로 한 권으로 정리될까아?"
"정리해 보겠습니다! 스승님의 영혼을 걸어도 좋아요!"
"싸네에. ……하지만 오빠의 영혼을 억지로 옭아매는 건 나쁘지 않을지도 모르겠어."
"으음! 꼬맹이! 혹시, 꼬맹이까지 스승님을……."
"글쎄에? 번듯한 뒷모습, 봐줘야 하니까아. 그치?"
"우킥—임다!"

※일본어판 발매 당시 내용입니다.

Re:제로부터 시작하는 이세계 생활 24

2021년 02월 25일 제1판 인쇄
2021년 09월 15일 제2쇄 발행

지음 나가츠키 탓페이 | **일러스트** 오츠카 신이치로

옮김 정홍식

발행 영상출판미디어(주) | **등록번호** 제 2002-000003호
주소 21311 인천광역시 부평구 평천로 132 (청천동)
전화 032-505-2973(代) | **FAX** 032-505-2982

ISBN 979-11-6625-685-1
ISBN 979-11-319-0097-0 (세트)

Re : ZERO KARA HAJIMERU ISEKAI SEIKATSU volume 24

노블엔진(NOVEL ENGINE)은 영상출판미디어(주)의 라이트노벨 및 관련서적 브랜드입니다.

나가츠키 탓페이 관련작 리스트

Re : 제로부터 시작하는 이세계 생활 1~24

Re : 제로부터 시작하는 이세계 생활 단편집 1~6

Re : 제로부터 시작하는 이세계 생활 Ex 1~4

Re : 제로부터 시작하는 이세계 생활 Re : zeropedia

[코믹스]

Re : 제로부터 시작하는 이세계 생활 제1장 왕도의 하루 1~2 (완)
· 만화 : 마츠세 다이치 (원작 : 나가츠키 탓페이/캐릭터 원안 : 오츠카 신이치로)

Re : 제로부터 시작하는 이세계 생활 제2장 저택의 일주일 1~5(완)
· 만화 : 후게츠 마코토 (원작 : 나가츠키 탓페이/캐릭터 원안 : 오츠카 신이치로)

Re : 제로부터 시작하는 이세계 생활 제3장 Truth of Zero 1~9
· 만화 : 마츠세 다이치 (원작 : 나가츠키 탓페이/캐릭터 원안 : 오츠카 신이치로)

Re : 제로부터 시작하는 이세계 생활 공식 앤솔로지 코믹 1
· 만화 : 카와카미 미사키 외 (원작 : 나가츠키 탓페이)

[단행본]

Re : 제로부터 시작하는 이세계 생활
오츠카 신이치로 Art Works Re : BOX
· 오츠카 신이치로 (원작 : 나가츠키 탓페이 / KADOKAWA)

어느 날 갑자기 이세계로 넘어가 보니, 내가 집사고
선배가 악역 영애?! 비극을 피하고 원래 세계로 돌아가라!

전생종자의 악정개혁록(블랙 크로니클) 1

좋아하는 여자 선배와 하교 중에 이세계로 전생한 유리. 몰락 귀족의 자식으로서 자신이 섬기는 오만불손 귀족 영애를 만나러 가 보니…… 갑자기 자신에게 엎드려 빌었다?!

평소와 다른 귀족 영애의 상태에 당황하면서도, 우연히 자신과 똑같이 전생한 선배임을 깨닫는 나.

그런데 원래 세계로 돌아가려면 선배(=귀족 영애)가 모략과 결혼이 판을 치는 궁정에서 살아남아야 한다고?!

악역영애(=선배)를 섬기는 종자가 되어 배드 엔딩을 피해라!

전생 주종의 이세계 생존기!!

카타리베 마사유키 지음 | 토사카 아사기 일러스트 | 2021년 2월 출간

청춘의 상상, 시동을 걸어라!